YVES VIOLLIER

Né en 1946 en Vendée, fils d'un menuisier, Yves Viollier a publié en 1984 son premier roman, *La chasse aux loups*, suivi en 1985 du *Grand Cortège*. Après la publication de *Jeanne la Polonaise* (1988), il rejoint l'école de Brive, et écrit, entre autres, *Par un si long détour* (1992), *Les pêches de vigne* (1994), *Les saisons de Vendée* (1996), *L'étoile du bouvier* (1998), *Notre-Dame des Caraïbes* (2000). Professeur de lettres, critique littéraire pour *La Vie*, Yves Viollier vit avec sa femme et ses deux filles à La Roche-sur-Yon.

NOTRE-DAME DES CARAÏBES

DU MÊME AUTEUR
CHEZ POCKET

LES PÊCHES DE VIGNE

LES SAISONS DE VENDÉE

1. *LES SAISONS DE VENDÉE*
2. *L'ÉTOILE DU BOUVIER*

LA MALVOISINE

LE CHEMIN DE FONTFROIDE

LES NOCES DE CLAUDINE

LES LILAS DE MER

YVES VIOLLIER

NOTRE-DAME DES CARAÏBES

ROBERT LAFFONT

ISBN : 2-266-11701-7

À la mémoire du père Suaudeau,
sans qui cette histoire ne serait pas.

Un matin, mon père me fit venir dans sa chambre. Il me demanda quelle raison j'avais de vouloir quitter la maison paternelle et ma patrie, où je pouvais avoir un bel avenir et mener une vie agréable. Il me fit observer que je n'étais pas dans la nécessité d'aller chercher mon pain, qu'il ferait tout pour me procurer une profession honorable, mais qu'il ne voulait pas contribuer à ma perte en favorisant mon départ.

DANIEL DEFOE, *Robinson Crusoé*

I

PARTIR, RESTER

1

Donatien fauchait les orties avec son bâton en remontant le chemin des Farfadets. Les clochettes bleuissaient la haie. Les gousses des genêts crépitaient dans le soleil. Une comptine de son enfance le lancinait depuis le matin comme un mal de dents :

Une négresse qui buvait du lait.
Ah ! se dit-elle,
Ah ! si je pouvais,
Avoir la peau blanche
Comme les petits Français !

Follette, la chienne, aboya sous le chêne aux branches tendues en parasol sur le chemin creux.

— Qu'as-tu ? lui demanda Donatien.

Il découvrit la gorge blanche d'une chouette effraie indisposée par les jappements de la chienne : l'oiseau de nuit tournait la tête, sans battre des paupières.

— Laisse la dame blanche ! Elle n'a pas peur. Elle est en haut, tu es en bas !

Ils débouchèrent en pleine lumière. Le soleil ruisselait sur le granit du chemin. Donatien pensa à Providence. Il ne pensait qu'à elle depuis son retour de l'hôpital de Tours où elle était infirmière. Elle lui était apparue plus belle encore, la chair jaspée comme du marbre. Était-ce à cause de la liberté conquise dans les combats et la débâcle de la guerre ? Elle avait acquis une force qu'il ne lui soupçonnait pas. Ses cheveux coiffés en arrière dégageaient l'ovale de son visage. Des pépites brillaient dans ses yeux noirs, et un sourire à fossettes éclairait ses joues.

Elle avait surgi quinze jours plus tôt, au crépuscule, une semaine après l'arrivée des Allemands à La Genétouze. Ils avaient moissonné les orges tout le jour, et Donatien, exténué, assis sur les marches du perron de La Trézanne, était encore tout auréolé des poussières de la première moisson. Il avait levé la tête pour profiter de la fraîcheur du serein, et l'avait vue sur le ciel empanaché de nuages sanglants. Il s'était levé et n'avait su que balbutier :

— Tu es là ?

Elle avait ri.

— Comme tu vois !

Elle s'était avancée, avait posé sa main chaude sur son épaule et l'avait embrassé. Elle avait demandé :

— Alexina est-elle chez vous ?

Alexina, la sœur de Donatien, travaillait à l'hôpital de La Roche et n'était pas à La Trézanne.

Il avait été ému par la perle noire des iris et avait demandé sans trop savoir ce qu'il disait :

— Tu es revenue depuis quand ?

— Cet après-midi...

Elle allait ajouter autre chose, mais le père de Donatien était sorti. Sa mère aussi. Ils avaient parlé dans la nuit tombante. De gros cerfs-volants noirs au vol lourd les heurtaient. Providence avait raconté sa guerre, les camions de blessés dans la cour de l'hôpital. Mais Donatien en écoutant sa voix dans la nuit se disait : « Mon Dieu, s'il y en a une, faites que ce soit elle ! » Il guettait son sourire à travers la pénombre. Il souhaitait qu'elle fût montée à La Trézanne pour le retrouver.

Il chantonna tout haut en faisant des moulinets avec son bâton : *Une négresse*... Follette dansa, réjouie, haletante, la langue sortie. Donatien se rappela les visites au trou de maison des Barbillon avec sa mère. Providence se mourait du mal de Pott après ses parents et sa sœur. Il ne devait pas avoir plus de cinq ans. Providence était son aînée de deux ans. Il s'asseyait sagement à la table de la maison malsaine des Carrières, bras croisés, fasciné par le feu des profonds yeux noirs de la malade, ses joues creuses. Sa mère la soignait avec des compresses de mauves des marais et de l'oxyde de zinc. Elle lui apprenait en même temps à lire pour la préparer à sa première communion. Et il avait appris à lire en entendant la voix de la malade réciter les *Fables* de La Fontaine. Il avait très vite associé la musique des mots et les signes sur le fablier.

Providence avait guéri. Elle avait été la lumière de son enfance. Il lui avait donné la main pour prendre le chemin de l'école en sa compagnie. Elle avait bien voulu être sa petite mère. Elle n'était pas très vaillante, ni très belle : certains garnements l'appelaient poireau, à cause de sa maigreur. Elle était devenue belle lorsqu'elle était entrée à l'école d'infirmières. Elle s'était épanouie. Elle sortait des griffes de la misère. Il n'avait pas pensé auparavant qu'il pourrait l'aimer comme une femme. Maintenant, il était persuadé qu'en l'épousant il réaliserait le rêve de toutes ces années d'enfance.

Follette arriva la première au sommet du plateau, mais Donatien, plutôt que de filer vers La Trézanne, obliqua soudain sur les Carrières. La chienne jappa et courut rejoindre son maître au dandinement de déhanché.

— Chut ! nous allons voir si elle est chez elle...

La chienne se colla aux culottes de Donatien. Le chemin s'enfonçait entre deux talus de plus en plus hauts à mesure qu'ils descendaient. Les roues des charrettes avaient creusé parfois de longues ornières dans le granit où croulaient des pierres. Ils entendirent une bicyclette dont le pédalier ferraillait contre le garde-chaîne. Donatien eut tout juste le temps de se dissimuler avec Follette dans la trouée d'une barrière. Ils virent foncer, tête baissée, un cycliste pressé qui pédalait même dans la descente. Donatien suivit des yeux, jusqu'au virage, cette silhouette énergique, vêtue d'un costume de toile à martingale, la tête coiffée d'une casquette, le bas de pantalon serré par des pinces à vélo. Un frisson lui parcourut le corps. Il eut un mauvais pressentiment. Il faillit faire demi-tour. Puis il dit à Follette :

— Viens !

Il gravit les marches taillées dans le talus vers un bosquet de baliveaux au dernier tournant du chemin des Carrières. Il s'aida des branches du bord, s'enfonça une épine noire dans la main, grimaça, suça son sang. Avec le salaire de son métier de sage-femme, puis d'infirmière, Providence s'était offert un ciment pour remplacer la terre battue de la maison des Carrières. Son frère Marcellin habitait désormais tout seul la demeure familiale des Barbillon à l'entrée de la carrière abandonnée, et elle y descendait lorsqu'elle venait à La Genétouze.

Donatien s'accroupit parmi les fougères et s'avança entre les châtaigniers. Il avait entendu parler. Il s'arrêta et porta la main à sa gorge, comme s'il étouffait. Ils étaient là, au milieu de la cour en contrebas. L'inconnu n'avait pas pris le temps de descendre de vélo. Providence était appuyée des deux mains au guidon, les reins cambrés. Le soleil scintillait sur sa robe de vichy serrée à la taille. Son rire cascada dans le vallon avec une pureté de cristal. Elle laissa aller sa tête vers la poitrine de l'homme qui enjamba sa selle. Ils marchèrent serrés l'un contre l'autre, le bras de

Providence autour de la taille du cycliste, jusqu'à la porte de la maison où ils entrèrent.

Donatien murmura machinalement la marque de la bicyclette abandonnée contre le mur : « Blanche hermine. » Il les imagina en train de s'embrasser derrière la porte. Et il se vit, à quatre pattes, sous les baliveaux agités par le vent chaud de cette matinée d'été. Il eut de la haine pour ses hanches de coléoptère. Il était redevenu le boiteux ridicule que ses camarades d'école appelaient « canard ».

Il se sentait orphelin, trompé, trahi. Il avait vingt-deux ans. Pour la première fois l'idée de la mort le visita. Un sanglot grandit et s'étrangla dans sa gorge. Follette comme en écho gémit. Il enferma dans sa main le museau de la chienne collée contre lui. Pouvait-il y avoir un bonheur pour un boiteux ? Dans sa naïveté, il s'était imaginé que, comme par le passé, Providence Barbillon n'attendait que lui et qu'elle l'aimait.

Elle avait dû connaître ce type dans son hôpital de Tours. Il avait parcouru la distance à vélo sur des routes encombrées par les armées allemandes. Il était couvert de poussière. Il avait frappé sa casquette sur sa jambe, et Providence s'était laissé envelopper par le nuage gris en riant.

Il se recula lentement, dégringola sur les fesses les marches du talus. La chèvre de Marcellin béguetait dans la haie comme une commère. Donatien l'ignora, et puis s'arrêta : la chèvre demandait qu'on déroule sa chaîne entortillée autour du piquet. Il revint sur ses pas, la libéra, marcha comme un automate jusqu'à la chapelle du Moine restaurée par son père.

C'était un oratoire sans porte, tout juste assez grand pour contenir un homme en prière. On disait que, dans des temps très anciens, un moine y avait été reclus. Donatien tomba à genoux sur le granit incrusté de lichen jaune, et appela, du plus profond de lui-même, vers cet au-delà qui pouvait seul le sauver. Une statue de la Vierge, à la robe de porcelaine bleue, bravait les intempéries derrière un grillage près d'une croix semblable à celle que portaient les missionnaires à leur ceinture. Un fagot de marguerites liées d'un brin de paille était posé sur la table de pierre. Leur pollen avait répandu sa poudre jaune, et une odeur amère s'en élevait.

Donatien s'obligea à joindre les mains, et ce geste lui mouilla les yeux. Il savait que ses larmes étaient un signe de faiblesse et il en avait honte. Il n'avait que la force de crier. Il y avait la guerre. Trois copains de La Genétouze avaient été tués. On annonçait un grand nombre de prisonniers. Il avait voulu s'engager, mais il avait été refusé à cause de son handicap, et avait été sauvé. Sauvé de quoi ? Ne valait-il pas mieux mourir à la guerre que vivre misérable ? Les Allemands avaient requis un coteau de son père pour installer un dépôt de munitions. Ils étaient là pour longtemps. Le bouquet de marguerites couleur de cadavre rappelait à Donatien sa disgrâce. Il réentendit le rire de Providence, son visage se tordit.

Il se leva, sortit son mouchoir et s'essuya. Il

appuya les mains de part et d'autre du guichet de la Vierge et du crucifix, les fixa d'un regard farouche. Savait-il qu'il était beau ? Son visage volontaire, aux arêtes vives, au nez droit, au menton carré, aux yeux couleur de la robe de la Vierge exprimait une impressionnante fermeté.

— C'est donc entendu ! dit-il les dents serrées.

Il se retourna. Follette attendait au milieu du chemin. Elle agita la queue en le voyant s'approcher.

Les Vernageau montèrent le gerbier dans l'aire de La Trézanne, le lendemain. Augustin, le père, marchait pieds nus sur le blé pour ne pas écraser la paille et le grain. Élise, sa femme, montée sur la charrette, lui lançait les gerbes. Elle avait noué un foulard bleu sur sa tête. Elle portait une robe à carreaux sans manches dont le décolleté ouvrait jusqu'au milieu de sa forte poitrine. L'époque ne portait pas à rire, et pourtant ce travail donnait de la joie au couple. Augustin regardait Élise. Il voyait le tissu de sa robe-blouse se tendre, et s'ouvrir, lorsqu'elle se penchait pour prendre une gerbe à pleins bras. Il découvrait la chair potelée, hâlée par le soleil. Elle avait toujours l'air de livrer bataille, et cela plaisait à Augustin. Elle voyait son homme la regarder, et elle le suivait des yeux dans la mer de blé, actif, sans arrêt, en tricot de corps bleu marine, le cuir de son bras de bois sortant de l'échancrure gauche. Il était noir comme un grillon, et elle pensait : « Il est jeune, il a pourtant passé soixante ans, comme moi ! » Elle souriait dans le soleil, sans s'en rendre compte. Il fronçait les sourcils sous son chapeau de paille, l'air de lui demander : Qu'as-tu ? Elle passait la main dans son décolleté pour essuyer sa poitrine en sueur.

— Va doucement, Augustin, ne te fais pas mal ! lui dit-elle.

Il embrassa sa femme du regard.

— Ne t'en fais pas.

Son visage s'assombrit au grondement d'un moteur sur le chemin de La Trézanne. Un nuage de fumée s'éleva par-dessus les tuiles de l'écurie. Les camions allemands filaient vers le dépôt de munitions.

Une charrette arriva dans la cour, tirée par une paire de bœufs. Le soleil frappait comme un marteau. Les blés en marche chamarraient la vallée de la Vie de poussière parfumée. Élise se retourna, son bras levé découvrait son aisselle.

— Il était temps que vous arriviez, on a vidé notre charretée !

À midi, à l'heure solaire, quatorze heures à l'heure allemande, tout le personnel de La Trézanne se retrouva dans la maison aux volets en tuile après s'être lavé au bassin sous la pompe. Ils étaient quatorze, les trois Vernageau, plus Marcellin Barbillon, le frère de Providence, le premier démobilisé de la commune, plus Manuel Martinez-Cordoba, le réfugié espagnol, sa femme et ses sept enfants, plus un journalier sans famille, marié à une douzaine de bouteilles quotidiennes, sauf à la période des grands travaux où il s'achetait une conduite. Ils se mirent à table, les trois Vernageau au bout, Marcellin à côté de Donatien. Pilar, la femme de Manuel, tout en noir, apporta le plat de haricots qu'elle appelait des *músicos*. Augustin lança à Marcellin :

— On n'a pas vu Providence, ce matin. Je pensais qu'elle allait venir avec nous...

Marcellin inclina son front bosselé. Il faisait éponge avec une bouchée de pain dans sa sauce.

— Providence est partie. Je ne sais pas si elle va revenir.

— Ah ! bon. Où ça ? insista Augustin. Elle disait qu'elle était revenue définitivement.

— On avait besoin d'elle à Tours..., grogna-t-il, visiblement peu satisfait du départ de sa sœur.

— Comment ça, à Tours ?

Marcellin releva le front et lança un regard à Donatien sur le côté.

— Quelqu'un est venu la chercher, hier, un infirmier de la Croix-Rouge. Ils sont partis ce matin ensemble.

Donatien sentit le sang lui monter aux joues. Les paroles de Marcellin furent suivies d'un lourd silence. Les Espagnols se taisaient en mangeant. Augustin et Élise, gênés, évitaient de regarder leur fils. Lui leva les yeux sur son père qui avait revêtu une chemise pour manger et coiffé ses cheveux blancs. Son père était revenu manchot des tranchées, ce qui ne l'avait pas empêché de devenir un paysan hors pair, et le maire de sa commune.

Il refusait de parler de sa guerre, mais elle l'avait rattrapé quelques jours après l'arrivée des Allemands. Il avait réveillé la maison avec des hurlements pendant la nuit. Donatien s'était précipité, et il avait trouvé son père, hébété, au bord du lit, cramponné à son moignon, la figure en sueur.

— C'est le syndrome du fantôme qui est revenu, avait expliqué Élise. Il a l'impression qu'on lui passe le bras au moulin à viande !

Au paroxysme de la crise, il s'était roulé sur le lit, avait vomi. Donatien avait proposé d'aller chercher le médecin.

— Le médecin n'y pourra rien, avait répondu sa mère. Le mal est dans le cœur et dans la tête de ton père.

Elle frictionnait la cicatrice du bras coupé avec une pommade au camphre. Donatien était impressionné par le visage marqué de son père. Augustin avait seulement dit à son fils le lendemain, alors qu'il n'avait plus mal :

— Ce qu'on nous a fait voir là-bas est la honte de l'humanité. Et ça n'a pas suffi, puisqu'on recommence...

Les hurlements avaient repris, la nuit suivante, et d'autres. Les crises s'en étaient allées peu à peu depuis le commencement des moissons. Et son père semblait redevenu un arbre indéracinable au moignon sans mémoire.

Pilar apporta la jatte de caillebottes, qu'elle arrosa de café froid. Élise se levait, quand un coup de feu éclata. Tous les gestes se suspendirent. Donatien chercha les yeux de son père, et le vit pâlir, puis par mimétisme sa mère. Ils tendirent l'oreille. On n'entendait que la friture de la canicule et le chant des grillons. Un second coup de feu claqua. Donatien se leva.

— Donatien, n'y va pas ! cria sa mère.

Il avait déjà rejoint la porte. La claudication semblait lui permettre de mieux dégringoler les marches du perron. Follette lui colla aux talons. Ils traversaient l'aire embrasée par le soleil lorsqu'un troisième coup de feu déchira l'air sec. Les détonations venaient du dépôt de munitions. Donatien sauta derrière la haie lorsqu'il approcha de trois camions gris sur le bord du chemin. Les Allemands avaient brûlé les genêts et les ajoncs du coteau pour ramener la roche à nu, et Donatien respirait l'odeur de foyer refroidi. Ils avaient planté une palissade de ciment grillagée et commencé des silos en forme de tunnel. Une tente était dressée au milieu de l'enclos, tournée vers la vallée. Le chantier paraissait désert. Un petit soldat bedonnant allait et venait d'un pas tranquille derrière l'entrée, l'arme tressautant sur le ventre, la tête grasse d'un buveur de bière. Donatien songea à des noms de provinces allemandes sur son atlas. Dans d'autres circonstances, il se serait avancé pour engager la conversation avec cette apparence de bon père de famille en sueur, la bedaine sciée par la grenade à manche fichée dans le ceinturon.

Il entendit des rires et des voix, et vit surgir du contrebas une douzaine de soldats, tête nue, la veste déboutonnée et s'esclaffant. Ils interpellèrent le garde en passant, et Donatien crut comprendre qu'il s'appelait Helmut. Un grand blond, en chemise et bretelles, leva le bras et montra un gibier par les oreilles.

— Les salauds, murmura Donatien, un lapin, deux lapins !

Un autre Allemand brandissait une troisième boule de poils gris au ventre blanc. Follette gémit.

Donatien lui emprisonna la tête dans le poing, souleva la chienne dans ses bras et remonta vers La Trézanne. Il trouva son père en haut du chemin et sa mère, inquiète, tête nue au milieu de la cour, la main en visière sur les yeux. Il reposa la chienne qui n'avait rien oublié et se rattrapa en aboyant avec vigueur vers la vallée.

— Ces salauds nous ont tué trois lapins !

— Tant qu'ils ne tuent que des lapins, soupira Élise, soulagée.

— Ils commencent par les lapins ! s'entêta Donatien.

Les Espagnols avaient fini leurs caillebottes et attendaient leur retour. Augustin leur expliqua qu'ils pouvaient aller faire la sieste. Les Vernageau se rassirent. Donatien était encore tout frissonnant, et la panique se lisait dans les yeux clairs de sa mère. Dans son emportement, sa bouche alla plus vite qu'il ne l'aurait voulu.

— Je vais partir ! lâcha-t-il, surpris lui-même.

Son père et sa mère levèrent les yeux vers lui.

— Tu vas partir, où ça ? murmura Augustin, vérifiant du côté de Pilar, qui faisait la vaisselle, si elle pouvait entendre.

Donatien secoua la tête, et les boucles sur son

front bougèrent. Il souffrait déjà de la stupeur sur les visages aimés et regrettait d'avoir parlé si brutalement. Il pensa qu'il vivait peut-être un moment dont il se souviendrait toute sa vie, se rappela Providence et, la voix tremblante, il commença :

— J'y pense depuis longtemps, mais je ne voulais pas vous faire de peine... J'ai vingt-deux ans, c'est le moment ou jamais... Si j'attends davantage, je n'aurai plus le courage...

Augustin soupira, l'air de dire : Mais enfin vas-tu nous expliquer ! Donatien se tourna vers sa mère et reconnut les plis d'inquiétude au coin de ses paupières. Il souffla :

— Je veux devenir missionnaire...

L'horloge à poids sonna la demie. La pomme d'Adam de son père bougea.

— Qu'est-ce que tu dis ?

Donatien sourit.

— J'ai envie de partir missionnaire.

— Comment ça, partir ? Qu'est-ce qui te prend ?

Donatien haussa les épaules.

— Vous vous souvenez des expositions missionnaires, et des pères blancs qui demandaient une pièce pour qu'on devienne parrain des petits enfants païens. Ils nous montraient des images d'Afrique au stéréoscope...

— Tu avais dix ans. Tu ne nous en as jamais parlé depuis !

Donatien continua :

— Vous souvenez-vous de la barbe jaune du

père Joguet, et de son ceinturon de cuir où il enfonçait sa croix missionnaire comme une épée ?

Son père et sa mère le regardaient, se regardaient, ahuris. Il secoua la tête, et ses boucles sautèrent sur son front.

— Je dois surtout cette envie à M. Blanlœil, l'instituteur. Il m'a trouvé planté devant la carte du fond de la classe et m'a prêté son atlas. J'ai rêvé du Sahara, de l'Amazone, de l'Afrique-Occidentale française... Et je crois que maintenant le moment est venu...

— Tu ne nous avais jamais parlé ainsi, murmura Augustin. Tu t'intéressais aux bêtes. Tu avais des projets pour La Trézanne. C'est toi qui as voulu aller à l'école d'agriculture de La Mothe !

Donatien gardait les yeux fixés sur son père. Sa mère, qui ne disait rien, l'embarrassait.

— Tu veux te sauver ?... souffla-t-elle.

Il sursauta, comme si elle l'avait piqué.

— Non, je ne veux pas me sauver !

Il joignit les mains, avala sa salive.

— C'est vrai qu'il y a cette guerre stupide, et la honte de la défaite..., avoua-t-il.

— Mais, l'interrompit Élise, les bras croisés sous la poitrine, pour être missionnaire, Donatien, il faut avoir une foi à déplacer les montagnes.

Donatien soutint le regard lumineux de sa mère.

— Qu'est-ce qui te dit, maman, que je ne l'aurai pas ?

— Quand as-tu pris cette décision de devenir missionnaire ? demanda son père.

C'était la question que Donatien redoutait. Il se

sentit rougir, tourna la tête, regarda Pilar égouttant la vaisselle sur la pierre d'évier. Il répondit avec franchise :

— Hier.

Il s'attendait au regard complice échangé par ses parents. Augustin déclara sur un ton plus tranquille :

— Méfie-toi des décisions trop rapides. On est au mois de juillet. Tu as tout l'été devant toi pour réfléchir. Parles-en au curé de La Genétouze. Tu pourrais aussi aller trouver le curé Gallot, je suis sûr qu'il sera de bon conseil.

Donatien se tourna vers la pendule.

— Vous n'aurez pas eu le temps de faire la sieste.

Il sortit dans le corridor, ouvrit la porte du dehors sur la chaleur de four de la cour. Il revint sur ses pas en entendant ses parents dans la cuisine et écouta dans le couloir.

— Les chiens ne font pas des chats, disait Élise. Croyais-tu qu'il allait rester à ne rien faire ? Ils n'ont pas voulu de lui à l'armée. Nous avions tort d'imaginer qu'il ne bougerait pas de La Trézanne.

— Je ne suis pas sûr qu'ils l'acceptent comme missionnaire. Moi, je pense que cette envie lui est venue à cause du départ de Providence, la rassura-t-il. Si c'est seulement à cause d'elle, cette lubie ne tiendra pas longtemps. Le curé Gallot aura vite fait de le faire changer d'avis.

Élise l'interrompit et insista :

— Il a vingt-deux ans. Souviens-toi de ce que tu étais à son âge. Il rêve de conquérir le monde.

L'aventure missionnaire est capable d'exalter un caractère comme le sien.

— S'il part, que deviendra notre Trézanne ? Sa sœur est déjà partie. On n'aura plus qu'à tout bazarder...

Donatien n'en entendit pas davantage. La poignée du corridor tournait. Mais les mots de son père frappaient dur. Ses parents avaient combattu pour gagner La Trézanne. Donatien leur avait fait croire qu'il leur succéderait. Est-ce qu'il avait le droit de les désespérer sur un coup de tête causé par un chagrin d'amour ? Est-ce que les pères laisseraient un boiteux devenir missionnaire ?

Donatien pédalait sur la longue route droite de la plaine, et il se rappelait la silhouette ventrue du curé Gallot, son béret sur la tête, ses lourds godillots. La flèche de la cathédrale de Luçon se dressait au bout du ciel, au centre de l'alignement des platanes des bas-côtés. Les moissons battaient encore leur plein. Des femmes, des enfants, des vieux chargeaient les charrettes dans les champs à perte de vue. Les hommes étaient prisonniers et les travaux se prolongeaient. Donatien savait que ses bras allaient manquer et il ne lambinait pas sur la route. Il obliqua en direction de Corpe dont les maisons se serraient à droite autour de l'église trapue au clocher couvert de tuiles. Il avait quitté le granit et rejoint le calcaire. La terre rousse découvrait çà et là des ossements blancs.

Il entra dans le village silencieux. Tout le monde

semblait parti aux champs. Il entendit les grognements d'un moteur et reconnut les mouvements d'humeur d'une batteuse. La pierre blanche des maisons réverbérait la chaleur. Il manœuvra la roue qui flanquait le puits sur la place. L'eau jaillit. Elle était plus dure que celle qui coulait sur le granit. Onze heures sonnèrent. Il poussa la porte de cour à l'arceau surmonté d'une croix.

Des poiriers docteur Jules-Guyot étalaient leurs palmettes contre le mur du midi. Des insectes bourdonnaient autour des poires presque mûres. Donatien, attiré vers les dépendances, s'engagea dans l'allée de petits buis entre deux carrés de haricots et de tomates. Une toile de coutil rayé se soulevait devant une porte. C'était de là que provenaient des claquements secs et des profonds soupirs. Un mouvement de la toile lui découvrit un homme aux bras nus jusqu'aux épaules, en gilet de flanelle, courbé sur un meuble le long du mur. Il le vit se redresser, soulever à pleins bras une masse blanche et la laisser retomber avec un grand soupir. Donatien sourit. L'homme d'âge mûr, au crâne chauve, avait les épaules couvertes d'un épais matelas de poils. Donatien introduisit la tête entre le rideau et le chambranle et, après s'être raclé la gorge :

— La pâte est lourde. Le boulanger Bernard prétend que la boulangerie exige une meilleure santé que le bûcheronnage !

Il respira l'agréable odeur du fournil et de la farine mouillée. L'homme continua de pétrir en silence, soulevant la pâte au ventre obèse.

— Vous pétrissez pour le curé ? Savez-vous s'il est là ? J'ai rendez-vous avec lui.

— Il fait chaud, marmonna l'homme, la pâte va vite, je pétris pour cet après-midi, et ma première fournée est levée. Je ne fournis pas. Veux-tu m'aider ?

Il ouvrit la porte du four et, dans la lumière jaillie par la gueule béante, Donatien le reconnut.

— Monsieur le curé !

Le prêtre lui sourit à peine. Il se pencha vers l'intérieur du four.

— Les clés sont devenues blanches. Veux-tu préparer le four, pendant que je retire la pâte des paniers ?

Donatien tomba la veste.

— À La Trézanne, on ne fait plus de pain. On n'allume plus le four qu'à Pâques pour la brioche.

— Le boulanger de Corpe est prisonnier. Les fours ont repris du service. Je cuis aujourd'hui pour mes voisins et moi, parce qu'ils sont partis battre.

Donatien tira la charbonille brasillante qui brunissait soudain dans une moire d'éclats. La sueur lui coula dans le dos. Il avait eu chaud à venir, et le feu le brûlait à travers la chemise. Il voulut retourner ses manches.

— Enlève-la, lui dit le curé.

Donatien éprouva de la pudeur à se déshabiller devant le prêtre. Il se trouva gringalet auprès du vieux curé trapu. Le prêtre le regarda avec l'indifférence innocente qui ouvre les portes du royaume des cieux. Du tranchoir il traça des croix sur la pâte pour l'empêcher d'éclater tandis que Donatien passait le four à la pattemouille. Il introduisit la première miche avec la pelle à enfourner, Donatien la seconde, et les autres. Le curé Gallot se coltina encore au pétrissage en ahanant, puis s'assit sur le tabouret près du fagot de fournille et, quand Donatien eut fini :

— Assieds-toi, lui dit-il.

Il plongea la main derrière le pétrin et en sortit une bouteille de vin.

— Je t'attendais, ajouta-t-il.

Il essuya ses mains à sa culotte de toile qui lui découvrait les mollets. Il avait gardé ses souliers noirs d'ecclésiastique, et la farine les avait blanchis. Il parut deviner les pensées de Donatien et dit :

— Faire le pain, c'est déjà accomplir une œuvre sacrée, et vivre en communion avec les hommes.

Il se servit le premier verre, selon la politesse paysanne, et le vida. L'odeur du pain à cuire se répandait dans la boulangerie. Il tendit le verre à Donatien.

— Comment vont tes parents ?

— Ils vont bien. Ma mère m'a donné pour vous un pot de sa confiture de rhubarbe dont vous êtes friand, paraît-il.

Le curé Gallot s'épanouit de son rire d'homme bon à la large figure. Le vin rafraîchit Donatien et il apprécia sa saveur aigrelette.

— Mais je ne suis pas venu vous parler de mes parents, monsieur le curé...

— Ça, je l'aurais deviné !

Le verre de vin était petit. Le curé s'en adjugea un second, en servit un autre à Donatien. La chaleur de la boulangerie, l'odeur du pain, la légèreté du vin entraînèrent Donatien, torse nu, les coudes sur les cuisses, à réciter sans frein le discours qu'il avait répété en pédalant. Le curé arrêta soudain son envolée sur sa vocation missionnaire.

— Tu n'as pas eu de petite amie ? Je me souviens de toi quand tu étais petit, tu ne pouvais pas te passer d'une certaine Providence...

Donatien se sentir rougir jusqu'à la poitrine. Ce diable d'homme avait-il le don de lire au fond des âmes malgré la pénombre de la boulangerie ? La cloche de l'église, qui sonna midi, le sauva. Le curé se leva, s'empressa de décrocher sa soutane derrière la porte.

— Habille-toi ! dit-il à Donatien.

Il achevait de se reboutonner lorsque l'angélus se mit à sonner.

— Viens-tu avec moi ? Le pain sera cuit après la prière.

Ils filèrent à l'église, prièrent ensemble, visitèrent la sacristie, prirent le temps d'admirer les vitraux, le chemin de croix, revinrent dare-dare. Sans quitter la soutane, le prêtre ouvrit la porte du four, s'empara de la raballe.

— Si je me fie à l'odeur, ça presse.

Il emmena ensuite Donatien vers le presbytère.

— Tu vas manger avec moi. Il ferait beau voir que tu repartes le ventre vide après m'avoir aidé à cuire !

La servante joignit les mains en voyant apparaître son curé. Le curé Gallot avait beau brosser sa soutane et demander à Donatien de l'aider, la farine avait imprégné la trame et y traçait des auréoles.

— Quoi donc ! s'impatienta le curé Gallot. Est-ce que la soutane du prêtre doit être propre et nette quand les hommes et les femmes transpirent dans la poussière des batteries ?

Ils mangèrent une reconstituante soupe de fèves, des pommes de terre et de la salade du jardin. Pour le dessert, le curé ouvrit une miche étroite encore chaude, il étala du fromage blanc sur la mie.

— Tiens, mon fils, dit-il à Donatien en lui tendant une tartine, tu m'en diras des nouvelles !

Il mordit dans sa graissée avec un appétit que l'âge n'avait pas entamé. Il avait les joues rouges, le nez épais des sanguins. Ses paupières se resserrèrent.

— Les chagrins d'amour ne s'opposent pas à la vocation, dit-il. Je dirais même que parfois ils la renforcent. Je me méfie de ces angelots qui croient leur vocation solide parce qu'ils n'ont jamais senti battre leur cœur. Je suis persuadé au contraire que certaines vocations se forgent au feu de l'amour humain...

Il dévisageait Donatien, ses prunelles brillaient dans les bourses flétries des paupières.

— ... Il faut avoir une foi à déplacer les montagnes, mais tu l'as. Tu es comme ton père, un Vernageau têtu. Quand il a commencé à labourer un champ d'une seule main, il va jusqu'au bout !

À l'évocation d'Augustin, le curé souriait.

— Tu sais qu'on a fait du bon boulot ensemble, et que j'ai beaucoup d'admiration pour lui...

Il revint aussitôt à Donatien.

— Est-ce que tu penses encore à elle ?

Donatien soupira.

— Ne t'entête pas à l'oublier. Qu'est-elle devenue ?

— Elle est partie avec un infirmier ou un médecin de l'hôpital de Tours.

— Eh oui, commenta le prêtre, fataliste, c'est sans doute qu'elle avait un penchant naturel pour la médecine. Souviens-toi, elle a été très malade lorsqu'elle était petite... Espères-tu qu'elle puisse te revenir ?

Donatien secoua la tête.

— Et tu as décidé de transporter ta charrue dans le champ du Seigneur. La seule vraie question à te poser, mon bonhomme, c'est de te demander si tu as entendu un jour l'appel de Dieu.

Donatien haussa les épaules.

— Un jour je crois que oui, un jour je ne sais pas.

— Il n'est pas donné à tout le monde d'entendre des voix. Mais qu'est-ce qui t'incline à penser que tu pourrais être heureux en devenant prêtre ?

— Mon plaisir à convaincre. Je l'ai découvert à l'Action catholique. Et puis j'aimerais être missionnaire par goût de l'aventure et pour travailler des terres abandonnées.

Le curé Gallot sourit de cette belle envolée et appuya ses gros pouces sur ses orbites.

— Ça, c'est un signe, fit-il enfin, gravement.

Les territoires à l'abandon ne manquent pas. Gagner des âmes est un beau programme. Mais le cœur des hommes est souvent plus difficile à cultiver que la plus mauvaise terre. N'attends pas beaucoup de récompenses, mais plutôt des sacrifices, des déceptions, la solitude...

— C'est le choix des martyrs...

Le curé Gallot considéra Donatien l'œil rond, surpris par la tranquillité du jeune homme qui lui parlait du martyre. Il faillit lui lancer : « Qu'est-ce que tu connais du martyre pour en parler si facilement ? » Et puis il pensa à la double luxation de Donatien, à sa fugue de La Trézanne, un soir avec le cheval, parce qu'un camarade d'école l'avait appelé canard. Il lui sourit. Donatien lui raconta son agenouillement dans la chapelle du Moine.

— Cela fait beaucoup de sentiments, constata le prêtre. Nous avons l'habitude de nous méfier des sentiments dans l'Église, nous les appelons sensiblerie...

Il se dressa. Le plancher de chêne craqua.

— Attends, on va s'offrir une petite prune !

Il ouvrit la porte de la desserte, en tira une carafe et deux petits verres.

— Et tant pis si ça te coupe les jambes pour pédaler, mon gaillard !

Donatien entra au scolasticat des Pères de Chavagnes, à Mouilleron-en-Pareds, le 2 octobre 1940. Il était l'unique nouvel arrivant en cette année de guerre.

— C'est la rentrée des catacombes..., déplorait le père supérieur en parcourant du regard son immense établissement aux trois quarts vide.

Ses séminaristes étaient prisonniers en Allemagne, et il devait se satisfaire du rôle de garde-malade auprès des rapatriés sanitaires. On le disait petit par la taille, mais grand par le talent. Il en avait manifesté la preuve en jouant finement sur les mots avec les autorités d'occupation. Il avait obtenu le statut de monastère à son scolasticat et la troupe n'y était pas entrée, alors que les séminaires diocésains avaient dû livrer leurs locaux à l'armée allemande. Donatien s'était présenté à lui après sa visite au curé Gallot. Une lettre de recommandation l'avait précédé. Mais le père supérieur n'était pas homme à se laisser fléchir par le plaidoyer d'un confrère.

— Qu'est-ce qui vous fait croire que vous êtes appelé ? lui demanda-t-il sévèrement, décidé à le dissuader.

Et puis il ajouta sans ambages, en remettant la lettre du curé Gallot dans son enveloppe :

— Vous avez tout contre vous, mon garçon, l'âge, la façon de marcher, la formation. Le service missionnaire n'a rien d'une promenade de santé.

Donatien avait deviné la part de comédie dans la raideur de cet homme à la figure ronde et aux pommettes couperosées. Il répondit avec audace sans baisser les yeux :

— C'est justement parce que c'est impossible que je suis venu vous trouver.

L'ombre d'un sourire glissa sur le visage du

père. Et ce fut comme si Donatien avait renversé une barrière. Il eut en face de lui un homme compatissant qui lui demanda :

— Vous tenez vraiment à vous consacrer aux missions de toutes vos forces ? C'est drôle, si ce n'était pas la guerre, je ne vous aurais pas accepté.

— Mais c'est la guerre !

Le père supérieur lui remit une biographie du père Baudouin. Il lui indiqua la date de la rentrée, en lui joignant la liste des effets dont il aurait besoin. Il le raccompagna en ajoutant :

— Il faudra couper ces boucles. Elles manquent de... virilité.

L'ordre missionnaire des Pères de Chavagnes où arrivait Donatien était le rejeton direct de l'histoire de la Vendée. Il avait été fondé par le père Louis-Marie Baudouin, fils de journalier vendéen exilé à Tolède sur ordre de son évêque pendant la Révolution avec cent cinquante confrères. « *Les renards ont des trous pour s'abriter. Le fils de l'Homme n'a pas d'endroit pour se reposer...* », écrivait-il après son débarquement clandestin aux Sables-d'Olonne en 1797. La paix revenue, il avait institué l'ordre des Ursulines de Jésus pour l'éducation chrétienne des jeunes filles sur un territoire dévasté, puis avait poursuivi par un ordre de prêtres à l'esprit missionnaire, placé sous la protection de Marie Immaculée. Ainsi s'était développée en Vendée la congrégation des Frères de Marie Immaculée qui avait essaimé, lorsque le territoire d'origine avait été suffisamment reconstruit, vers les régions déchristianisées de France, puis vers le

Canada, le Chili, les Antilles anglaises, le Togo, le Cameroun.

Donatien se plia à la règle austère du juvénat. L'alimentation était spartiate, d'autant plus en cette période difficile, et il arrivait parfois qu'on servît des haricots au petit déjeuner, au déjeuner et au souper. La journée débutait par la prière du matin, à six heures moins le quart. Le dimanche, point culminant de la semaine, était consacré à la prière. Commencée par la méditation, la messe de communion, l'action de grâces, la matinée se poursuivait par la grand-messe chantée. Après le déjeuner venaient les vêpres et l'adoration du saint sacrement, en fin de soirée les complies. Donatien revêtit la soutane au terme d'une première année d'apprentissage des rudiments de la vie religieuse. Il lui restait encore quatre années de grand séminaire consacrées à la théologie, mais aussi à l'étude du latin et de l'anglais, certaines missions étant situées en territoire britannique.

2

Alexina, la sœur de Donatien, était une beauté. Même Gagou, l'idiot du village, tirait sa mère par la manche et disait en la montrant du doigt :

— Maman, regarde !

Elle était grande. Elle attachait ses longs cheveux châtains en catogan, dégageant son visage doux et ses grands yeux marron. Elle ignorait les regards rêveurs sur sa silhouette souple et son cou de cygne. Élise, sa mère, lui avait assez enseigné la modestie.

— Alexina, la vraie beauté intérieure transparaît sur le visage !

Âgée de vingt-quatre ans en 1943, elle n'était pas mariée, sans doute à cause de la guerre.

Elle travaillait comme sage-femme infirmière, à l'hôpital de La Roche, depuis le début des hostilités, et elle s'y consacrait comme à un sacerdoce. Les religieuses de Saint-Vincent-de-Paul lui avaient adjoint la plus laide d'entre elles, sœur Saint-Robert, une bonne femme rabougrie, piquante comme le vinaigre, brassant les malades avec rudesse.

— Quand tu auras autant que moi piqué et torché, ma petite, disait-elle à Alexina en tintinnabulant avec les grains de son grand chapelet, tu pourras me faire la morale.

— Mais je ne vous ai rien dit, ma sœur !

Les bajoues de sœur Saint-Robert tremblaient sur sa guimpe comme de la gelée. Alexina savait que si la sœur ne pouvait pas faire deux gestes à la fois, à cause de son âge, elle choisissait toujours le bon et laissait parfois traîner sa main sur le corps qu'elle morigénait pour une furtive caresse.

— Marche ! ordonnait-elle à Alexina de sa voix d'homme. Ton voile !

Il fallait que le voile couvrît les oreilles et les cheveux d'Alexina. La blancheur du linge accentuait le rose de ses joues et donnait à sa beauté un éclat de madone.

Alexina se trouva de garde la froide nuit de Noël 1943. La brume enveloppait la ville et la figeait dans le givre. Elle sortit sur le perron de l'hôpital, écouta les cantiques de la chapelle où les religieuses assistaient à la messe de minuit. C'était comme un ressac du paradis. Et le cœur de la jeune femme se serra en cette triste nuit de Noël de guerre. Elle pensa à ses parents dans la grande maison de La Trézanne, à son frère derrière les murs de son séminaire, aux soldats, aux avions, aux bombes, aux camps. Elle leva le nez vers le ciel : la brume roulait en vagues contre les murs et les toits de l'hôpital.

Le service était réduit au minimum en cette nuit de fête. Les sœurs priaient. Le médecin demeurait chez lui et ne devait être dérangé qu'en cas d'absolue nécessité.

Des bruits de voix montèrent de l'escalier du rez-de-chaussée. Alexina vit apparaître la concierge en compagnie d'une bonne femme en savates, la tête dans deux tours d'une écharpe de laine. Elle reconnut la mère Gralepoix, la voisine de sa cousine, chez qui elle logeait sur le boulevard. La mère Gralepoix habitait un peu plus loin à la Villa Rosa, une grande maison ornée de faïence à motifs bleus. Elle défit son écharpe et lança à Alexina :

— J'ai mon locataire qui va mal !

La pauvre femme, dans tous ses états, tournait des yeux affolés en battant nerveusement des paupières. Alexina ne comprenait pas. Elle interrogea du regard la concierge, puis répéta :

— Votre locataire ?

Elle se rappela soudain : les Allemands avaient requis la Villa Rosa, et un officier y logeait. Alexina avait vaguement aperçu la silhouette du militaire.

— Il est malade, expliqua la voisine, terrorisée. Il a vomi dans la cuisine et le couloir. Si vous pouviez venir le voir, mademoiselle Alexina !

— Mais je ne suis pas médecin...

Les yeux de Mme Gralepoix s'emplirent de larmes.

— À qui voulez-vous que je m'adresse, cette nuit ? supplia-t-elle en ramassant son écharpe qui traînait à terre. Venez avec moi, mademoiselle !

Alexina enfila son manteau sur sa blouse et prévint sa collègue. Elle précéda la bonne femme qui peinait à la suivre et la perdait dans le brouillard.

— Vous êtes là, mademoiselle ? pleurnichait-elle. Je ne vous vois pas.

La brume noyait le ciel et la terre, et la ville était noire.

Elle prit le bras de la mère Gralepoix à leur arrivée devant la Villa Rosa, car le brouillard était si épais qu'elle n'aurait pas trouvé le portillon de l'entrée. La voisine la conduisit aussitôt à travers le couloir qui sentait le vomi jusqu'à la chambre du soldat.

Alexina s'était figuré un guerrier redoutable, un géant allemand comme on en voyait beaucoup circuler. Elle pensa devant le visage blond rougi par la fièvre : « On dirait un étudiant. » Le cheveu très court, le visage imberbe, il avait l'air d'un adolescent. Son uniforme gris pendait contre la porte de l'armoire, sa casquette plate traînait sur une chaise. Elle lui demanda :

— Où avez-vous mal ?

Il la regarda. Elle lui trouva les mêmes yeux bleus que Donatien.

— Où avez-vous mal ?

Il désigna son ventre.

— Depuis quand ?

Elle hésitait à le toucher. Il cherchait des mots.

— Hier.

— Il est sorti hier matin, intervint la mère Gralepoix, il semblait très bien.

Il portait un pyjama de coton à rayures. Alexina

demanda à la bonne femme de l'aider. Et elle examina le ventre.

— C'est certainement une appendicite.

Elle hésita, et puis :

— Je vais aller chercher le médecin.

Elle avait encore son manteau sur les épaules, son voile sur la tête.

— Évitez de lui donner à boire.

— Quand revenez-vous, mademoiselle ? fit la mère Gralepoix, affolée d'être à nouveau seule avec son malade.

— Quand j'aurai trouvé le médecin !

Elle s'élança à travers la nuit. Une étrange exaltation l'avait envahie. Les platanes du boulevard laissaient tomber des gouttes glacées. Elle tâtonna pour trouver la porte et la poignée du garage à vélo. L'air du cantique de Noël chanté par les sœurs à la chapelle tournait joyeusement dans sa tête. « Qu'est-ce qui m'arrive ? » se dit-elle, surprise de se sentir soudain si heureuse. Elle sortit sa bicyclette, rentra son voile sous le col de son manteau, lança le vélo d'un énergique coup de pédale. « C'est la joie d'être utile ! »

Elle n'y voyait rien. Juste à l'avant de son guidon, des fantômes gris tournaient, la frôlaient. Heureusement, elle connaissait les rues du pentagone. Elle évita l'institution Saint-Joseph où était installée la Kommandantur. Elle emprisonnait sa sonnette sous son poing, parce que le grelot se déclenchait parfois tout seul. Un chien hurla derrière un mur qu'elle faillit heurter. Elle donna un violent coup de guidon, mit pied à terre plus loin lorsque les aboiements se turent.

La brume lui mouillait la figure. La peur lui donnait la chair de poule. Où était-elle exactement ? Elle devait avoir rejoint la place. La messe de minuit à l'église Saint-Louis avait été avancée à cause du couvre-feu. Elle longea le kiosque, remonta sur sa bicyclette pour la laisser glisser dans la descente à tour de roues, et le plaisir revint. « C'est d'être la seule à circuler dans cette ville occupée, par cette nuit grise. C'est l'impression de liberté qui me grise... »

La maison du Dr Guillemin occupait un angle. Alexina était déjà venue frapper à cette grosse maison bourgeoise pour une urgence. Elle appuya son vélo contre le soubassement de pierre, gravit les trois marches de l'entrée, tira l'anneau de la cloche. Une servante en tablier blanc écarta le rideau et ouvrit.

Alexina respira une odeur de volaille au four. Mme Guillemin mère s'approcha dans la pénombre du couloir éclairé par une seule ampoule. Son col de dentelle concentrait la lumière et la réverbérait sur ses lorgnons épais.

— Qu'est-ce qui se passe ? demanda la vieille dame à la figure ridée.

Elle observait Alexina avec méfiance, devinant qu'elle allait lui arracher son fils.

— Nous avons besoin du docteur pour une urgence.

— Ça ne peut pas attendre demain ? objecta-t-elle avec une laide grimace.

Guillemin arrivait, la serviette de table à la main.

— Eh bien, mademoiselle Vernageau, vous venez m'embêter ? Nous sommes à la dinde. En voulez-vous un morceau ?

— Je vous remercie.

Ses yeux brillaient. Il tamponnait sa moustache à coups de serviette en regardant Alexina avec appétit comme si elle avait été une part de dinde.

— Nous avons une appendicite, dit-elle. Je crains la péritonite.

— Qu'est-ce que vous en savez, mademoiselle, vous êtes médecin ?

— C'est pourquoi je suis venue vous chercher.

Il éclata de rire.

— On peut dire que vous avez le sens de la repartie, vous !

Il devait avoir bu. Il sortit un bout de langue pointue et le glissa sur sa moustache.

— Vous êtes venue comment ? demanda-t-il.

— À bicyclette.

— Vous allez la rentrer dans la cour et je vous emmène dans ma voiture. J'arrive, le temps de vider mon assiette !

Elle entendit des heurts de couverts, revit le regard d'adolescent angoissé de l'Allemand, s'impatienta du temps passé. Enfin le docteur sortit en prenant son manteau de laine. Quelqu'un ouvrait le portail de la cour. Alexina s'assit à l'avant de la 302. Guillemin sentait le vin rouge et la bonne cuisine. Il descendit la vitre.

— Vous n'oublierez pas le vélo de mademoiselle !

Il accéléra. Les minces traits de lumière des phares masqués se perdaient dans les fumées et n'éclairaient rien. Ils roulèrent au pas, le moteur vibrait. Soudain une main se posa sur le genou d'Alexina, et la voix du Dr Guillemin :

— Alors, mademoiselle, minauda-t-il, on s'offre une balade avec son toubib ?

Elle détacha les doigts un à un, ramena la main sur le volant et tourna les genoux vers la portière.

— C'est un Allemand, murmura-t-elle.

— Comment ? cria-t-il.

— Le malade est un Allemand.

Il freina brutalement.

— Vous êtes folle. Vous m'avez dérangé pour un Allemand !

— Il a une chambre chez une voisine, Mme Gralepoix. Elle est venue me chercher.

— Vous avez intérêt à ne pas vous être trompée, la menaça-t-il, sinon vous aurez de mes nouvelles !

Il redémarra. Alexina n'était pas sûre que la colère du chirurgien n'était pas due d'abord au rejet de sa main. Elle le conduisit jusqu'à la grille de la Villa Rosa. La mère Gralepoix guettait, dans son écharpe.

— Comment va-t-il ? demanda Alexina.

— Il a encore vomi.

Elle le trouva plus mal, la chair colorée de vilaines marbrures. Guillemin ne tergiversa pas.

— On opère tout de suite, fit-il sèchement.

Il ne semblait plus ivre.

— Vous allez m'aider à l'emmener, mademoiselle. Pouvez-vous marcher ? demanda-t-il à l'Allemand.

Le malade interrogea Alexina du regard avec l'air d'un enfant égaré.

— *Ja ! Ja !* dit-il enfin.

Ils l'enveloppèrent dans la couverture de la mère Gralepoix. Il était plus grand qu'Alexina ne l'avait imaginé. Elle avait glissé son épaule sous son bras.

— Vous allez prévenir la Kommandantur ? demanda la mère Gralepoix, inquiète.

— On va envoyer quelqu'un de l'hôpital, dit Guillemin.

Ils l'assirent à l'avant de la 302. La sœur Saint-Robert, rentrée de la messe de minuit, se précipita en agitant sa cornette.

— Où étiez-vous ?

Elle remplaça le docteur auprès du malade dans le couloir de l'hôpital et l'interrogea avec son franc-parler habituel :

— Comment vous appelez-vous ?

— Heinz Stier.

Elle sursauta. Alexina précisa :

— C'est un Allemand.

— Et alors ? Oui, c'est un Allemand. Comment vouliez-vous que je le devine ?

L'Allemand avait dû comprendre, car il trouva la force d'ajouter :

— Stier, cela veut dire taureau.

— Eh bien, Heinz Taureau, nous allons vous enlever cet appendice qui vous rend malade !

L'état du malade Stier, opéré en crise, évolua favorablement les 25 et 26 décembre. Des officiers lui rendirent visite et laissèrent sur sa table de nuit une figurine de Noël en bois peint comme on en sculpte dans les fermes allemandes. Mais la fièvre remonta le 27, un abcès ombilical se forma que Guillemin incisa. Et Heinz Stier ne regagna la Villa Rosa qu'à la mi-janvier.

Le 16 janvier au matin, en ouvrant sa porte, la logeuse d'Alexina trouva un bouquet de gui fixé à la douille du porte-drapeau au-dessus de sa porte, orné d'une figurine de bois peint. Elle hissa son ventre et ses seins ballonnés sur une chaise et décrocha de son mur l'ornement à son goût trop voyant. Elle entra dans la chambre d'Alexina qui dormait encore et le jeta sur son lit. Le mari de la logeuse avait été terrassé par une attaque en plein travail à la tannerie, en 1941. On l'avait repêché dans une cuve de peaux, parfaitement mort, et à peine gonflé d'eau. Loger Alexina, liée par un lointain cousinage, lui permettait de gratter quelques sous.

— Je me doute que cette suspension n'est pas pour moi, gronda-t-elle avec son habituelle humeur acariâtre.

Alexina luttait tête baissée, huit jours plus tard, sur le boulevard contre la bise glacée venue des plaines de l'Est où les bataillons russes résistaient à l'armée du Reich, lorsqu'elle faillit heurter un grand soldat allemand. Elle sursauta, mais elle l'entendit claquer des talons. Elle le découvrit, figé, droit comme un jonc dans son long manteau de drap gris, et reconnut alors la figure blonde de Heinz Stier sous la casquette plate. Elle ne l'avait pas imaginé en uniforme d'officier. Le teint pâle encore, le nez plus busqué que dans son souvenir, il souriait, et son regard bleu sombre à la tombée du jour brillait.

— Bonsoir, mon sauveur ! dit-il.

Instinctivement, Alexina regarda derrière elle de crainte d'être surprise avec un Allemand. Le vent gémissait dans les branches des platanes. Le pan du manteau de Heinz Stier battait contre ses jambes.

— Je travaille mon français, maintenant, pour mieux remercier vous.

— Pour mieux vous remercier..., corrigea-t-elle.

Les sourcils de Heinz Stier bougèrent, et ils restèrent ainsi, un moment immobiles, l'un en face de l'autre sans rien se dire. Alexina pensait qu'elle aurait dû prendre des nouvelles de sa santé. Mais cet uniforme gris la paralysait. Elle se disait qu'il fallait qu'elle parte. Un grondement de moteur grandissait derrière son dos, elle tourna la tête. Elle entendit un : *ach !* Heinz Stier avait claqué des talons et s'éloignait à longues enjambées, son manteau soulevé par ses bottes noires.

Elle ne bougeait pas, toute tremblante, encore. La voiture filait, dans une âcre fumée de gazogène. Elle se rendait compte à présent à quel point elle avait oublié que le patient Stier, chambre 9, était allemand. Elle sentait ses jambes trembler. Sous la casquette à visière rebiquante, il avait le même regard sensible frangé de cils blonds. Elle regrettait sa moue chagrine lorsqu'elle avait tourné la tête vers l'automobile. Elle aurait tout de même dû le remercier pour le bouquet de gui. Elle aurait aimé courir derrière lui pour le lui dire, alors qu'il avait disparu au coin de la rue.

Elle se mit à marcher d'un pas alerte, le feu aux joues, tandis que la houle de la bise déployait les ramures des platanes comme des palmes.

Elle ne le revit plus pendant les deux mois qui suivirent. Elle se renseigna, mine de rien, à la Villa Rosa. La mère Gralepoix, redevenue la femme fière dont le fils tirait des portraits grands comme des tableaux de tout le petit monde vendéen, hésita à lui dire :

— Il est parti à La Rochelle. Il reviendra. Il a laissé des affaires dans l'armoire. Certains partent du jour au lendemain pour l'Est. Les Russes leur mènent la vie dure, là-bas, et c'est tant mieux.

La sœur Saint-Robert interpella Alexina, un matin, alors qu'elles sortaient de la chambre d'un malade :

— Qu'as-tu ? Tu ne ris plus. Tu as quelque chose qui ne va pas ?

— Mais non, ma sœur, ça va, je vous assure. Pourquoi me demandez-vous cela ?

La sœur Saint-Robert haussa les épaules, et son chapelet tintinnabula.

— Tu n'es pas obligée de me le dire, mais je vois bien que quelque chose ne va pas. Tu n'es pas amoureuse, tout de même ! C'est grave, si cette maladie t'est tombée dessus !

Alexina secoua la tête en riant.

— Non, ma sœur, ne vous inquiétez pas !

Sœur Saint-Robert haussa encore ses lourdes épaules, et allongea le pas dans le couloir. Alexina se regarda en passant dans un miroir.

Elle sentit bouger au fond de son cœur la petite chose qui s'y était glissée et qui lui faisait mal.

Elle l'aperçut un samedi de la mi-avril. Les cloches sonnaient l'angélus. Il marchait dans la contre-allée de gauche du boulevard en compagnie d'un autre officier pataud. Elle roulait à vélo dans la contre-allée de droite. Ils avaient abandonné les manteaux. Leurs culottes de cavaliers bouffaient au-dessus des bottes de jais. Alexina sentit son front se couvrir de rougeur. « Je ne m'arrêterai pas, se dit-elle, c'est un Allemand. » Ses mains agrippèrent les poignées de freins. Les patins bloqués crissèrent. Une femme, portant un panier d'osier à couvercle, se retourna, ainsi qu'un homme sur un char à bancs. Alexina mit pied à terre. Heinz Stier, en face, inclina discrètement la tête. Elle portait des socquettes roulées sur les chevilles, et une robe à fleurs, au col blanc. Sa logeuse Berthe lui avait lancé :

— Tu te promènerais toute nue, ce serait pareil !

Elle lui avait répondu :

— On ne pourrait pas dire la même chose de vous, cousine Berthe !

La chaleur était venue tout d'un coup. Les arbres avaient mis leurs feuilles en quelques jours. Les platanes s'étaient parés de vert tendre. Il avait plu un peu, au lever du jour, et le soleil rayonnait à présent sur les branches et les feuilles vernies comme sur des candélabres. La cloche de la chapelle des clarisses s'agitait toujours, alors que le bourdon de l'église Saint-Louis s'était tu. Heinz Stier se retourna dans le dos de l'autre soldat, la regarda le visage heureux, son regard glissa.

Elle le revit ainsi plusieurs fois, seul ou accompagné, à distance. Il se retournait, la regardait, l'air étonné. Il était là, et il n'y était plus. Il disparaissait huit jours, quinze jours.

— Cette fois, dit la mère Gralepoix, ils l'ont envoyé à Saint-Nazaire.

Au mois de juillet, un violent orage éclata dans l'après-midi du 20. La pluie noya la lingerie au sous-sol de l'hôpital, et toutes les femmes, même les infirmières, durent déménager les ballots de draps gorgés d'eau comme des éponges.

Alexina sortit dans la soirée désormais très douce. Les platanes s'ébrouaient et lâchaient soudain une averse de gouttes. Elle se promenait dans la contre-allée du boulevard en compagnie d'une voisine de sa cousine, employée des cuisines à l'hôpital. Le mari de cette femme, renvoyé de son camp de prisonniers en 1942 à cause de ses poumons malades, avait célébré son retour en lui faisant un cinquième enfant, âgé maintenant d'un an. Mais il n'était désormais plus qu'une flamme vacillante, prête à s'éteindre au premier crachotement. Et sa femme, sitôt soigné tout son monde, courait prendre son service à l'hôpital. Alexina, compatissante, lui avait rapporté récemment, en même temps qu'à sa logeuse, un quart de cochon de La Trézanne, bienvenu pour tous les petits becs affamés.

Les enfants énervés d'avoir été cloîtrés par l'orage sabotaient sur le boulevard, à grands cris, sous la surveillance de leur mère et d'Alexina côte à côte, se passant le petit dernier qui gigotait aux appels de ses frères et sœurs. La voisine prise d'amitié pour la belle infirmière lui confiait ses soucis.

— Ça me fait du bien de parler, disait-elle.

La ville avait retrouvé sa rumeur ordinaire. Les miasmes du ruisseau de la tannerie grossi par l'orage flottaient jusqu'à elles. L'aumônier de l'hôpital les croisa, vénérable, très âgé, les pieds plats dépassant à peine de sa soutane verdâtre, le vague sourire du devoir accompli sur le visage. Et soudain, dans un claquement de talons, Heinz Stier fut là.

Il saisit sa main avec audace pour la première fois. Et dans un état d'excitation qui lui mettait le sang aux joues et rendait ses yeux bleus étincelants.

— Hitler a été victime d'un attentat ! dit-il. Il est mort !

Il éclata de rire. Les deux femmes étonnées en face de lui ne comprenaient pas.

— J'ai appris le français pour parler avec vous, ajouta-t-il. N'est-ce pas ? C'est mieux ?

La voisine s'éloigna, son enfant sur le bras. Alexina sourit enfin.

— C'est beaucoup mieux.

Elle murmura, très vite, pour ne pas être entendue :

— Tout le monde nous voit. Allez m'attendre dans le chemin des Loups, près du couvent des clarisses. Je vous rejoindrai.

Elle avait lancé ces paroles sans réfléchir. Les habitants du boulevard avaient sorti leurs chaises pour profiter de la fraîcheur de la soirée après l'orage. Ils épiaient Alexina en conversation avec l'Allemand. Heinz Stier s'en alla. Alexina rejoignit son amie devenue muette. Elles firent quelques pas ensemble. La voisine lui lançait des regards de côté, et Alexina comprit que sa présence l'embarrassait.

— C'est l'Allemand qu'on a sauvé d'une crise d'appendicite, expliqua-t-elle.

La voisine gardait le silence, le front baissé.

— Bon, eh bien, je crois que je ne vais pas tarder.

Alexina rentra chez sa cousine, la tête remuée par la tempête : « Tu es folle ! se disait-elle. Te rends-tu compte que tu as donné rendez-vous à un Boche ? » Elle ressortit pourtant. La voisine rassemblait sa tribu, lèvres pincées. Alexina lui souhaita le bonsoir. L'autre ne voulut pas l'entendre.

Alexina remonta le boulevard d'un pas alerte sans se soucier des aiguilles à tricoter qui s'arrêtaient sur son passage. La brunante se prolongeait : une énorme flaque de lumière restait accrochée au ciel et n'en bougeait pas. Le père Bregeon remontait de son jardin avec un panier de prunes sainte-catherine et un bouquet de bâtons de Jacob. La moustache blanche qui barrait sa figure s'illumina.

— Ne cours pas si vite, fillette, fillette, chantonna-t-il, il passera bien le temps des amours... Veux-tu me faire plaisir ? Prends une prune dans mon panier.

Alexina hésita.

— J'en prends deux !

Elle se sauva en riant. Elle avait lié ses cheveux sur sa nuque avec un foulard bleu à pois comme sa robe. Elle rejoignit le chemin des Loups et le mur de la clôture des clarisses. Une glycine en fleur passait par-dessus les tuiles. Alexina goûta les relents de leur parfum. Elle guetta le silence de l'enclos, reconnut des bruits de bêche et de sécateur. Est-ce que les sœurs jardinaient à la tombée du jour ? Heinz Stier attendait à l'extrémité du mur. Elle lui tendit une prune sainte-catherine.

— Pourquoi restez-vous en uniforme ? lui reprocha-t-elle.

— Vous croyez qu'on me reconnaîtrait moins ? s'excusa-t-il.

Le chemin continuait, bordé de jardins et de cabanes à outils jusqu'aux bords de la rivière. Ils descendirent d'un bon pas. Alexina s'étonna des progrès en français de Heinz Stier.

— Vous le compreniez à peine, il y a six mois.

L'Allemand, heureux et confus du compliment, en perdit son français :

— Je l'ai appris pour remercier vous de m'avoir sauvé le vie.

— *La* vie. Alors, comme ça, Hitler est mort ?

— Nous sommes débarrassés du criminel. La guerre va s'arrêter. Nous allons signer la paix avec le monde. Les Allemands ne seront plus les ennemis des Français.

— Vous croyez que ce sera aussi simple ?

Un petit pont de bois traversait la rivière. Ils le franchirent et continuèrent sur le chemin du bord de l'eau. Des odeurs de vase remuée par la pluie sourdaient du lit étroit. La terre détrempée enfonçait parfois. Alexina s'aperçut que Heinz avait ôté sa casquette et l'avait glissée dans sa vareuse.

— D'où êtes-vous ? interrogea-t-elle. Parlez-moi de vos parents, de votre famille. Vous avez appris le français pour me raconter cela.

Il tourna vers elle sa longue figure aux traits enfantins. La clarté crépusculaire leur permettait encore de distinguer l'éclat de leurs regards. Elle l'encouragea de la tête.

— Je suis de Tannheim, en Forêt-Noire. Tannheim signifie le pays des aiguilles de pin. Mes parents sont paysans. Mon père porte un bonnet de laine tricoté par ma mère. Il fume la pipe. Pour le carnaval, ma mère et mes trois sœurs sortent la robe traditionnelle et le Schäppele, le chapeau rouge. Nous avons beaucoup de neige en hiver. Nous partageons tous la grande maison de bois, la famille du côté du soleil, les animaux entrent par le côté, et nous rangeons le foin par-derrière sous le toit. Des géraniums fleurissent le balcon. Les cerisiers et les pruniers pour le schnaps poussent dans *le* cour...

Il parlait bien de son pays. Et les montagnes et les forêts de sapins surgissaient dans l'ombre sans lune qui s'installait enfin. Ils avaient quitté les bords de la rivière et gravi le coteau jusqu'au terre-plein de la voie ferrée qu'ils avaient franchi. Ils allaient devant eux. Ils auraient marché toute la nuit. Les chiens aboyèrent après eux quand ils traversèrent un village. Des lumières tremblaient derrière les carreaux. Des rais de clarté coulaient par des portes d'étable. Heinz Stier racontait avec un lourd accent, mais il trouvait les mots. Quand il ne trouvait pas, il employait le mot allemand, et ils finissaient par se comprendre. Elle le découvrait bavard. Il disait qu'il avait été pensionnaire au collège, le gymnasium. La place de dernier enfant et unique garçon de la famille lui avait valu ce privilège. Il allait poursuivre des études supérieures à Fribourg lorsque la guerre était arrivée.

— Et vous ? fit-il à Alexina.

Les étoiles s'étaient allumées. Les grenouilles des fossés se taisaient à leur approche. L'orage n'avait pas vraiment rafraîchi le temps. Des buées blanches glissaient dans les fonds comme des voiles de mariée. La campagne sentait bon la poussière de blé. Alexina raconta La Trézanne, son père

Augustin, sa mère Élise, son frère Donatien au scolasticat et bientôt ordonné prêtre. Ils passèrent les villages de La Chevallerie, de La Termelière, traversèrent la rivière au pont de Moulin-Neuf, revinrent par la route de Dompierre. Ils marchaient toujours aussi vite comme s'ils étaient pressés. Parfois, dans le noir, leurs bras et leurs épaules se heurtaient. Ils étaient aussi bavards l'un que l'autre. Alexina disait qu'elle était devenue infirmière par accident après avoir accompagné une amie à l'école de sages-femmes de Nantes. Heinz se demandait s'il reprendrait les études après la guerre, ou s'il reviendrait tout simplement à la ferme avec son père.

Ils retrouvèrent le mur des clarisses et furent déçus. La cloche sonnait une demie. Ils s'aperçurent qu'ils étaient en sueur. Alexina chuchota :

— On dit : en nage.

Elle expliqua. Ils rirent, descendirent lentement vers la Villa Rosa. La ville était endormie dans le couvre-feu. Heinz affirma :

— C'est la dernière nuit du couvre-feu. Demain, la paix. *Friede*...

Il claqua les talons. Ils se serrèrent vivement la main comme à l'irruption de Heinz sur le boulevard. Leurs doigts étaient brûlants. Ils s'arrachaient les yeux pour distinguer leurs visages à travers la nuit.

— *Auf wiedersehen*, Heinz Taureau, chuchota Alexina.

— *Auf wiedersehen*, Alexina, au revoir.

Le portillon de la Villa Rosa grinça. Des oiseaux

s'envolèrent des platanes au passage d'Alexina. Elle perçut encore, dans le lointain, de sourds grommellements d'orage. Elle devait dire plus tard, longtemps après : « Ce fut peut-être la plus belle nuit de toute ma vie. Il fallait que nous soyons complètement inconscients pour nous afficher sur les chemins, un soir de fin juillet 1944. L'accent de Heinz était reconnaissable au premier mot. Il y avait des résistants au bois des Gâts à Dompierre. Les maquisards n'auraient pas hésité une seconde. Mon sort n'aurait probablement pas été plus enviable que celui de Heinz. Nous n'avons été inquiétés par rien. Les vols d'avions anglais et américains n'étaient pas rares, la nuit, à cette époque-là. La gare de La Roche avait déjà été bombardée et mitraillée deux fois. Je suis rentrée chez la cousine Berthe sans me cacher. Le boulevard scintillait au clair de lune de toutes ses feuilles. J'ai failli pousser la porte de la chambre de Berthe, parce que je savais qu'elle ne dormait pas. Heinz était tellement persuadé de la mort de Hitler. Il m'apparaissait comme une victime et non comme un agresseur. Une autre Allemagne vivait dans ses cheveux blonds et ses yeux bleus. Il m'avait convaincue que nous allions avoir la paix. »

Le lendemain Alexina vit Heinz qui la guettait à la sortie de l'hôpital. Elle comprit tout de suite qu'il était porteur d'une mauvaise nouvelle.

— L'attentat contre Hitler a échoué, déclara-t-il péniblement. Pardonnez-moi. Je me suis trompé.

Ses traits étaient tirés. Le regard triste et lourd, il scrutait Alexina avec une avidité désespérée.

— Voudrez-vous, quand même, venir vous promener dans la campagne, un soir ?

Alexina lui tendit la main.

— Rendez-vous le soir du prochain orage.

Il lui secoua la main, leva la tête vers le ciel, un sourire mélancolique aux lèvres. Les brumes d'orage s'étaient évanouies. La lumière blanche du soleil aveuglait. Les feuilles des platanes, rafraîchies la veille, étouffaient dans une chaleur de four. L'air s'était de nouveau rempli de poussière.

Ce jour-là, le 21 juillet au soir, Alain de Gouyon, secrétaire départemental de la Milice, fut abattu à la sortie de la ville. Trois jours après, les miliciens procédèrent à une vague d'arrestations sans précédent. Ils remplirent la prison du boulevard, avant d'expédier les prisonniers à Poitiers, puis de leur faire prendre le chemin de la déportation. Les bruits les plus fous circulaient. On disait les Américains aux portes de la Vendée. Des navires allemands avaient été coulés en rade des Sables-d'Olonne. Le 12 août, Nantes fut libéré. Des convois de véhicules allemands traversèrent La Roche dans tous les sens. Alexina, sans nouvelles de Heinz depuis le 21 juillet, alla frapper à la porte de la Villa Rosa.

Elle trouva la porte ouverte, entra. La mère Gralepoix lisait le journal assise dans un fauteuil de paille. Elle se rengorgea, impitoyable comme une allégorie de la justice.

— J'espère bien qu'*il* ne reviendra pas ! siffla-t-elle alors qu'Alexina n'avait pas prononcé un mot.

Elle jouait avec le médaillon de son sautoir en or sur son chemisier noir en épiant sa visiteuse dans la lumière du vestibule. Elle reprochait ouvertement à Alexina de s'intéresser à son locataire.

— Souhaitons qu'on nous débarrasse bien vite de tous ceux de son espèce, n'est-ce pas, mademoiselle !

Elle avait oublié que six mois plus tôt c'était elle qui l'avait mis en présence d'Alexina et qu'elle la suppliait. La plupart des habitants du boulevard adressaient d'ailleurs des regards mauvais à Alexina depuis la soirée de l'orage. Sa cousine Berthe soupirait et levait les yeux au ciel.

Il tomba quelques gouttes, le matin du 4 septembre, au petit jour. Alexina s'apprêtait à quitter l'hôpital, après sa garde de nuit, lorsqu'elle rencontra dans le couloir un petit garçon aux yeux noirs, aux genoux écorchés, une galette sur la tête rentrée jusqu'aux oreilles.

— Que fais-tu là ? lui demanda-t-elle.

Elle vit les mains couvertes de verrues.

— Je cherche Mlle Alexina, dit-il.

— C'est moi.

Il sortit un billet de sa culotte où auraient logé trois derrières maigres comme le sien.

— Qui t'a donné ça ?

— Un soldat. Il m'a dit que tu étais la plus belle de La Roche.

Alexina supporta le regard ardent du garnement qui avait accepté de porter ce message pour découvrir la plus belle fille de la ville. Elle se tourna et déplia une page déchirée dans un calepin à carreaux. Son cœur sauta dans sa poitrine tandis qu'elle lisait : « Rendez-vous au prochain orage. »

— Où l'as-tu vu ? interrogea-t-elle vivement.

— Devant la Kommandantur. Ils chargeaient les camions. Ils ont enlevé les drapeaux.

Alexina se précipita dans la rue en blouse et voile d'infirmière, traversa le boulevard, descendit vers l'institution Saint-Joseph, siège de la Kommandantur. Le drapeau à croix gammée ne flottait plus au-dessus de la double porte d'angle de l'institution, et l'inscription Kommandantur avait été décrochée du fronton. Aucun véhicule ne stationnait dans la rue. Un attroupement se formait sur le trottoir d'en face. Alexina, immobile, entendait les cris de joie :

— Ils sont partis ! Ils sont partis !

Une voix entonnait :

— *Allons enfants de la patrie...*

Les autres poursuivaient en chœur. Alexina s'adressa au petit qui l'avait suivie :

— Tu es content qu'ils soient partis, toi aussi ?

— Oui, mademoiselle.

— Tu as raison, nous sommes libres.

Elle posa la main sur la tête coiffée du béret.

— Tu as envie d'aller les rejoindre, là-bas ?

Il hocha la tête.

— Je te remercie de m'avoir apporté le billet. Tu veux que je t'embrasse ?

Il hocha encore la tête. Elle s'inclina. Un collier de verrues entourait le cou du garçon.

— Merci, dit-il en relevant le bord de son béret.

Il courut se jeter dans l'attroupement qui grossissait. La pluie tombait en gouttes légères. La chaussée luisait. Alexina, entourant ses épaules de ses bras, s'aperçut que ses vêtements étaient mouillés. Elle serrait le morceau de papier plié en quatre dans le creux de sa main. Elle en palpa le volume, l'ouvrit mentalement et lut : « Rendez-vous au prochain orage. » Elle le glissa à l'abri dans son corsage et murmura avec la chorale de plus en plus bruyante :

— *Ils viennent jusque dans nos bras égorger nos filles et nos compagnes...*

II

LOIN VERS L'OUEST

3

Donatien fut ordonné prêtre le jour de la fête des Saints-Pierre-et-Paul 1945, en la cathédrale de Luçon. Il avait beaucoup changé depuis son entrée au scolasticat. Il avait déjà l'apparence – chez les pères on disait l'habitus – des aventuriers missionnaires de l'Évangile. Il portait la soutane, la croix fichée dans la ceinture. Une barbe très noire au crin épais qu'il taillait droit lui mordait les joues et lui fleurissait la poitrine, compensant son crâne tondu à moins d'un centimètre.

— Je ne reconnais plus mon Donatien ! s'était écriée Élise, sa mère, en le découvrant ainsi la première fois. On dirait un corsaire pirate ! Tes yeux bleus me font peur ! Où veux-tu que je t'embrasse maintenant ?

— Sur le front, c'est là que vous m'embrassiez quand vous veniez voir si je dormais.

Une retraite fermée d'une semaine l'avait préparé à recevoir le sacrement de l'ordre. Et de grands frissons le parcouraient dans le cloître de la cathédrale en ce matin des Saints-Pierre-et-Paul alors que les cloches carillonnaient à toute volée. Il faisait pourtant beau et tiède. Des moineaux jaillis des lauriers en fleur se poursuivaient sous le cloître. Donatien arpentait nerveusement les dalles, les mains jointes, revêtu de l'aube, l'étole en sautoir. Il était le premier ordinand de l'après-guerre. Son ordination prévue pour septembre avait été avancée. L'initiative était venue de l'évêque à son passage à Mouilleron.

— Votre ordination, un mois après la paix, sera un signe formidable ! disait-il, la voix vibrante, le sourire généreux, le menton soulevé par une blessure de guerre. Et puis les pères missionnaires vous attendent, ils seront heureux de voir arriver un jeune pour la relève !

Comment résister à une pression aussi paternelle ? La porte latérale de la cathédrale s'ouvrit. Le père supérieur de Chavagnes fit signe à Donatien, un enfant de chœur s'avança et lui remit un cierge. Les accords des grandes orgues tonnèrent lorsqu'il entama sa lente remontée de l'allée centrale. Le soleil jaillissait par les vitraux des grandes verrières et frappait la forêt de colonnes gothiques. La foule des visages se tournait vers lui. Donatien craignit d'être victime d'un éblouissement. Il sentit qu'il boitait affreusement.

L'évêque s'avança dans le chœur, grandi par la mitre, appuyé sur sa crosse d'or. Les chanoines du chapitre et un cortège de prêtres en surplis qui se disposèrent en demi-cercle autour de l'autel le suivaient. Donatien s'arrêta au premier rang des fidèles devant la chaise qui lui était réservée auprès de son père et de sa mère, et il se sentit rassuré. Puis le père supérieur, à la sainte table, appela :

— Que s'approche celui qui doit être ordonné !

« Si nous étions au moins deux, pensait Donatien, je n'aurais pas cette impression de revêtir un costume trop grand pour moi. Nous nous appuierions l'un sur l'autre... » Il aperçut le curé Gallot, son ami, parmi l'assemblée des prêtres, et trouva son regard. Le curé lui adressa le commencement d'un sourire, et Donatien en fut réchauffé. Il répondit à son supérieur :

— Me voici.

Il se prosterna sur les dalles du chœur, face contre terre, le front sur les mains, pendant la longue récitation des litanies des saints. Et puis l'évêque lui imposa les mains en récitant la prière de l'ordination. Et tous les prêtres présents, jusqu'au plus vieux chanoine soutenu par deux de ses confrères, vinrent à leur tour poser leurs doigts sur sa tête en signe d'accueil. Il reçut la chasuble. L'évêque, à genoux, oignit ses mains en chantant le *Veni Creator*.

Donatien sortit de son recueillement au moment où il vit sa mère s'avancer la première pour la communion. Le temps avait creusé des rides sur le visage maternel. Sa silhouette s'était épaissie. Pourtant il se voyait escalader en courant les marches du perron de La Trézanne à son retour de l'école et se jeter contre ses jambes. Il posa l'hostie sur sa langue. Derrière venait Augustin, la main posée sur son bras de bois. Le père regarda le fils, battit des paupières, ferma les yeux et ouvrit la bouche.

L'évêque entonna le *Te Deum*, les portes s'ouvrirent, le soleil ruissela à flots dans la cathédrale. Le ciel était d'un bleu cru sans une taie de nuage. Les cloches carillonnaient la joie, lançant les hirondelles du clocher dans des glissades vertigineuses. Alexina photographia son frère bénissant son père et sa mère à genoux au pied de la statue de Richelieu. Augustin s'efforçait de tenir la pose, le chapeau enfoncé profond sur son front hâlé. Il se releva en frottant ses jambes de culottes.

— Je n'aurais jamais imaginé me retrouver là un jour, lorsque j'étais petit valet à la métairie des Fontenelles ! dit-il à Élise.

Elle se mouchait sous sa voilette pour dissimuler son émotion. Elle appuya la main sur l'avant-bras valide de son mari dans un geste de tendre abandon et lui montra Donatien qui bénissait plus loin un quatuor de jeunes garçons et filles.

L'évêque avait, comme prévu, décidé de profiter de l'ordination de son jeune missionnaire pour lancer une campagne de réveil de la foi et lui avait organisé une tournée de premières messes. La toute première était, bien sûr, réservée à sa paroisse de La Genétouze.

Donatien gravit en tremblant les marches de la chaire de son église. Il appuya les mains au rebord de chêne. Le sang battait à ses oreilles. Une colombe était sculptée au-dessus de sa tête, il le savait. Il connaissait tout de cet édifice où il avait été baptisé. Il connaissait tous les visages levés vers lui. Il aurait pu appeler chacun par son nom. Son sourire ému se perdit dans sa barbe noire, mais les paroissiens de La Genétouze le devinèrent à ses yeux, et certains sourirent à leur tour.

— Mes frères ! murmura-t-il, la gorge serrée.

Son père et sa mère se trouvaient au pied de la chaire, le boulanger Alain Bernard, leur ami, auprès d'eux. Providence croisait les bras en face, dans le banc de Sainte-Anne. Elle levait vers son compagnon de jeux ses yeux au blanc très pur. Il ne l'avait pas revue depuis son entrée au séminaire. Elle s'était mariée l'année précédente avec son infirmier de Tours. Des éphélides brunes lui tachaient le front et le tour des yeux. Elle attendait son premier enfant.

— Mes amis..., reprit-il.

Le père supérieur voulait garder Donatien avec lui. Il s'était pris d'affection pour ce garçon peu banal à l'esprit sans cesse remué par de nouveaux projets. Il le voyait professeur au séminaire. Il était convaincu que sa vitalité aurait le meilleur effet sur ses élèves. Il l'imaginait son bras droit. Il lui avait laissé entendre qu'un jour, peut-être, il serait appelé à lui succéder : il avait abordé franchement le sujet le lendemain de l'ordination et avait connu la déception la plus douloureuse de sa carrière. Donatien lui avait dit non.

— Comment non ? avait suffoqué le père supérieur. Vous ne voulez pas rester avec moi ?

— Ce n'est pas que je ne veux pas rester avec vous, avait répondu Donatien fermement, c'est que je veux partir. Pourquoi croyez-vous que je suis venu chez les Pères de Chavagnes ?

— Tu partiras si tu veux. Nous t'enverrons étudier un couple d'années à Rome.

Le saint homme, sûr de l'emporter, avait déjà obtenu cette faveur pour son protégé. Donatien refusa de s'arrêter à cette idée et secoua son front buté.

— Mon père, je veux être missionnaire !

— Tu sembles déjà oublier que tu as prononcé des vœux d'obéissance.

— Je n'oublie pas, mon père. Je sais que notre fondateur a donné à notre ordre une vocation missionnaire. Si vous me commandez de rester, je me plierai...

— Mais ?... interrogea le supérieur, devançant l'objection de son jeune disciple.

Ils se regardèrent dans les yeux. Donatien, très pâle, lâcha :

— Rien...

Le père supérieur joignit alors les mains.

— À la bonne heure ! fit-il avec un sourire forcé. Je ne veux pas vous obliger à aller contre votre vocation. Ma proposition était celle d'un ami. Il me semblait que nous ferions du bon travail ensemble.

Il ajouta avec un trouble sur le visage :

— Méfiez-vous de votre caractère. Je n'ai jamais lu tant de désobéissance dans l'obéissance.

Donatien inclina la tête, confondu de décevoir cet homme généreux.

Il fut finalement mis à la disposition du diocèse de la Dominique, aux Antilles anglaises. Son départ fut fixé au 4 octobre 1945, jour de la Saint-François-d'Assise. Le père Barré, un missionnaire chevronné venu soigner une fièvre exotique persistante et piégé par la guerre, devait être du voyage avec lui. Donatien profita de son aide pour préparer son expédition. Il rendit visite aux familles des pères en exercice et se chargea de leurs messages. Il organisa un gigantesque rassemblement missionnaire en compagnie de ses anciens camarades des Jeunesses catholiques et récolta une appréciable dîme pour les œuvres de la mission dominiquaise. Il s'entraîna à parfaire à voix haute son anglais livresque qu'il n'avait jamais soumis à l'épreuve de la réalité. Généralement les pères effectuaient un stage en Angleterre avant de partir. Mais les désordres de la guerre et l'urgence des besoins en avaient dispensé Donatien.

Il vint à La Trézanne trois jours avant son départ. L'automobile d'un confrère le déposa au bout de l'allée à la tombée du jour. Le ciel était plombé de pluie. Un vent nerveux sifflait dans les branches des acacias. Il arrachait leurs feuilles fragiles, et leurs menus squelettes bruns craquaient sous les souliers. Soudain, malgré son sac et sa soutane, Donatien obliqua sur le talus de droite et l'escalada. La pente était raide. Ses souliers plats de clerc glissaient. Il fut cependant habile à saisir les brins de genêt pour se hisser. Il se hâta de filer en direction des gros chênes dressés de l'autre côté du champ. La nuit était déjà couchée sous leur ramure, et Donatien s'abîmait les yeux à essayer d'y voir quelque chose. Pourtant il lança soudain un joyeux :

— Ils sont là !

Il s'inclina sur une touffe de bruyère et en retira un cèpe qu'il mira dans la lumière du jour finissant. Il ouvrit sa sacoche et y déposa sa cueillette, s'accroupit encore, trouva une grosse molle, un large champignon bien mûr, puis un bouchon bien ferme. Il parla tout haut, en anglais, recroquevillé sur sa cueillette, et sa soutane se confondait avec la nuit qui s'incrustait.

— C'est un péché de les laisser se perdre ! Il faudra que je dise à papa de ne pas oublier mes coins.

Il voulut pousser jusqu'à un autre chêne. Le noir l'arrêta. Il se tourna vers la ligne d'horizon qui se perdait dans la nuit et se dirigea vers le carré de lumière de la maison.

Il étala sa cueillette sur la table de La Trézanne. Sa mère le gronda d'être allé dans les épines avec sa soutane :

— Tu me la donneras tout à l'heure, que je passe l'inspection !

Mais son ton était à la joie. Quand Donatien venait à La Trézanne, la maison s'emplissait d'un air de fête. « Je suis accueilli comme le bon Dieu ! » disait-il. Il en avait fait la remarque à sa mère, un jour, et avait ajouté :

— Vous n'êtes pourtant pas d'un naturel bigot !

Elle lui avait répondu :

— J'y trouve mon compte ! Tu es plus à moi.

Tu arriverais avec une femme, mon affection serait partagée.

Il s'empara de la grosse molle, la huma, se tourna vers Augustin qui rentrait des étables.

— Père, je voudrais labourer avant de partir.

Son père accrochait sa veste au portemanteau derrière la porte. Il s'approcha de la table et des cèpes en souriant. Le balancier de la pendule lançait des poignées d'or contre le plafond de la salle commune. La casquette d'Augustin avait aplati ses boucles blanches.

— C'est bien possible, mon fils, dit-il en s'asseyant auprès de lui, le champ de la Clergerie attend. Depuis combien de temps n'as-tu pas labouré ?

— Quatre ans, depuis mon juvénat à Mouilleron.

— Tu veux remettre ta culotte de terre ? demanda Élise. En as-tu le droit ?

— Personne ne me verra. Si on me voit, on s'apercevra qu'en devenant curé je n'ai pas changé !

Sa mère lui apporta sa culotte des champs en velours, et sa chemise à carreaux, soigneusement pliées comme des reliques. Il les enfila le lendemain matin après sa messe à l'église de la paroisse. Les hommes achevaient de soigner les bêtes dans l'étable. Il s'assit à table avec Marcellin Barbillon, son ami grand valet, qui lui dit en riant :

— Tu parais plus jeune sans ta soutane. Il ne te faudra pas longtemps pour te remettre à la charrue. Moi, quand je suis revenu de la guerre...

Donatien refusa son aide pour lier les bœufs. Il aima que les animaux le laissent leur poser le joug comme s'il les fréquentait tous les jours. Le plus jeune fils des Espagnols, Miguel, devait l'accompagner pour toucher. Le garçon reniflait dans l'air imprégné d'eau de ce matin gris perle. Le vent était tombé pendant la nuit. Le ciel s'était rapproché de la terre. Des nuées traînaient dans la cour, bouchonnant les toits et les murs de leurs guenilles sales. Augustin s'avança.

— Ça ira ?

— Si les bœufs ne m'obéissent pas, mon toucheur les mettra au pas !

Élise sortit sur le perron, bras croisés. Elle descendit les marches et enfonça sur la tête de son fils un vieux chapeau de feutre noir.

— Méfie-toi du brouillard ! Tu pars dans trois jours !

Donatien fanfaronna :

— Maman, je ne suis pas en sucre !

Il prit l'aiguillon des mains du jeune Espagnol et toucha les bœufs qui le suivirent. Il n'était pas plutôt sorti de la cour, le petit toucheur sur ses talons, que son exaltation tomba. Tout d'un coup, en descendant le chemin de la Clergerie noyé de brume, il sentit peser sur ses épaules ce qu'il était venu chercher. Le même mouvement l'avait poussé à cueillir des champignons dans le noir, la veille. Il ne croyait pas son attachement à ce pays aussi fort. Il connaissait chaque mouvement du chemin. Il guettait le surgissement de chaque arbre immobile dans le brouillard sur le talus. Il s'apercevait à quel point tout le monde allait lui manquer. Il avait cru pouvoir partir sans regret. Il avait déjà quitté La Trézanne pour l'école d'agriculture de La Mothe et le séminaire, mais ces départs n'étaient pas de la même nature, ils n'étaient qu'un éloignement. Ils arrivèrent à la Clergerie. La brise achevait d'essuyer la brume sur le champ, l'un des meilleurs de La Trézanne. Augustin ne l'avait pas confié par hasard à Donatien. La terre inclinait en pointe vers les bords de la rivière, la Vie, bien au midi. Tout y poussait plus tôt. Les gens disaient qu'elle était « prime ».

Augustin y avait récolté du blé. Des touffes d'herbes grasses verdissaient çà et là, la barbe des éteules grises. Donatien confia l'aiguillon au petit. Les oreilles du brabant étincelaient dans les premiers rayons. Un chien aboyait quelque part, de l'autre côté de la Vie. Les bœufs l'entendaient et bougeaient les oreilles. Donatien saisit les mancherons.

— Vas-y !

Les bœufs s'ébranlèrent. Le soc pénétra la terre profonde. Le choc se répercuta dans les bras, dans le tronc de Donatien et, par les canaux des nerfs, tout son corps en éprouva la jouissance.

— Pardonnez-moi, Seigneur, murmura-t-il, d'être à ce point attaché à la terre.

Son père vint les chercher à midi pour le déjeuner. Ils avaient retourné un tiers de la grande pièce. Il se planta dans le labour qui luisait et fumait au soleil. Et c'était comme s'il se chauffait les culottes et les pieds. Il se pencha vers la terre brune, en palpa la graisse, la laissa s'égrener entre ses doigts. Il avait dû répéter ce geste mille fois. Il ne bougea pas, large d'épaules et de nuque, la main valide dans le creux du dos, la prothèse ramenée sur le ventre, lorsqu'ils le rejoignirent. Ils tournèrent le brabant en place pour l'après-midi. Il cligna des paupières, ses yeux bleu pâle blessés par le soleil. Il regarda son fils en marche vers lui sur le guéret, sa chemise, son velours, tandis que le toucheur dételait. Il détailla son front bombé, ses sourcils lourds, son cuir à gros grain mangé par la barbe vivace, fournie, jusqu'au sommet des joues.

— Tu as raison de t'en aller, fiston, puisque c'est ton choix. Il ne faut jamais avoir de regret. Mais n'oublie pas que tu viens de là. Tu restes un laboureur.

— Je le sais, père. Je ne croyais pas que ce serait si difficile, avoua-t-il en baissant la voix. C'est dur de vouloir à la fois partir et rester. On tuerait un chêne à le transplanter.

— Tu n'es pas un arbre, répondit le père en fourrageant dans sa tignasse sous sa casquette. Tu as plus de souplesse et de volonté. Tu as étudié pour ça. Moi, quand je suis parti me gager, mon grand-père m'a dit que le secret était de faire encore un pas quand on se croyait au bout de ses forces. Mais je reconnais que tu vas accomplir une fameuse enjambée !

Il se tut, vacilla, se détourna soudain, et marcha vers Miguel et les bœufs.

— Alors, avez-vous mérité votre soupe ?

Deux jours plus tard, après le déjeuner, Donatien chargea sa malle dans la vieille Ford qui avait repris du service depuis la réapparition de l'essence. Sa mère prit place auprès de lui sur le siège du chauffeur, coiffée du chapeau à voilette et gantée de filoselle, comme au jour de son ordination. Elle avait dit à son fils, surpris de la voir en habit de cérémonie :

— Je veux que tu gardes de nous un bon souvenir !

Elle avait obligé Augustin à mettre la cravate. Donatien avait souri.

— Je ne me souviendrai pas seulement de votre dernière image !

La Ford bousculée par le pied d'Augustin bondit comme une sauterelle dans la cour et l'allée de La Trézanne. Ils parlèrent beaucoup, de choses insignifiantes, tout le long du chemin, comme on le fait les jours de départ pour ne pas laisser de place aux cris du cœur. Élise incita Donatien à porter son casque colonial, style Savorgnan de Brazza.

— J'ai lu qu'il n'y avait rien de pire que le soleil, là-bas. Fais attention. Tu as l'habitude d'aller tête nue.

Elle s'inquiéta qu'on ait rangé le chapeau dans la malle.

— On devrait peut-être le sortir ? Tu peux en avoir besoin sur le bateau !

Ils espéraient être un peu tranquilles à la gare pour profiter des derniers moments. Ils trouvèrent la place plus animée qu'à l'accoutumée. Alexina les attendait parmi le rassemblement. La plupart des gens étaient venus pour le départ des missionnaires. Il y avait des prêtres, des religieuses, des jeunes de l'Action catholique, des visages dont Donatien ne se souvenait pas. Il fut rapidement enveloppé de cette foule bruyante, serré entre des bras, touché par des mains, séparé de ses parents. Le père Barré fendit le cercle autour de Donatien de son grand bras maigre. Sa barbe en pointe, poivre et sel, cachait son visage osseux. Il ne jouissait toujours pas d'une bonne santé, et seule son insistance auprès de ses supérieurs lui avait obtenu ce renvoi en mission. Il entoura fraternellement l'épaule de Donatien.

— Alors, mon ami, l'heure du départ va sonner ?

Il serra un peu plus fort son épaule.

— N'en perds pas une miette. Nous ne reverrons ni les uns ni les autres avant sept ans !

Les missionnaires signaient en effet un long bail sans retour d'au minimum sept ans. Élise capta au vol la réflexion du vieux père et ne put retenir ses larmes. Sept ans, c'était le temps nécessaire à un nouveau-né pour atteindre l'âge de raison !

Un fonctionnaire des chemins de fer à casquette soutachée d'un galon d'argent fendit le cercle des amis des pères.

— C'est vous les missionnaires qui partez pour la Dominique ? Les caisses de vos bagages sont parties hier soir avant vous.

— La cloche aussi ?

— Surtout la cloche. Elle vous attendra à Marseille. Emballée comme elle est, il ne devrait pas lui arriver malheur !

Cette cloche de deux cent cinquante kilos commandée par le curé de La Soie avait été coulée par la fonderie Brissaud à Trémentines et devait effectuer la traversée sous leur surveillance.

Mais le train venait d'entrer en gare. Des passagers mettaient le nez à la fenêtre à cause du brouhaha sous la marquise. Quelqu'un demandait à la foule de s'écarter et se précipitait : le curé Gallot, plus rouge, plus transpirant que jamais. Il enferma Donatien entre ses grands bras, le serra, l'embrassa, s'excusa :

— Je croyais ne jamais arriver. Il y avait un accident à l'entrée de la ville...

Donatien se laissa glisser à ses genoux.

— Bénissez-moi, monsieur le curé !

— Je ne sais pas lequel des deux doit bénir l'autre !

Le curé Gallot appuya sa lourde main sur le crâne tondu de près de Donatien. Il récita la prière de bénédiction et, de son gros pouce, traça le signe de la croix sur son front. Le chef de gare s'approcha.

— Messieurs, s'il vous plaît, je vais donner le signal.

Donatien prit sa mère dans un bras, son père dans l'autre, fit signe à sa sœur d'approcher, et ils ne formèrent plus qu'un bouquet de quatre têtes.

— Gardez-vous bien tous. Si ce n'est pour vous, faites-le pour moi. Gardez La Trézanne !

Il embrassa sa sœur.

— Écris-moi, je te répondrai.

Le mécanicien, penché à la portière, attendait le signal. Le chef de gare leva son drapeau rouge.

— Au revoir ! Au revoir ! Dieu vous garde !

Les trois Vernageau se serraient au milieu de la troupe agitant désespérément leurs mouchoirs. Le père Barré se retira le premier de la fenêtre.

— Eh bien voilà, mon vieux, dit-il, nous sommes partis en mission !

Donatien resta un moment, songeur, à suivre la danse des fils au bord de la voie. Il se retourna lorsque le train lança un cri de triomphe en entrant dans la campagne. Il avait quitté les faubourgs et commencé de prendre de la vitesse.

— *Go west !* fit Donatien avec un geste de la main.

4

Alexina avait décidé de quitter son hôpital le jour du départ de son frère et de rentrer à La Trézanne. Les événements s'étaient bousculés un an plus tôt, après l'évacuation de la ville, le matin du 4 septembre. Une colonne allemande de passage l'avait de nouveau occupée le 7. Et le 17, la Résistance qui défilait dans les cris de victoire autour de la place d'armes déclarait la ville libérée.

Le 19, Alexina rangeait des médicaments dans la vitrine de l'infirmerie, lorsque la sœur Saint-Robert l'avait rejointe. Et en tournant un grain de son chapelet entre ses doigts rougeauds :

— Ma petite, ils sont là...

— Qui ? avait demandé Alexina.

— Enlève ton voile, avait soupiré la religieuse accablée, et ta blouse.

Elle avait joint les mains.

— Si tu es coupable, souffre pour expier. Si tu n'es pas coupable, offre tes souffrances pour ceux qui souffrent plus que toi.

Elle avait accompagné Alexina en soufflant dans

les couloirs, les joues frissonnant, et au moment où elle allait pousser la porte :

— Redresse-toi ! lui recommanda-t-elle.

Chère sœur Saint-Robert ! Deux jeunes hommes chaussés de godillots arpentaient nerveusement le hall. L'un coiffé d'un calot, l'autre d'un béret, la crosse de revolver sortant d'un étui fiché dans la ceinture.

— C'est toi, Alexina Vernageau ? interpella le porteur de calot.

Elle hocha la tête.

— Nous avons quelques questions à te poser. Tu vas nous suivre sagement.

Le moteur d'une traction ronflait dans la cour. Un gars en salopette d'ouvrier et lunettes de soleil était appuyé contre la portière du chauffeur. Il était beau, mal peigné, le teint hâlé par la vie au grand air. Il jeta négligemment son mégot dans la cour. Alexina n'avait pas peur. Elle pensait qu'il s'agissait d'une erreur. Elle n'aurait pas de mal à se justifier.

Les portières s'ouvrirent, claquèrent. Alexina sentait les regards des malades, des religieuses, des infirmières, des médecins, derrière les fenêtres.

Ils l'avaient conduite à l'Annexe, un haras à la sortie de la ville, abandonné par les Allemands, et elle comprit tout de suite que les choses seraient bien plus compliquées. Elle se trouva dans un bureau en face d'un commissaire politique aux cheveux gris qui portait un brassard. Elle se défendit avec énergie. Elle répondit à toutes les questions. L'homme ne cessa de prendre des notes sur un calepin pendant qu'elle parlait. De temps à autre des hommes entraient, surtout des jeunes. Le commissaire sortait et revenait en lançant vers elle des regards de félin. Elle finit par se taire, et elle fut conduite à la dernière écurie au toit d'ardoise, dans le contrebas du haras.

C'était une vaste salle sans box. Des mangeoires en ciment couraient le long des murs. Des crèches métalliques étaient fixées sous des lucarnes à barreaux. Un jeune résistant en short lui remit un matelas. Une trentaine de femmes étaient enfermées là. Il faisait très chaud, très lourd. L'air manquait. Une âcre odeur de vieille écurie suintait des murs. Des barbes de foin pendaient aux arceaux des crèches.

Une grosse fille aux cheveux platine apostropha Alexina qui ne comprit ni la réflexion ni les rires. La fille ondula des épaules et cria :

— Qu'est-ce que tu as, la nouvelle ? Tu ne m'as pas bien vue ?

D'un mouvement vif, elle empoigna ses cheveux et retira sa perruque. Elle était tondue.

— Maintenant ne nous fais pas ch... Ton tour viendra. Et si ce n'est pas par eux, ça pourrait être par nous !

Les trois filles avec lesquelles elle jouait aux cartes avaient d'un même geste découvert leur tête nue avec un rire grimaçant.

Alexina sortit dans les quelques mètres carrés de cour laissés aux prisonnières. Il y avait un abreuvoir, une pompe. Des filles s'activaient à laver du linge. Alexina n'avait que les vêtements qu'elle portait sur elle : une robe de coton à pois, des souliers fatigués. Elle s'assit dans la poussière à l'ombre du mur de l'écurie.

Lorsque la nuit fut venue, Alexina vécut un cauchemar. La chaleur empêchait de dormir. Des sanglots montaient au fond de l'écurie.

— La ferme !

Les sanglots se changeaient en gémissements :

— Mes enfants ! Ma petite fille...

Les pensionnaires féroces du bordel du quartier de la Vieille-Horloge se moquèrent des pleurs honnêtes de leurs compagnes d'écurie et persiflèrent :

— Fallait y penser plus tôt, ma vieille !

Tard, dans la nuit, des cris d'endormies s'élevèrent, des appels confus. Les seaux hygiéniques étaient dans l'allée. Les filles tâtonnaient pour les trouver. Les couvercles tintaient.

Alexina resta prisonnière à l'Annexe sans interrogatoire les 20 et 21 septembre 1944. Elle se rapprocha de sa voisine de matelas, une fille aux grands yeux noirs qui se dévorait méticuleusement les ongles. Cette fille avait dû être belle, ailleurs, dans une autre vie. Ses cheveux mal peignés étaient gris de poussière. Elle avait au moins la chance de les avoir encore. Elle avait mis au monde un enfant d'un Allemand, « un petit Boche », disait-elle, qui s'appelait Jackie.

Le troisième jour on vint chercher Alexina qui se retrouva en présence d'un autre homme aux tempes blanches de bon père de famille. Le commissaire aux yeux de chat, discrètement en retrait, l'appelait commandant. Le commandant pria Alexina de s'asseoir et la vouvoya. Elle serra les bras autour de sa poitrine et se sentit toute sale. Elle eut envie de pleurer. « Redresse-toi ! » lui avait dit la sœur Saint-Robert.

La fenêtre était grande ouverte. Elle tourna la tête vers la lumière et vit la flèche de l'église au loin par-dessus les toits rouges des maisons. Le flux de la vie qui avait continué sans elle la submergea, et elle entendit à peine la voix du commandant :

— On vous a accusée, mademoiselle, d'avoir entretenu une liaison avec un officier de la Kommandantur.

Alexina regarda fixement le fond des yeux du commandant puis ses bras tavelés aux manches de chemise retournées jusqu'aux coudes. Il battit des paupières.

— N'ayez pas peur. Je suis responsable de la Croix-Rouge. Connaissez-vous la gravité des faits qui vous sont reprochés ?

Il avait la tête ronde, le crâne chauve, d'un homme honnête. Il remua des papiers sur sa table.

— On vous accuse d'avoir détourné des médicaments au profit de cet homme et de l'armée allemande.

— Et vous avez cru ces mensonges de personnes jalouses ! répondit-elle la voix tremblante, au bord des larmes. J'ai déjà donné toutes les explications au commissaire...

Le commandant se retourna, et le commissaire se contenta de cligner ses paupières de chat.

— Expliquez-moi..., demanda calmement le commandant à Alexina en croisant les bras, les coudes sur sa table.

Elle recommença le récit de la nuit de Noël, l'arrivée de la mère Gralepoix, la crise d'appendicite et l'opération de Heinz Stier.

— Et après ? interrogea le commissaire. Vous vous êtes revus ?

— Nous nous sommes croisés comme on se croise dans toutes les petites villes.

— Il parlait français ?

— Oui.

Alexina se demandait si les petits yeux marron du commandant ne devinaient pas qu'elle l'avait accompagné en promenade une nuit au bord de la rivière. Il s'inclina encore et lui confia plus près :

— Vous avez une allure à susciter des jalousies, mademoiselle.

Il se retourna de nouveau vers le commissaire.

— Je crois que nous devons rendre la liberté à Mlle Vernageau. Je ne vois d'ailleurs pas pourquoi elle a été enfermée ! ajouta-t-il sèchement.

— Mon commandant, dit le commissaire qui baissait la tête, nous ne disposions pas des renseignements actuels...

— Vous pouviez vous dispenser de ces méthodes de fascistes ! Faites entrer le docteur ! ordonna le commandant.

Le commissaire se déplaça, ouvrit la porte. Le

Dr Guillemin entra, élégant comme un cierge en costume gris et cravate bleue.

— Eh bien, mademoiselle Vernageau, lui dit-il, que vous arrive-t-il ? Que faites-vous ici ?

Elle croyait vivre un mauvais rêve. Le chirurgien avait le courage de plaisanter. Elle se sentait vidée de son sang.

— Vous pouvez remercier le commandant Baffert. Les excités de la gâchette ne sont pas à une solution radicale près par les temps qui courent ! Il fait bon être résistant..., lança-t-il par provocation.

Le commandant Baffert secoua la tête.

— Mademoiselle n'a pas à me remercier. Les garçons du commissaire ont péché par excès de zèle. Je vous prie de les excuser. Le témoignage du Dr Guillemin nous a permis d'y voir clair.

Alexina tourna la tête. Une pluie orageuse crépitait soudain contre l'appui de brique de la fenêtre. Guillemin portait un grand parapluie noir déjà mouillé qui s'était égoutté sur le plancher. Peut-être avait-il plu auparavant sans qu'Alexina s'en rendît compte. Ils descendirent l'un derrière l'autre l'escalier de bois qui résonnait sous leurs pas. La 302 du chirurgien attendait dans l'arrière-cour, près des tractions à plaques des FFI. Le docteur accompagna Alexina à la portière avec son parapluie. La pluie tombait de plus belle, les gouttières ne fournissaient pas, et elles giclaient sur le granit des marches.

Il s'assit auprès d'elle, laissa tourner le moulin un moment. Le moteur de l'essuie-glace peinait lorsque le balai atteignait le bas du pare-brise. Ils commencèrent de rouler lentement.

— Allons, mademoiselle Vernageau, ne faites pas cette tête d'enterrement, vous êtes libre !

Il ajouta, après la barrière de l'Annexe gardée par un planton, lorsqu'ils débouchèrent sur la route :

— Vous sentez l'écurie...

Il fit la moue, et son nez de rat bougea.

— Je sens l'écurie parce que j'étais dans une écurie ! explosa Alexina. J'étais enfermée avec des putains !

— Allons, ne vous emportez pas. Je vous disais cela pour plaisanter.

Il tendit la main vers ses longs cheveux mal peignés, y promena ses doigts froids, effleura son menton.

— Lorsque vous froncez les sourcils, on dirait que vous allez mordre.

Alexina serra les doigts sur sa robe boutonnée jusqu'au col. Guillemin essuya la buée sur le pare-brise et laissa glisser sa main sur le genou d'Alexina. Il lui caressa la rotule, repoussa la robe.

— Vous voulez prendre le salaire de votre bonne action ? lança-t-elle.

La main du chirurgien s'arrêta. Il regarda la belle jambe fuselée découverte, secoua la tête, retira sa main. Alexina tira sur sa robe. Ils ne se dirent plus rien. Alexina lui demanda de la déposer chez sa logeuse.

— Quelle heure est-il, s'il vous plaît ? interrogea-t-elle avant de refermer sa portière.

Il dégagea sa montre-bracelet.

— Cinq heures et demie.

Il se pencha vers la place du passager.

— Ne venez pas travailler demain. Prenez quelques jours de repos.

La cousine Berthe n'était pas chez elle. Alexina trouva la clé de la maison à sa place dans la cabane de jardin. Elle entra dans sa chambre, descendit sa valise, décrocha sa pèlerine de laine. Elle avait faim. Elle trouva du pain dans la huche. Elle sortit sa bicyclette de la cabane et soudain, sans force, s'effondra au milieu des outils de jardin sur une chaise au paillage percé. Elle entendit du bruit et, de crainte du retour de sa cousine, se sauva avec sa valise sur le porte-bagages.

La pluie s'était changée en bruine. Alexina monta péniblement la côte du Point-du-Jour à la sortie de la ville. Elle entendait encore les voix des filles de l'Annexe. Elle avait mal partout. La nuit était déjà là, une nuit poisseuse, sans étoiles. La roue de la dynamo gémissait contre la jante arrière. La lumière vacillait. Alexina avait presque vingt kilomètres à parcourir avant d'atteindre La Trézanne, la maison de ses parents.

Elle y arriva exténuée. Elle avait monté des côtes à pied. Heureusement le vent avait chassé la bruine. Toute La Trézanne était couchée. Alexina frappa. Son père ouvrit, en chemise, la lampe à la main, sans sa prothèse. Sa mère dégringola l'escalier derrière lui, les cheveux sur les épaules.

— Ma fille chérie ! s'écria-t-elle.

Elle s'était retenue d'ajouter, mais Alexina

l'avait lu dans son regard : « Comme tu es faite ! » Elle lui prit sa valise.

— Entre vite !

Sa mère tisonna le feu.

— Approche-toi. Viens te sécher !

— J'ai faim, maman.

Élise cassa des œufs, décrocha la poêle. Alexina s'assit sur la salière, au coin du feu. Augustin s'était appesanti au bout du banc, le coude sur la table.

— Avez-vous de l'eau ? demanda-t-elle. Je voudrais me laver.

Augustin versa de l'eau du seau dans la bassine et Élise l'aida à la porter sur la pierre de la cheminée. Ils s'assirent en face d'elle pour la regarder manger. Ils lui semblaient rapetissés, son père, surtout. Elle imaginait que c'était par la honte. Elle les fixa de ses grands yeux qui ne mentaient pas.

— J'ai soigné cet Allemand, dit-elle, mais je n'ai pas couché avec lui.

— Nous te croyons, Alexina, s'empressa Élise. Nous n'avons été informés que ce matin. Ton père est allé à la préfecture. Il allait y retourner demain.

Alexina avait tendu la main par-dessus la table et touché les doigts de son père. Il retourna sa main, enferma les doigts de sa fille entre les siens.

— On te croit, ma fille, répéta-t-il.

Le lendemain matin, à la première heure, il se rendit à la mairie qu'il avait conquise de haute lutte vingt ans plus tôt et il écrivit sa lettre de démission.

Alexina rejoignit la sœur Saint-Robert à l'hôpital dans l'attente d'un signe de Heinz. Elle n'en reçut pas. Elle fut patiente. Elle le supposa occupé par d'autres urgences. Elle supporta courageusement les regards apitoyés et les remarques désobligeantes de certaines collègues. Elle repoussa les assiduités du Dr Guillemin. Elle craignit que Heinz Stier ne fût immobilisé sur un lit d'hôpital, ou tué. Après le 8 mai et la capitulation allemande, elle n'y tint plus. Elle eut l'audace de lui écrire à Tannheim, en Forêt-Noire. Il lui avait dit que Tannheim était un village. Cette adresse suffisait pour le rejoindre s'il était vivant. Chaque jour, elle guetta le facteur, le cœur battant. Elle ne reçut pas de réponse. Elle pensa que la lettre pouvait s'être perdue dans la pagaille du Reich en ruine. Elle en écrivit une seconde. Sans succès. L'idée d'entreprendre le voyage là-bas jusqu'à sa forêt allemande l'effleura. Le retrouver et le garder l'aurait lavée de la souillure de la Libération. Elle prépara son départ, et puis elle se dit : « À quoi bon ? » Qu'y avait-il eu entre eux, à part quelques regards, une conversation dans la nuit, un billet griffonné ? Heinz Stier était passé comme un rêve parmi les tonnerres de la guerre. S'il ne lui adressait pas un signe, c'est qu'il ne le pouvait plus, ou ne le voulait pas.

Elle résolut de patienter encore jusqu'au départ

en mission de son frère. Ce jour-là, sans nouvelles, elle était décidée à renfermer son rêve dans son cœur et à revenir à La Trézanne.

Elle ne parla pas de sa résolution à Donatien. Lui s'en allait vers son destin. Peut-être sa vie devait-elle rester ordinaire. Sans doute n'avait-elle pas la vocation au bonheur.

5

Donatien et le père Barré arrivèrent à Marseille et descendirent aussitôt vers le port. Le père Barré marchait devant en vieil habitué de la ville. Il avait recouvré une vigueur juvénile depuis leur départ. Donatien découvrait du vermeil sur ses joues creuses, et son œil pétillait pour lui signaler des beautés à ne pas manquer. Comme le train s'était arrêté deux heures à Bordeaux au milieu de la nuit, le père Barré l'avait entraîné d'un pas alerte jusqu'à la cathédrale Saint-Jean pour le plaisir d'y réciter une prière ! Mais comme le pensait Donatien, la porte de la cathédrale était fermée à clé.

Ils descendirent la Canebière. Le père portait une modeste valise métallique, alors que Donatien traînait sa lourde caisse de bois aux parois renforcées par des liens de fer. Pourquoi sa mère, à la dernière minute, avait-elle tenu à y bourrer un bocal de haricots et une terrine de lard par crainte du manque sur le bateau ? Le père se retourna et l'interpella, guilleret et moqueur :

— Alors, c'est lourd ?

Ils longeaient des boutiques du port. Le père lorgnait le souk des magasins qui proposaient tous les produits utiles au bout du monde portant la mention : « modèle renforcé pour explorateur », et il plaisanta :

— Aurais-tu une petite place dans ta grande valise ? J'y caserais bien une lampe à pétrole...

Le regard peu évangélique de Donatien l'engagea à ne point en rajouter.

Ils entraient dans des fragrances de goudron et d'huile, enjambaient des cordages de quai. Leur cargo était là, haute muraille noir et rouge à macules de rouille comme des croûtes sanguinolentes. Ils lurent son nom sur la proue : *Paul Lemerle*. Ils posèrent leurs valises. Il était dix heures du matin. Donatien pensa qu'il ne respirerait plus jamais cette odeur d'eau saumâtre et de cambouis sans retrouver l'émotion de son premier départ. Le père Barré tendit le doigt vers le ciel brossé par un vent nerveux. Un chargement de caisses se balançait au bout d'un câble.

— Ce sont peut-être les nôtres.

Donatien tendit le doigt à son tour.

— Regardez ! notre cloche !

Le bois blanc de la caisse était illustré d'une cloche au pochoir. Elle disparut dans les entrailles du *Paul Lemerle*. Du monde s'affairait autour. Des porteurs montaient et descendaient l'échelle de coupée. Donatien s'assit sur sa valise pour reprendre souffle. Il s'écria encore :

— Regardez ! une vache !

Le père Barré crut son jeune compagnon fatigué

victime de visions. Un beuglement pathétique le dissuada. Et il vit à son tour une vache blanc et noir se balancer à l'extrémité d'un câble de grue. Elle était prise sous le ventre avec des lanières de cuir, emprisonnée dans un filet. Elle remuait les pattes dans le vide comme un insecte lourdaud en meuglant. Ils interrogèrent un marin qui leur répondit laconique :

— C'est de la viande.

Il lorgna les deux missionnaires sur leurs valises, retira sa cigarette de l'encoignure des lèvres.

— Vous voudrez manger de la viande fraîche pendant la traversée ? Alors on emmène des vaches.

Donatien gravit l'échelle de coupée en pensant à ses douces ruminantes de La Trézanne. Auraient-elles supporté le choc du transbordement ? On les conduisit à leur cabine sous le pont. Donatien laissa la couchette du dessous au père, escalada celle du dessus, s'émerveilla de découvrir que tout était prévu pour la stabilité. Les portes de leurs minuscules placards étaient verrouillées, leurs valises arrimées. Le commandant en second leur fit visiter le bateau. Le *Paul Lemerle* était un lourd pinardier destiné au transport des vins d'Algérie vers la métropole. La pénurie de la guerre l'avait transformé en coureur d'océans. Une trentaine de passagers, hommes, femmes, enfants, entreprenaient la traversée en leur compagnie.

Le *Paul Lemerle* largua les amarres à cinq heures du soir. Le père Barré et Donatien sur la passerelle du pont regardèrent s'élargir lentement la bande d'eau sale entre la coque et le quai. Leurs compagnons de bord, autour d'eux, adressaient des gestes d'adieu. Des larmes coulaient. Un gendarme bâti en force qui allait prendre du service à la Guadeloupe soulevait son enfant de moins d'un an et lui agitait le bras.

— Au revoir !

Sa petite femme, près de lui, pleurait.

La sirène mugit quand le cargo vira de bord. Il prit la passe. Les familles à terre couraient jusqu'à la dernière jetée. Donatien pensa à son père, sa mère, sa sœur, à La Trézanne, et son cœur se serra plus fort qu'à la gare de La Roche. Il lui sembla qu'il les abandonnait.

La nuit tombait. Le soleil avait disparu derrière une barre de nuées noires sur la mer. Marseille était loin déjà, une brume de terre dissimulait les lumières qui s'allumaient. Par petits groupes, les passagers abandonnaient la rambarde et se retrouvaient dans la coursive des cabines. Le bourdonnement des machines vibrait dans toute la membrure du bateau.

Donatien rentra, ressortit, mais il était trop tard, la nuit était venue, la terre s'était effacée. Le vent avait forci. La mer claquait contre l'étrave. Le cargo s'abandonnait à un vertigineux mouvement de balancier. Un marin dit à Donatien que la mer pourrait être mauvaise.

Donatien repartit vers la cabine et il ouvrit la porte sur le père Barré qui pleurait. Les larmes du vieux missionnaire le surprirent et le bouleversèrent.

— Qu'y a-t-il, père ? balbutia-t-il enfin.

Le père Barré secoua la tête et leva ses yeux éplorés.

— Je quitte la France, dit-il. Je pars pour sept ans. Je ne reverrai sans doute jamais plus la mère patrie.

— Mais vous avez insisté pour repartir !

Le père acquiesça avec un petit sourire triste.

— Sept ans, dit-il, à ton âge, ce n'est rien ; pour moi, mal foutu comme je suis, c'est l'éternité. Je crains fort d'être privé de billet de retour.

L'émotion étrangla Donatien, et il pensa à sa famille. Bien des choses auraient changé au pays à son retour. Ses parents seraient-ils toujours les gardiens de La Trézanne ? Le père inclina la tête, s'empara du poignet de Donatien qui s'était assis à côté de lui et, à voix basse, comme s'il se confessait à son jeune confrère :

— Je suis pourtant heureux de ce départ. Je vais reprendre mon ouvrage. Veux-tu prier avec moi pour demander au bon Dieu de m'accorder la force ?

Ils récitèrent un Notre-Père. Donatien se leva soudain, se précipita vers la porte, courut en titubant dans le corridor et atteignit à temps le bastingage pour payer son premier tribut à la mer et donner à manger aux poissons. Le père Barré le rejoignit un peu plus tard. Il avait le pied marin, il n'était nullement dérangé par le roulis.

— Comment vas-tu ?

Sa faiblesse, dans la cabine, l'avait rapproché de Donatien.

— Le grand air te fait-il du bien ? Ils nous ont appelés pour le dîner. Pourras-tu descendre à la salle à manger ? Le mal de mer te passera si tu te cales l'estomac.

Lorsque Donatien se sentit un peu mieux, il suivit le père Barré. Il porta une première bouchée à sa bouche et un haut-le-cœur le souleva. L'air lui manquait. Il gravit l'escalier du pont sur les genoux, se sentit mieux, la tête appuyée au bastingage. Il n'était pas tout seul : le gendarme qui portait son enfant au départ était auprès de lui dans la même position. Ils s'adressèrent un grognement de reconnaissance fraternelle, et Donatien fut de nouveau soulevé par un hoquet. Le père Barré apparut un moment après. Il plaisanta :

— J'ai mangé ta part ! Penses-tu descendre dans la cabine ?

Il s'en alla, revint avec une chaise longue. Donatien lui en demanda une autre pour son compagnon d'infortune. Il passa toute la nuit dehors, vautré sur sa chaise longue. Le ciel était couvert, sans lune ni étoiles. La pluie se mit à tomber. Sa fraîcheur leur apporta un soulagement passager. Donatien pensa qu'il pourrait prier. Il n'eut pas la force de tirer son chapelet de sa poche et commença de compter les *Ave* sur ses doigts. Il dérailla bien vite, l'esprit ailleurs qu'à la prière. Il avait l'impression, chaque fois que le bateau se couchait, qu'il ne se redresserait plus. La petite femme du gendarme, malade à son tour, les rejoignit et versa sa contribution.

Le jour se leva sur des convois de nuées grises

en course au-dessus de l'horizon. De temps à autre elles se déversaient, et le ciel se mélangeait aux flots démontés couleur de suie. Donatien appelait Dieu à son aide. Mais où était-il, en haut, en bas ? La voix de Dieu était couverte par le choc des lames contre l'étrave et le grondement de la mer.

— J'ai peut-être trop présumé de mes propres forces, se disait-il, et il se rappelait les larmes du père Barré.

Le *Paul Lemerle* entra dans la rade d'Alger pour y remplir ses citernes de vin. Ils ne virent rien de la ville blanche. Le temps bouché permettait à peine d'apercevoir le quai au bout du bateau. Ils n'en éprouvèrent pas le désir. Donatien descendit dans sa cabine et put enfin se reposer quelques heures.

La sirène le réveilla. Le bateau bougeait. Le père Barré avait apporté du pain, du fromage et des fruits, et il obligea Donatien à manger, car il n'avait rien pris depuis le départ de Marseille. Mais Donatien retrouva sa couleur patate, comme disait le père Barré en plaisantant, dès que le *Paul Lemerle* eut regagné la mer. Il espéra qu'après le détroit de Gibraltar il supporterait mieux l'Océan. Il monta sur le pont pour voir passer le rocher. On était dimanche. Les nuées s'ouvrirent, et une lame de soleil frappa la côte. Tous les passagers rassemblés poussèrent des cris, retrouvant l'effervescence du départ. Une femme à l'accent méridional dénoua son foulard et l'agita.

— Au revoir la terre de l'Ancien Monde !...

Les voyageurs l'imitèrent et saluèrent. Donatien,

stimulé, se crut tiré d'affaire. Ce fut pis. Le *Paul Lemerle* s'approcha d'une brume épaisse, y entra. La mer se souleva. Le bateau fut ballotté par une tempête froide sans déchaînement de vent. Sa sirène retentit et ne cessa plus de mugir pour avertir de sa présence. La rage des flots emprisonnés dans le brouillard dura cinq jours et cinq nuits sans arrêt. Et Donatien qui souffrait le martyre perdit connaissance dans un hoquet de vomissement, le cinquième. Il rouvrit les yeux sur les sourcils noirs et le regard sévère du capitaine qui s'efforçait de glisser le goulot d'une bouteille de cognac entre ses lèvres serrées.

— Eh bien, mon père, gronda-t-il, vous jouez à nous faire peur ?

Donatien avait été descendu sur la couchette du bas. Une passagère aux cheveux en catogan lui maintenait un linge humide sur le front. Sa main était douce. Il n'y avait pas de médecin à bord. La valise de pharmacie du capitaine était ouverte sur la table. Les boîtes de cachets et les fioles bougeaient. La femme brune s'était proposée en prétextant des compétences d'infirmière. Son regard gris disait des choses tendres.

— Avalez encore, insista le capitaine après la première gorgée de cognac.

Donatien obéit et grimaça. L'infirmière sourit. La douceur du sourire et la chaleur de l'alcool le revigorèrent. Il releva la tête, essaya de s'appuyer sur les coudes. Mais le bateau bougeait toujours, et le mal de mer attendait la première occasion. Le capitaine fouilla dans sa pharmacie.

— Vous allez me prendre ça.

Il montra le flacon à l'infirmière et au père Barré.

— C'est de l'élixir parégorique, et c'est bon contre les vomissements.

Il dévissa le flacon. La femme prit le flacon des mains du capitaine et en appliqua le goulot sur la bouche de Donatien.

— Prenez-en un peu, l'encouragea-t-elle.

— C'est beaucoup, après le cognac.

Il leva la main et, en avalant, referma les doigts sur le poignet de la femme pour la remercier. Elle s'assit au bord du cadre de la couchette.

— Il faut que vous vous nourrissiez, murmura-t-elle. Vous n'allez pas vous laisser mourir.

Elle lui essuya le front, les tempes, avec le linge humide. Elle accompagna le capitaine aux cuisines pour en rapporter du sucre. Elle prépara un sirop et commença à nourrir Donatien à la petite cuillère. Le père Barré prit le relais.

— Si je ne supportais pas le voyage, lui dit Donatien, qui perdait la tête en recrachant dans la cuvette une partie de l'eau absorbée, vous diriez à mes parents que je suis parti sans regret. Vous leur diriez que je suis parti heureux.

— Ne te fatigue pas, gronda le père Barré. Essaie de boire encore.

La femme revint pendant la nuit. Donatien s'endormit. Le lendemain matin, la mer s'apaisa. La brume s'évanouit. La sirène se tut. Donatien entendit le bruit soyeux de l'étrave fendant les vagues. Il osa enjamber sa couche et poser le pied sur le sol. Le hublot, le plancher, la porte se mirent à danser. Il préféra se recoucher, le père Barré lui apporta à manger. L'infirmière lui rendit visite le soir, et elle le conduisit par le bras à la salle à manger. Elle rejoignit la table de son mari et, sortie de son rôle, elle lui parut moins angélique, plus distante, plus ordinaire.

L'abondance de la nourriture sur la table l'étonna. Il y avait de la viande rouge. Le boucher avait rempli son office. La préoccupation essentielle des voyageurs semblait être de manger, beaucoup, souvent. Il était vrai que l'on sortait de cinq années de privations. Donatien avala difficilement un bouillon.

Il se sentit mieux le lendemain, put garder une nourriture solide et marcha sur le pont. La température avait monté. L'Océan avait pris une agréable couleur émeraude. Les passagers somnolaient sur les chaises longues.

Un soleil jaune, aveuglant, tropical, se leva le lendemain. Et les hommes, par obéissance à son injonction, apparurent en costumes blancs, les femmes en robes légères. Des habituées avaient revêtu des madras antillais qui découvraient largement leurs épaules. Les casques coloniaux avaient fleuri. Le père Barré avait coiffé son chapeau ecclésiastique d'ancienne mode. Et Donatien, tête nue, avait l'impression que l'ardeur du soleil calmait ses nerfs fatigués. Sa mère lui avait bien recommandé de se couvrir la tête, mais son chapeau colonial cadrait mal, à son avis, avec l'Évangile. Il finit par s'en coiffer quand même.

Des poissons volants surgissaient de l'eau, planaient au ras des vagues longtemps. Les plus audacieux jouaient à raser la coque du cargo, et un téméraire, emporté par son élan, s'écrasa sur le pont. Les passagers se précipitèrent pour toucher ses nageoires diaphanes.

Plus tard, plus loin, un curieux son de trompe s'éleva de la mer. Donatien, tout seul, le pied plus sûr, s'appuya à la rambarde. Et il vit surgir comme un noir rocher aux bords abrupts dans l'eau verte. C'était une baleine qui déploya le panache de sa queue dans un arc de lumière. Elle tourna un moment à la surface, souffla encore dans son évent et s'enfonça lentement comme dans un rêve.

Les passagers, de plus en plus agités sur le pont, guettaient l'apparition de la Terre promise. Elle était toute proche, assuraient-ils, mais las d'attendre et de la confondre avec des mirages de nuages à l'horizon, ils descendirent dîner. Donatien resta seul. Son estomac mal rétabli peinait assez à digérer le déjeuner en dépit des réprimandes du père Barré. Il s'allongea sur une chaise longue, l'esprit engourdi par la torpeur de l'après-midi. Le bréviaire ouvert sur les genoux, il ne savait s'il priait, ou si ses pensées dérivaient vers des objets profanes. Il regarda à travers le bastingage, se redressa. Une grosse nuée ourlée de pourpre se dressait au bout de la mer dans la lumière du couchant. Il se frotta les yeux, le cœur battant, se retourna, vit un homme d'équipage, du doigt lui indiqua l'apparition derrière laquelle le soleil s'enfonçait à grande vitesse. Le matelot hocha la tête en souriant. Donatien hésita, et puis s'élança, dégringola l'escalier de la salle à manger.

— Terre ! Terre !

Les mangeurs s'arrêtèrent et se précipitèrent derrière lui. Le soleil avait définitivement sombré, mais sa lumière dessinait un liséré orange autour d'une montagne. C'était la Désirade, baptisée ainsi par Christophe Colomb. Toutes les souffrances passées étaient soudain oubliées. Tout d'un coup, sur cette mer à chaque seconde plus sombre, en face de cette île qui grandissait, Donatien avait l'impression de partager avec ses compagnons un souffle semblable à celui de la création. Il se taisait. Il n'était pas le seul.

— Des instants comme ça, murmura le père Barré, se méritent.

Sa voisine hocha la tête. Ils se sourirent. Le bateau resta au large pendant la nuit. Les passagers désireux de goûter au plaisir de l'attente restèrent sur le pont. Il faisait bon. Le ciel sans lune ruisselait d'astres. La mer clapotait contre le bateau avec de profonds soupirs. Donatien et le père Barré ne se parlaient plus qu'en anglais. Ils se l'étaient promis pour la traversée, mais le mal de mer en avait disposé autrement. La lune se leva au-dessus de la croix monumentale peinte à la chaux qui dominait la pointe Saint-François de la Guadeloupe. Ils prirent leur chapelet, et leur prière plana sur les flots :

— *Hail, Mary, full of grace...*

À cinq heures et demie du matin le *Paul Lemerle* annonça son entrée dans la darse violette de Pointe-à-Pitre par un joyeux coup de sirène. On approchait de la fin de la saison des pluies et le petit jour hésitait. Le père Merceron, un père de Chavagnes qui connaissait bien le père Barré pour avoir été son vicaire à la Dominique, attendait les voyageurs sur le quai. Il les serra fraternellement dans ses bras et vit tout de suite que la traversée avait été pénible pour Donatien qui éprouvait alors une sensation étrange : il avait l'impression d'être encore sur le pont du bateau, le sol bougeait sous ses souliers, et il avait les pires difficultés à marcher. Le père Merceron plaisanta.

— Tu connais les joies des voyageurs novices !

Il avait vingt et un ans de Dominique et trois de Sainte-Lucie. Il prit la valise de Donatien.

— Tu feras bien de te remplumer, dit-il, tu n'as plus que la barbe et les yeux ! Tu verras, on mange bien à la Dominique, tu seras bientôt comme moi.

Il était petit, râblé, bien en chair, respirait la joie de vivre. Ils montèrent vers l'église qui s'appelait, disait-il, Massabielle. Donatien découvrait ses premières images des Caraïbes : les palmiers, les maisons de bois aux toits de tôle. Il respirait l'odeur entêtante de poussière et d'épices chaudes mêlée d'effluves marins. Un nègre s'avança armé d'une machette, une noix de coco à la main. Il voulait offrir le lait de coco pour la bienvenue.

— Tout à l'heure, le remercia le père Merceron, quand ils auront dit leur messe !

Et puis il ajouta :

— Je mangerais bien une beurrée aux choux préparée par ma mère...

Mobilisé à Fort-de-France, il n'était pas revenu en France depuis huit ans et demi.

— ... J'attendrai s'il le faut une année encore. Mais l'année prochaine, je rentre en Vendée.

Ses yeux bleus rêveurs se perdaient dans le scintillement de la mer à l'extrémité de la rue. Le soleil était déjà haut, la chaleur pesante. Le père Merceron transpirait sous un vieux casque colonial à la toile jaunie.

— Vous êtes allés chez moi, à Challans ? Vous avez vu ma tribu maraîchine ?

— Oui, dit le père Barré. Ils m'ont donné des choses pour toi. J'ai bu un verre avec ton filleul, Gabriel, qui est rentré de captivité en Allemagne, fatigué, mais en bon état.

Donatien se réjouissait de célébrer sa première messe sur le sol antillais, mais l'épuisement de la traversée plus important qu'il ne croyait et les propos nostalgiques du père Merceron troublèrent son recueillement. Ses pensées le ramenaient sans cesse à La Trézanne. Il calcula en montant au maître-autel qu'il devait être treize heures là-bas. Son père et sa mère étaient à table. « Je mangerais bien une beurrée aux choux... » Le père Merceron livrait le fond de son cœur. Les hommes s'agitent à chercher le bonheur alors qu'on le trouve dans les saveurs de la vie ordinaire. Il pria pour ses parents autour de la table, qui devaient se demander si leur petit homme était arrivé dans son pays de sauvages. Il avait traversé la mer pour porter témoignage de la joie de Dieu. Il se sentait bien piètre professeur de joie, tourmenté de questions, accroché à l'autel agité soudain de mouvements intempestifs, résurgences du mal de mer.

Ils repartirent le lendemain matin, à six heures, sur un bateau de cabotage entre les îles.

— Bato gwo vant ! (Bateau gros ventre !) commenta le capitaine caraïbe pour convaincre que la place ne manquait pas.

Donatien lorgna d'un œil inquiet la coque gonflée de cette curieuse coquille de noix où s'entassaient des poules, des cabris, des fûts de rhum, des bicyclettes rouillées, de grands nègres maigres, des matrones ventrues et des enfants en pleurs. Le père Merceron prit le capitaine à part :

— Tu vas nous conduire prudemment. Le jeune père qui arrive n'a pas encore le pied marin.

— Pas de problème, père ! La mer dort aujourd'hui.

Le ciel était d'un bleu sans nuages sur Pointe-à-Pitre. Des brumes enveloppaient les hauteurs de Basse-Terre et c'était bon signe. Le soleil tropical brûlait à feu doux. Donatien se disait que dans un peu plus de deux heures il serait à pied d'œuvre. Dès que le bateau sortit de l'anse baptisée Petit-Cul-de-Sac, il commença de déchanter. La mer placide ballottait leur coquille de noix. Elle l'agitait joyeusement comme sur de la tôle ondulée. Et Donatien, à peine remis des souffrances de sa traversée, éprouvait chaque secousse avec dégoût.

Il se cala entre les épaules de ses deux compagnons, la tête penchée par-dessus bord, le crâne recouvert d'une serviette blanche pour éviter les coups de soleil. Le capitaine en souleva un coin, navré de découvrir son teint pomme de terre.

— Les autres pères ne sont pas malades ! dit-il. La mer ne bouge pas.

Il lui tendit une poignée de citrons verts.

— Mangez, père, c'est bon pour le mal de mer.

Donatien en mâchonna quelques-uns et se sentit mieux. Les hauteurs volcaniques de la Dominique devenaient plus précises. Le père Merceron montra des maisons et une église au bord d'une plage de sable gris.

— Grand-Anse.

Et puis :

— Colihaut ! Saint-Joseph !

Donatien, encore prostré sous sa serviette, ne relevant les yeux qu'avec précaution, pensait qu'il n'était pas si mal d'être contraint à l'humilité à l'arrivée dans sa mission. Il fallait être encore un peu patient. Que valait un mal de mer quand on arrivait au bout d'un voyage de cinq ans d'études, de prières, de rêves et de privations ? Le bateau mouilla dans l'anse de Roseau, la capitale de la Dominique. Il cessa de se balancer, et Donatien se redressa enfin. Les pères l'aidèrent à descendre dans le canot qui les attendait pour les conduire à terre. Le canot racla le fond de sable et de galets. Donatien voulut sauter le premier à terre. La vague lui lécha les souliers, lui mouilla les pieds. Il souffrit de nouveau du vertige, la terre se déroba.

On était le 28 octobre 1945. Il crut à un faux pas du père Barré auprès de lui. Mais le vieux missionnaire était tombé à genoux sur un galet.

— Je croyais ne plus jamais revenir, dit-il, la barbe tremblante. Je veux être enseveli à la Dominique.

— Pourquoi parlez-vous d'enterrement ? le gronda le père Merceron. Vous êtes venu là pour travailler.

Mais il s'était agenouillé auprès de lui, Donatien aussi. Ils joignaient les mains comme lui. Donatien se rappelait les larmes du père au départ de Marseille. Il avait l'impression de tout comprendre. Lui aussi avait senti en lui s'attiser la flamme depuis l'apparition de la Désirade. Son cœur brûlait, la passion de l'aventure le transportait, et ses souffrances lui importaient peu. Il s'efforçait de se raisonner et de modérer les élans de son cœur. Il pria :

— Me voici donc devant le chantier que vous me confiez, mon Dieu. C'est au pied du mur qu'on voit le maçon. Est-ce que je vais être digne ?

Sa mère employait souvent ce mot : « Sois digne. Celui-là est un homme indigne. »

Le père Barré murmura :

— Seigneur, aidez les ouvriers qui rejoignent le champ de Votre moisson.

La montagne dressait une épaule couverte de végétation. Quelques barques de pêcheurs étaient échouées sur les rochers. Le vent brossait les palmes d'un cocotier poussé sur la grève de sable noir. Les bruyants passagers du bateau passaient en silence devant les bons pères agenouillés. Ils tiraient leurs enfants par la main, portaient sur leurs têtes leurs paniers de poules, poussaient leurs bicyclettes. De lourdes nuées s'amoncelaient sur la crête de la montagne.

— Il va pleuvoir, dit le père Merceron en se redressant.

Sa soutane claqua. Donatien l'interrogea du regard pour vérifier s'il parlait sérieusement. Il retrouvait l'odeur mélangée de fruits et de poisson, de poussière et de sueur. Des nègres se bousculèrent sur le chemin du bord de mer pour leur serrer la main.

— Bienvenue à la Dominique !

Donatien remarqua qu'ils détournaient les yeux pour ne pas avoir l'air de s'être aperçus qu'il boitait. Un grand crépu au large front s'empara de sa valise et la posa en équilibre sur sa tête. Il parlait et riait en agitant les mains et Donatien s'en inquiétait, mais la valise restait bien droite. Ils franchirent le pont sur la rivière qui marque l'entrée de Roseau. Des maisons de bois grandes comme des cabanes de jardin s'alignaient au bord de l'eau. Des nuées d'enfants en jaillissaient et se précipitaient vers les pères en criant :

— Bienvenue à la Dominique !

Les plus petits semblaient choisir Donatien, à cause de sa jeunesse, de sa petite taille, de sa claudication. Ils s'agrippaient à sa soutane, levaient vers lui leur museau morveux. Le père Merceron et le père Barré posaient la main sur les petites têtes nues et y traçaient du pouce le signe de la croix. Donatien les imita.

Ils arrivaient dans la rue centrale de Roseau bordée de maisons aux couleurs vives. Donatien se glissa sous les galeries pour chercher un peu de fraîcheur. Des enseignes signalaient les quelques boutiques. Un paysan arrêta son char à bœufs rempli de bananes et de noix de coco, se découvrit de son lambeau de chapeau et leur tendit gravement la main.

— Bonjour, Joseph ! le salua le père Barré.

Le paysan arbora un large sourire édenté et, reconnaissant à son tour le père Barré, s'adressa à lui avec volubilité, prenant de ses nouvelles, le félicitant pour sa bonne santé. Il se retourna vers ses bœufs aux longues cornes en lyre immobiles au soleil, chercha dans son char et revint avec un ananas qu'il offrit à Donatien.

— C'est le cadeau de bienvenue au jeune père, dit-il.

La charrette à bœufs, les enfants, les porteurs, les pères encombraient la rue, et on aurait dit une émeute.

— Tu dois accepter, lui dit le père Barré, ce serait faire offense. C'est un ananas de son jardin.

Donatien remercia, serra la main de Joseph, le félicita, ému par la générosité de cet homme pauvre tellement hâlé par le soleil que sa peau très noire était blanchie par une sorte de pellicule de poussière.

Ils montaient vers la cathédrale et découvraient son architecture de lave noire lorsque le soleil se cacha. La pluie tomba tout de suite, à grosses gouttes. Ils poussèrent la grille, gravirent en courant les marches du parvis et se précipitèrent à l'abri dans la cathédrale, accompagnés par la troupe bruyante des porteurs et des enfants.

— Tu découvres ta première pluie tropicale, dit le père Merceron.

Le vent tordait affreusement les têtes des palmiers royaux du jardin de l'évêché. La pluie piétinait les massifs de roses.

— Dans moins d'une heure, le soleil sera de retour.

Ils s'agenouillèrent pour une courte prière, prirent la porte du transept qui conduisait directement aux bâtiments de l'évêché. Le chef de l'église de la Dominique, le *bishop* James Moris, leur ouvrit lui-même la porte de sa terrasse garnie d'orangers. L'onctuosité épiscopale l'horrifiait. Il était américain et rédemptoriste. Il leur donna son anneau à baiser et les pria de se relever aussitôt. Il conduisit les porteurs et les enfants dans une salle pour qu'on leur servît des jus de fruits et accompagna les missionnaires dans sa cuisine. Une religieuse leur offrit le café et une assiette de muffins.

— On me dit que vous avez été malade, fit le prélat à Donatien en essuyant ses lunettes d'écaille, restaurez-vous. Nous avons besoin de missionnaires vaillants.

Il demanda des nouvelles de la France.

— Votre général de Gaulle est venu à Washington rencontrer le président Truman au début du mois. Il est reparti avec un prêt de 450 millions de dollars remboursables sur trente ans. Mais les conversations ont été difficiles.

Il les précéda énergiquement sur les parquets brillants qui fleuraient bon la cire, les fit asseoir dans son bureau. Il se planta devant la carte de la Dominique épinglée au mur, éleva sa main chargée de l'améthyste.

— Les Frères de Marie Immaculée sont onze dans l'île. Avec vous, cela fera treize, dit-il.

Il indiqua du doigt les lieux et les noms des pères. Chaque église était signalée par une grande croix, chaque chapelle par une petite. Des traits de crayon délimitaient les territoires, des étiquettes, épinglées à l'intérieur, désignaient les pères. Le doigt de l'évêque descendit vers le sud.

— Le père Clément Dixneuf est de vos amis, je crois, dit-il au père Barré. Je sais que sa solitude lui pèse parfois. J'ai décidé de vous envoyer le rejoindre à Soufrière pour commencer.

Le père Barré sourit et murmura la phrase du père Baudouin, fondateur de l'ordre : « Qu'il est bon, qu'il est agréable pour des frères d'habiter ensemble... » L'évêque se tourna vers Donatien, enleva sa calotte violette et la posa sur sa table, découvrant une couronne de cheveux gris.

— J'avais pensé vous envoyer rejoindre le père Delhommeau à Vieille-Case. Vous auriez fait votre apprentissage auprès de cet administrateur énergique. Mais les nouvelles du père Bachelier, à La Soie, ne sont pas bonnes. Il est couché par la fièvre depuis huit jours. Je vais donc vous lancer tout de suite dans les rafales de la côte sous le vent.

Du doigt, il désignait la côte nord-est, face à l'Atlantique.

— La Soie est l'un des territoires les plus fertiles de l'île. On y respire le bon air. Le père Bachelier a tant travaillé qu'il vous sera, même diminué, de bon conseil et que vous ferez votre possible pour lui rendre sa maladie supportable.

Donatien regardait l'étiquette rouge portant son nom, et il voyait la main du *bishop* la fixer en haut de la carte. Il pleuvait toujours. Le tambourinement de l'eau sur les tôles du toit les isolait du reste de l'île. Donatien se répétait ces noms : La Soie, la côte sous le vent, et il trouvait à l'un de la délicatesse, et à l'autre de la passion. L'évêque lui demanda :

— Vous ne me dites rien ?

Donatien secoua la tête, chercha ses mots :

— *I haven't come to be served but to serve.* (Je ne suis pas venu pour être servi, mais pour servir.)

L'évêque sourit.

— On m'avait dit que vous ne pratiquiez pas l'anglais. Vous ne vous débrouillez pas si mal !

— La cloche que nous avons rapportée était pour le père Bachelier ! s'écria Donatien se rappelant le nom de son destinataire.

— Eh bien, vous la lui apporterez vous-même. Cela vous assurera une entrée remarquée dans votre paroisse !

Un miaulement discret s'éleva dans l'entrée du bureau de monseigneur. La porte était mal fermée, car le battant de bois verni pivota lentement. Une chatte toute grise avec une coiffe blanche comme une religieuse se glissa en silence sur le parquet. Elle traversa dignement la pièce, la tête tournée vers l'évêque, et sauta sans hésitation sur la paille de son fauteuil. Elle s'y enroula, la tête sur les pattes. Elle ferma les yeux, les ouvrit, lança un regard de béatitude comme son espèce en a le secret.

III

LA CÔTE SOUS LE VENT

6

Le père Barré décida de rejoindre en canot Soufrière et son confrère, le père Clément Dixneuf, le lendemain. La voiture et le cheval pour La Soie n'étant disponibles que le jour suivant, Donatien accepta de l'accompagner. La mer était un lac immobile. Les hauteurs de l'île la protégeaient des vents de l'Océan. La sortie s'annonçait comme une promenade en barque, et elle le fut. Les rameurs, inclinant leur dos nu au soleil, chantaient un air qui rythmait le battement de leurs rames.

Le père Clément Dixneuf, prévenu par le téléphone, les attendait sur la grève en lisant son bréviaire. Les pères ont été les pionniers du téléphone dans l'île dès le début du siècle. Son installation leur a permis de rompre leur isolement.

Le père Clément ouvrit grands ses bras de colosse et enferma les deux arrivants dans la même brassée en leur tapotant amicalement les épaules. Son abondante chevelure blanche, dont il ne taillait lui-même que les mèches trop longues, lui dégringolait en boucles dans le cou. À cause de cela, sans doute, de sa grande taille et de sa voix de chantre, les Dominiquais l'appelaient : Grand Jésus. Ses confrères le désignaient aussi par ce surnom.

— Alors, comment trouves-tu la Dominique ? demanda-t-il en gardant Donatien sous son bras.

— C'est trop nouveau, balbutia Donatien, étourdi par la succession des événements. Je ne peux pas dire.

Il expérimentait pour sa plus grande satisfaction la fraternité missionnaire. Les pères étaient quasiment les seuls Blancs de l'île. Les colons anglais, s'ils possédaient des terres, n'y vivaient pas. Leurs régisseurs noirs dirigeaient leurs propriétés. Le Grand Jésus, vendéen lui aussi, apparaissait à Donatien comme un grand frère ou un parent lointain qu'il n'aurait jamais rencontré. Cette sensation d'être de la même famille donnait de la force.

Clément Dixneuf leur fit d'abord l'honneur de son église modeste construite par son prédécesseur sur le front de mer. Mais le père Barré était impatient d'ouvrir une de ses caisses transportées au presbytère par des paroissiens accourus sur la plage. Il en retira un sac de jute qu'il remit au père Clément comme un trésor. Le père y plongea la main.

— Ce sont de beaux lingots de Mouchamps, dit le père Barré en regardant ruisseler les haricots blancs dans le battoir ouvert de son confrère. Il est temps d'en mettre à tremper si nous voulons en manger au déjeuner !

Le père Dixneuf enfouit le nez dans sa main et huma l'odeur des lingots, les yeux fermés.

— Ça sent la Vendée, murmura-t-il, extasié.

— Et ça ?... dit le père Barré.

Il lui tendait un paquet de tabac gris.

— Je crois que tu ne t'es pas débarrassé de ton vilain défaut...

Le père Dixneuf s'empressa d'aller prendre son papier à cigarettes dans sa chambre, et ses doigts fébriles s'affairèrent.

— On ne trouve ici que leur saloperie de tabac américain, expliqua-t-il en mouillant le papier.

Il alluma et exhala sa première bouffée en silence.

— Ne t'inquiète pas, le rassura son ami, je t'en ai apporté une provision.

Ils passèrent à table dans la petite salle à manger face à la mer. Le presbytère construit sur pilotis donnait l'impression d'être sur l'eau. Ils croisèrent les bras derrière leur chaise. Le Grand Jésus cligna de l'œil.

— Nous chantons cette prière avant de nous mettre à table à Soufrière. Vous la reprendrez après moi si vous voulez...

Il entonna :

— Le pain d'hier est rassis. Le pain de demain n'est pas cuit. Merci, Seigneur, pour le pain d'aujourd'hui !

Ils reprirent joyeusement le cantique du Grand Jésus qui leur servit le ti punch et y pressa avec soin un morceau de citron vert. Ils dégustèrent les haricots en rappelant les battages de haricots de leur enfance. Ils parlèrent du village des Aubiers, un haut lieu historique, puisque Clément Dixneuf y avait vu le jour. Le père Barré avait apporté une bouteille d'oberlin noir, 13°5, bouchée par son père. Clément raconta comment son curé avait refusé de donner la communion à sa sainte mère parce que, trop pauvre, elle avait mis son fils à l'école laïque...

Donatien s'approcha du canot, à l'heure du départ, le cœur serré de quitter le père Barré. Ils avaient partagé deux semaines de vie commune, et quelles semaines ! Le vieil homme devait éprouver le même désarroi car il appuya sa main sur l'épaule de Donatien avec sollicitude.

— Je ne me fais pas de souci pour toi, dit-il, je suis sûr que ça marchera.

Peut-être le vin l'aidait-il à livrer son cœur.

— Tu as le téléphone à La Soie. N'hésite pas à appeler, ajouta-t-il.

Donatien hocha la tête et, ployant le genou, dit :

— Demandez à Dieu de m'aider à accomplir ma mission.

— Tu vas salir ta soutane, le réprimanda Grand Jésus.

Ils levèrent la main ensemble et tracèrent le signe de la croix au-dessus de leur confrère néophyte.

Mgr Moris devina sa mélancolie, un soir, après le dîner à Roseau.

— Connaissez-vous le sport national des Antilles ? lui demanda-t-il en riant.

Il l'entraîna sur la terrasse aux orangers, l'assit à une petite table et ouvrit une boîte de dominos. Ils passèrent la soirée à une partie qui devint acharnée.

Le lendemain matin comme convenu, avant le jour, l'évêque frappa à la porte de Donatien, le réveilla, lui demanda de lui servir la messe. Puis ils inversèrent les rôles. Donatien, oubliant ses appréhensions et retrouvant son enthousiasme, griffonna une lettre à ses parents annonçant sa nomination et son adresse.

Quel bouleversement ! Quelle chance ! écrivait-il. *Avant-hier, à cette heure, j'étais encore allongé, malade, sur le pont du bateau. Ce matin, le* bishop *Moris a été mon enfant de chœur à la cathédrale, et je m'en vais vers ma paroisse ! Pour m'écrire, il vous suffira de mettre : Père Donatien Vernageau, curé de Notre-Dame de La Soie, ou curé de Wesley, c'est le nom anglais de la paroisse. Je suis officiellement nommé curé, dès mon premier poste ! Vous annoncerez la nouvelle au curé de La Genétouze et au père Gallot. Cela les rendra jaloux !*

Une voiture attelée attendait dans la cour de l'évêché. C'était une robuste jardinière, à roues peintes rouge sang, à ridelles à claire-voie, chargée de la valise, des deux caisses de Donatien et, en son milieu, à hauteur de l'essieu, de la cloche d'airain dans son emballage de paille et de bois.

L'allure du bidet chargé de tirer la charrette inquiéta Donatien. Il lui semblait lourdaud. Ses pattes étaient basses, son encolure épaisse. Il devina, à le voir battre du sabot, qu'il souffrait d'un crapaud.

— Il faudrait qu'ils soient deux. Il ne tiendra pas la distance avec une telle charge !

— Rassurez-vous, lui dit l'évêque. Les chevaux de l'île ont une résistance à toute épreuve. Celui-là traverse régulièrement les montagnes. Et si Hugo a accepté de l'atteler à sa voiture, c'est qu'il est sûr qu'il peut la tirer. Bientôt on entreprendra ces expéditions en camionnette. Pour l'instant, il n'y en a que deux dans l'île, et vous verrez dans quel état. Il y a les camions de l'armée américaine, mais ils sont réservés aux soldats.

Hugo salua Donatien en enlevant son chapeau. C'était un mulâtre assez foncé aux cheveux frisés qui commençaient à grisonner. Il était impatient de partir.

— On peut y aller, père ? demanda-t-il.

Il était huit heures. Les coqs chantaient encore dans Roseau. Un lambeau de nuée blanche s'effilochait sur le clocher de la cathédrale.

— On y va.

Hugo sourit. Le bidet, qui avait compris, n'attendit pas l'ordre de son maître. Il leva la tête en trompette et démarra avec un hennissement joyeux. Et les caisses, et la cloche, suivirent, apparemment sans effort. L'évêque avait embrassé Donatien. Des religieuses le saluaient de la galerie de l'évêché. Il prit le pas à côté de Hugo.

C'était l'heure où les paysans descendent de leur montagne pour gagner le marché. Des femmes aux pieds nus se suivaient en colonne sur le trottoir, un régime de bananes sur la tête, un panier plein de carottes et de choux, un sac rempli de cocos. Elles marchaient depuis le chant du pipirite, avant le jour. Elles avaient descendu des ravines fraîches, gravi des chemins de morne. La sueur dessinait des auréoles autour de leurs aisselles. Des hommes palabraient à leur suite, en chemisette et short kaki, sandales aux pieds pour les plus riches. Toute cette population en mouvement s'arrêta pour regarder passer la cloche. Les balayeurs sur le trottoir s'appuyèrent sur leurs balais de coco. L'arrivée d'une nouvelle cloche dans l'île était reçue comme un don de Dieu. Une femme demanda à Donatien :

— Mon pè, où tu emportes la jolie cloche ?

— À La Soie.

— Tonne dso, à La Soie, mèsi bon Dié ! (Tonnerre de sort, merci bon Dieu !)

Ils franchirent le pont sur la rivière à la sortie de la ville. Hugo pria le père de monter s'asseoir sur le banc. Leur équipage commença d'escalader la première rampe de la montagne au bord de la mer. Des navires de guerre américains mouillaient au large. Le camp militaire s'étirait sur l'esplanade côtière. Une jeep sortait à la barrière. Le petit cheval dominiquais tirait son charroi avec la même régularité et la même allégresse qu'au départ.

Ils entrèrent dans la forêt tropicale qui recouvrait tout l'intérieur de l'île. La route alternait les surfaces goudronnées et empierrées selon les mouvements de la montagne. Souvent les arbres se rejoignaient en formant un tunnel de verdure. Donatien dévorait des yeux l'exubérance végétale. Il levait la tête sur les colonnes vertigineuses des arbres, s'émerveillait des fougères arborescentes et de la variété des fleurs. Hugo, assis sur le banc près de lui, dodelinait. De temps à autre, il levait une paupière et un doigt :

— Gommier ! Pour canots...

Il désignait les arbres au fût très droit dans lesquels les Indiens caraïbes creusent leurs canots.

— Tulipier.

Il montrait une ramure empanachée de fleurs rouges comme des langues de feu. Il avait relâché les rênes du cheval qui, au bruit d'un moteur, bougeait les oreilles et se rangeait sur le côté. C'était invariablement une jeep qui dévalait dans un tourbillon de poussière. L'animal en profitait pour renifler l'herbe du bas-côté et tondre quelques largeurs de langue, et puis il repartait sans attendre de commandement. Il ne manifesta quelque signe d'énervement qu'une fois, au risque de verser son chargement, lorsqu'un camion antique surgit, sorte de monstre de métal, grondant, dangereusement incliné du côté de ses amortisseurs morts. Le plateau, pourvu de hautes ridelles à claire-voie, était chargé de bananes et de cannes à sucre jusqu'au-dessus du toit de la cabine. Trois passagers se serraient à côté du chauffeur qui klaxonna gaiement et fit sursauter le cheval. Hugo attendit que la forêt ait retrouvé sa sérénité, il secoua les guides, le cheval émit un discret raclement de gorge et consentit enfin à reprendre la route.

Ils progressèrent dans la forêt pendant trois heures. Ils passèrent le morne Couronne et le morne Marrons. Hugo commanda soudain au cheval d'obliquer, et ils entrèrent dans un passage plus étroit, une « trace » comme il l'appelait. Les branches griffèrent la voiture. Des racines-échasses en forme de chapiteau supportant les troncs comme des étais jusqu'à hauteur d'homme se répandaient en travers de la trace comme des serpents. Où allait-on ? Vers quelle extrémité angoissante du monde s'enfonçait-on ? Le sentier s'élargit enfin, la voûte s'éleva, la lumière du soleil reparut. Le cheval marqua le pas, les oreilles tournées vers un grondement proche. Il s'arrêta, secoua son abondante crinière noire, marquant son refus d'aller plus loin.

Ils descendirent de la voiture. La montagne effondrée s'ouvrait en cirque devant eux. Un chaos de rochers y avait roulé, escaladé par la végétation. Et du sommet du cirque, à une hauteur vertigineuse, une cascade majestueuse se précipitait avec un bouillonnement furieux dans la vallée où ils se trouvaient. Donatien s'approcha lentement de ce mugissement qui montait au contact de la terre.

L'eau s'écrasait dans une cuvette de basalte, se redressait, tourbillonnait entre les rochers et se précipitait dans le lit paisible d'une rivière. Il s'avança jusqu'à la pluie de gouttes bienfaisantes où flottait un arc-en-ciel. La chaleur était moite. Il enleva son casque colonial. Comme il rêvait devant ce fragment de paradis, Hugo le réveilla.

— Nous allons manger. C'est l'heure.

Donatien hocha la tête. La religieuse cuisinière leur avait préparé un panier-repas. Ils s'assirent sur un rocher poli par l'eau éternelle. Plutôt que de boire à la bouteille, Hugo alla remplir sa timbale à la rivière en disant :

— L'eau est bonne partout à la Dominique.

Il engloutit la nourriture très vite, la galette patates dans une main, l'aile de poulet créole dans l'autre, à quelques centimètres de la bouche comme s'il craignait d'en perdre en chemin. Après la dernière bouchée, il réajusta le bouton de sa chemisette qui découvrait les poils blancs de sa poitrine, se retourna vers son cheval dételé à l'autre bout de la clairière.

— Le cheval est fatigué, dit-il.

Puis :

— Je vais dormir.

Donatien le regarda s'étendre tout près du cheval, le chapeau sur la figure. Il finit de manger, replia le torchon de l'évêché dans le panier et, après avoir hésité, s'approcha de la chute d'eau. Les gouttes tombèrent de plus en plus serrées sur sa soutane. Il revint en arrière, scruta du côté de Hugo assoupi et déboutonna à la hâte son habit noir qu'il abandonna près du casque blanc. Il rentra sous la pluie et l'arc-en-ciel, en short et chemise, tout de suite mouillé et heureux. Il sinua parmi les blocs glissants, cherchant son chemin. Il rejoignit enfin le bord de la cuvette où la chute s'écrasait en grondant.

Il s'inclina sur l'eau, s'abreuva dans ses mains en coupe, se redressa. Hugo était loin. Alors il enleva sa chemise et entra, nu, dans la cuvette bouillonnante. L'eau froide le suffoqua d'abord, puis il s'enfonça jusqu'au cou. La cuvette n'était pas profonde, il avait pied partout. Il s'approcha du point d'impact et fut secoué par le tourbillon. Il traversa la langue d'argent, ferma les yeux, battu, assourdi par les explosions de la cataracte. Il plongea la tête dans l'eau et découvrit des bancs de poissons dorés. « D'où viennent-ils ? Depuis combien de temps sont-ils là ? Je reçois le baptême de la Dominique. » Il ouvrit la bouche et grogna de plaisir en avalant une gorgée d'eau.

Il revint vers le bord, retrouva ses vêtements mouillés, remit sa soutane toute brûlante de soleil à même la peau. Il rejoignit Hugo.

— Tu t'es baigné, père. L'eau était bonne ?

Hugo n'avait pas bougé et semblait dormir. Il attela le cheval qui reprit son train régulier. Des nuées charbonneuses coururent dans le ciel et masquèrent le soleil. Hugo tendit le doigt au ciel avec une grimace suggestive et cracha le brin d'herbe qu'il mâchonnait. La sueur ruisselait sur leurs visages. La forêt s'immobilisa et le silence devint oppressant. Hugo s'empara du fouet à lanière de cuir et le fit tourbillonner au-dessus de la croupe du cheval pour l'exciter. L'obscurité grandit. Une cabane en rondins s'offrait sur le bord de la route pour servir d'abri aux voyageurs. Des poussées de vent violentes secouaient la forêt. Ils rentraient à l'abri lorsqu'un éclair gigantesque déchira le ciel. La terre trembla. L'air explosa en gerbes de feu. Les premières gouttes de pluie tombèrent, lourdes. Une odeur de poudre montait de la poussière. Hugo tira le cheval avec eux à l'intérieur. Et comme l'animal sursautait, l'œil révulsé par le fracas dans la montagne, il se pendit à son cou et lui parla avec des mots créoles que Donatien ne comprit pas. Il se rappela avoir vu son grand-père Élie parler ainsi à un taureau.

La pluie s'était déchaînée. Des ruisseaux couleur de bière dévalaient la route. Donatien se blottissait contre la paroi de bois qui vibrait. Le mulâtre, la joue contre la crinière du cheval, continuait de lui raconter des histoires. Un extraordinaire coup de massue écrasa la montagne et, aussitôt, tout s'arrêta. L'ombre s'éclaircit. La pluie cessa. Les ruisseaux se tarirent. Hugo et Donatien se regardèrent, assommés. Le cheval bougea. Une première ligne de soleil frappait la cabane. Hugo s'illumina et partit d'un éclat de rire qui gagna Donatien. Ils sortirent.

— Ce n'était qu'un orage, mon père, dit Hugo, un jour tu connaîtras le cyclone.

Des fumées montaient des vallées. Donatien espérait que ses affaires sur la voiture n'avaient pas été endommagées. Quelques barbes de rembourrage de la cloche, arrachées par la pluie, pendaient autour du bâti. Le cheval, fatigué, ralentissait l'allure. Ils découvrirent trois cases couvertes de jonc au milieu des hautes herbes. Hugo héla le jeune Noir anthracite appuyé à la porte. Trois enfants surgirent à leur tour et trottèrent derrière leur aîné qui s'avançait. Ils s'interpellèrent dans leur langue avec des cris et des rires. Donatien ne comprenait pas, mais il devina plusieurs fois le mot père. Les enfants sautillèrent.

— Bonjour, père !

Donatien agita son casque colonial. La route continuait à descendre par paliers successifs. Ils rencontrèrent d'autres cases, par trois ou quatre. La même scène se renouvela. Hugo hélait du haut de son banc comme s'il conduisait le char de Jupiter.

Et puis, à un détour, à travers une frondaison d'arbres à pain, une étendue d'émail bleu éblouit. Hugo tendit le doigt.

— Océan Atlantique.

Le cœur de Donatien battit : ils avaient traversé l'île en diagonale. Malgré les mauvais souvenirs du *Paul Lemerle*, il éprouvait de la joie à retrouver le vieil Océan dont les vagues roulaient jusqu'aux côtes de France. Ils descendirent plus près, à toucher la grève de galets qui se heurtaient en grondant.

— C'est Marigot, dit Hugo.

Les cases couvertes de roseaux ou de tôles s'alignaient sur le bord du chemin, montées sur pilotis et tournées vers la mer.

— Ce sont mes paroissiens, murmura Donatien, et il se dressa sur la voiture.

Il ôta son chapeau et parcourut du regard les hommes, les femmes et les enfants qui commençaient de se presser autour de leur équipage et tendaient la main vers la cloche. « Que faut-il que je fasse ? se demandait-il. Peut-être devrais-je les bénir ? » Il se contenta de les saluer de la main. Une grande négresse aux seins lourds lui tendit son enfant. Il appuya la main sur lui. Elle courut derrière la voiture en essayant d'attacher son foulard rouge au bâti de la cloche. Hugo s'en saisit, puis demanda un bâton, où il attacha le foulard qui se déploya comme un drapeau. Il enjamba le siège de la voiture, passa à l'arrière et planta cet étendard de fortune au-dessus de la cloche.

Le cheval avançait sans émotion sur le chemin à peine large comme la voiture, bordé d'un côté par la montagne, de l'autre par le précipice sur la mer. Tous les habitants du pays étaient des paysans, et la montagne était cultivée depuis le bord de l'océan jusqu'au sommet. Les parcelles mêlaient les cocotiers, les bananiers, la canne à sucre, et Donatien, familier des haies de Vendée, se demandait comment chacun y retrouvait sa terre. Il se sentait proche de ces hommes et de ces femmes, paysans comme lui. Il voyait leurs mains blanchies par la terre et les outils.

Un cavalier les dépassa, bride abattue, puis un second debout sur ses étriers de corde. Le cheval de Hugo émit un bref hennissement d'humeur. La route s'enfonça sous une voûte d'arbres que Hugo appela malimbés. Une torpeur inquiète envahissait Donatien après l'excitation de l'arrivée sur Marigot. La chaleur pesait de nouveau. Des nuées noires couraient sur l'océan. Le soleil couchant sculptait les flancs de la montagne, soulignait les variétés de vert.

Il ferma un moment les yeux pour laisser monter en lui la côte sous le vent. La fraîcheur les lui rouvrit. La nuit était déjà là. La mer avait perdu son bleu. À chaque seconde, elle était moins violette. Elle devenait presque noire. Il se rappela qu'on lui avait dit que la nuit tombe si vite sous les tropiques que le crépuscule est un état d'esprit. Il regretta d'arriver si tard à La Soie. Mais ils débouchaient sur le sommet de la montagne, et Hugo se leva, tendit la main.

— La Soie !

Il y avait encore un peu de lumière. Donatien devina une succession de cases flottant dans une mer de bananiers. La Soie était installée sur un plateau en cirque au-dessus de l'Océan. L'église se dressait au bord de la corniche. On devait la voir de partout. Ils descendirent lentement car le chemin était défoncé par l'orage. Alors Hugo, enjambant de nouveau le banc, brandit son drapeau et l'agita. Aussitôt un grand drapeau rouge et blanc flotta devant l'église comme une réponse. Une cloche à la voix grêle tinta joyeusement. Leur voiture fut prise d'assaut par une foule qui accourait en criant :

— Bienvenue à La Soie !

Hugo ordonna :

— Ba'y lé ! Ba'y lé ! (Laissez passer !)

Des flambeaux s'allumaient dans la montagne et se mettaient en marche vers l'église. Un cercle mouvant de feu s'élargissait autour de leur voiture. Des mains se tendaient. Des enfants s'agrippaient aux ridelles et s'agglutinaient autour de la cloche.

Hugo leur abandonna le drapeau et, reprenant les guides :

— Ba mwen lè ! (De l'air !) réclama-t-il.

Le cheval piocha à monter la côte de l'église au milieu de la foule des paroissiens. Des palmes et des branches lui fouettaient les pattes et l'échine, et il n'aimait pas cela. Donatien pour calmer les ardeurs entonna un cantique en français :

— *Marchons au combat, à la gloire, marchons sur les pas de Jésus...*

Et il fut ravi d'entendre quelqu'un se mettre à chanter avec lui, bientôt suivi par toute la foule. Les gens cessèrent de s'agiter, s'organisèrent en procession. Tout le monde se retrouva serré sur la place de l'église.

Les dernières paroles du cantique moururent et furent suivies d'un profond silence. Le vent salé agita les flammes des flambeaux, rabattit la fumée. La toile du drapeau rouge et blanc monté sur un grand bambou claqua. Donatien leva les yeux vers la lune toute ronde dans le ciel noir de velours. Une toux rauque de malade rompit le silence. Cette toux donna la force à Donatien, et les mots jaillirent de ses lèvres.

— Mes amis, dit-il, vous m'avez accueilli avec des palmes et des chants. Mais je sais bien que ce n'est pas moi que vous avez accueilli ainsi, c'est Celui qui m'envoie. Monseigneur m'a demandé de venir aider le père Bachelier. Je ne prétends pas le remplacer dans votre cœur. Je suis jeune. J'arrive d'un petit village de France comme le vôtre. J'y étais paysan comme vous. Je crois que nous devrions bien nous entendre. J'apporte donc avec moi la cloche que vous attendiez...

Une ovation l'interrompit. Il enjamba avec agilité le banc du conducteur, malgré la soutane, ravit le drapeau au jeune nègre qui le brandissait encore.

— Écoutez le bronze ! dit-il.

Il frappa la cloche avec son bâton, une fois, deux fois, et la voix de la cloche fut chaleureusement applaudie.

— Vous avez raison. Elle va accompagner votre vie. Elle vous invitera à la prière. Je ne vous connais pas. J'ai à peine aperçu La Soie, à la tombée de la nuit. Mais je sens qu'on y respire le bon air. Si Dieu le veut, nous entreprendrons de belles choses ensemble. Je n'ai qu'un défaut, vous l'avez remarqué : je ne connais pas votre langue. Je ne sais pas parler créole.

Il hésita, chercha ses mots, et soudain :

— Man pa sav palé zépon natirèl ! (Je ne sais pas parler créole !)

Cette phrase entendue dans la bouche des pères à Soufrière souleva un grand rire à travers la foule. Il ne l'avait pas prévue. Il ne savait pas qu'il serait capable de la prononcer, la minute d'avant.

— Je compte sur vous pour m'apprendre, ajouta-t-il sérieusement. J'aimerais prier un instant avec vous. Vous demanderez à Notre-Dame de La Soie de me prendre sous sa protection, et je la prierai de vous bénir.

Il commença le Je vous salue Marie. La ferveur de la foule sous ce ciel frissonnant d'étoiles, dans l'air chaud, lui donna la chair de poule. Le visage trempé de sueur, il sortit son mouchoir et descendit de la voiture, la foule s'entrouvrit et le vit marcher. Tout de suite quelqu'un chuchota :

— Ti Pilon...

Ce surnom devait lui rester. Ti pilon magoton est le jeu à cloche-pied pratiqué par les enfants. Donatien dit à Hugo :

— Nous ne déchargerons pas la voiture ce soir. Conduis-la chez toi. Nous nous en occuperons demain.

Il suivit le pas lourd de la négresse fessue qui se présentait comme la « cook » du père Bachelier et son infirmière. Elle s'appelait Létitia et elle lui présenta sa fille, Carita. Donatien s'arrêta, surpris par la peau claire de la jeune fille à la lueur des torches.

— C'est votre fille ? demanda-t-il, incrédule.

Carita sourit. Était-ce la fatigue ? Il retrouvait dans son rire, dans la lumière qui frisait au fond de ses pupilles marron un autre visage autrefois aimé. Il secoua la tête, suivit la cook qui s'accrochait à la rampe de l'escalier de bois du presbytère. Les marches gémissaient. Elle poussa la porte qui frotta le plancher. La lampe éclaira le visage de cire du père Bachelier assis sur un fauteuil à bascule dans le noir.

— Entre ! dit le vieux missionnaire à Donatien qui hésitait à s'avancer. Laisse-nous ! commanda-t-il à la cook.

Létitia posa la lampe sur la table et se retira avec sa fille. La flamme tremblante sculptait les aspérités du vieux visage, soulignant le nez en bec d'oiseau.

— Approche-toi, fit-il en détachant sa main de l'accoudoir, que je te voie !

Donatien fit un pas.

— Tu boites ? remarqua-t-il brutalement. C'est bien. Ce n'est pas mal que Dieu t'ait planté cette écharde dans la chair. Moi, je souffre des fièvres. J'ai connu des périodes de répit. Depuis un mois, la fièvre me prend tous les soirs avant la tombée du jour. Je deviens une loque. Je ne suis pas capable de me déplacer de mon lit à mon fauteuil sans l'aide de Létitia. Assieds-toi !

Donatien prit la chaise au bout de la table. Tout était petit. Il y avait à peine la place pour deux.

— L'évêque ne t'a pas fait un cadeau en t'expédiant auprès de moi. Il voulait me ramener à Roseau, et peut-être me renvoyer en France. Je m'accroche à La Soie. Qu'est-ce que tu veux que je fasse ailleurs ? Le mouroir des Pères de Chavagnes ne m'intéresse pas. Je n'ai plus qu'un frère qui m'écrit chaque année pour le premier de l'an. Ma famille, ce sont maintenant ces nègres, et je veux mourir et être enterré au milieu d'eux !

Le souffle du malade heurtait Donatien. Une quinte de toux plia le vieux missionnaire et l'interrompit.

— Si tu trouves qu'on manque de lumière, lança-t-il enfin, la voix brouillée de glaires, prends la bougie et la boîte d'allumettes sur ma table de nuit !

Donatien craqua l'allumette. La lumière plus

vive éclaira l'image d'un Sacré-Cœur sur la cloison, une carte de la Vendée près de celle de la Dominique.

— Alors tu es content ? persifla-t-il. Tu as été accueilli avec des palmes et des tambours. Tu as eu ton heure de gloire. N'oublie pas qu'après les Rameaux il y a le vendredi saint.

Donatien murmura :

— Les tambours ne m'étaient pas destinés. Ils étaient pour vous et la cloche que vous aviez commandée. Je n'ai été qu'un outil.

— Ces nègres sont des enfants ! s'emporta le père. Tout est encore à corriger ici. Ils ont chanté des cantiques. Maintenant ils vont se mettre à boire et se laisser aller à toutes les saletés !

Donatien ne l'écoutait plus. Il tendait l'oreille aux musiques dehors, aux cris, aux chants.

Le vieux prêtre grogna, irrité par la distraction de son jeune confrère. Il tendit un doigt tremblotant vers sa table.

— Une lettre est arrivée pour toi.

Et pour couper court à toute discussion :

— Prends la lampe et appelle Létitia pour qu'elle vienne m'aider à me coucher !

Pourquoi ne lui avait-il pas signalé cette lettre plus tôt ? Comment Donatien n'avait-il pas reconnu l'écriture sur ce papier posé devant lui depuis son arrivée ? Était-il arrivé quelque chose ? Quel chemin avait parcouru cette lettre pour être arrivée avant lui ?

7

Il entra dans ce qui allait être sa chambre de l'autre côté du couloir, une case aussi étroite que celle du père Bachelier, meublée d'un châlit, une table, un tabouret : une cellule. Il décacheta la lettre tandis qu'à côté s'élevaient des bruits domestiques et les soupirs du coucher du père. Carita devait être là, il reconnaissait son rire de gorge clair. Il se plongea dans les mots de sa mère.

Mon petit,

Tout va bien. Ne t'inquiète pas. Il est cinq heures. Ton père est parti à la foire vendre les deux génisses que tu trouvais si belles. Manuel et Pilar ne vont pas tarder à revenir avec la charretée de choux, Marcellin avec le chargement de betteraves. Je t'écris vite, en me sentant coupable de t'écrire déjà.

Ton départ a creusé un grand vide dans la maison. Tu vas me dire que tu étais déjà parti depuis longtemps. Mais nous te savions tout proche. Quand tu arrivais, nous ajoutions une assiette.

Pourquoi as-tu eu le goût de t'en aller aussi loin ? Quelquefois je me demande si nous avons su t'élever, puisque nous n'avons pas su te retenir. Ton père pense au contraire que nous t'avons trop bien élevé : nous t'avons donné le goût des conquêtes...

Tu vois, nous radotons. Tu comprends que tu nous manques. Tu es bien du sang de ton père qui a fait un long chemin depuis ses débuts d'orphelin dans la borderie de Mortevieille. Moi je l'accompagne depuis l'âge de six ans quand nous jouions sous les mirabelliers. Tu amplifies la trajectoire et nous en sommes fiers. Mais comme le sacrifice est difficile ! Aujourd'hui je me débats encore, et depuis ton départ je me répète les paroles de Mgr Cazaux, notre évêque : « Si la Vendée cessait d'être missionnaire, elle perdrait la grâce de sa fidélité. » Ainsi tu nous entraînes à accomplir de notre côté un bout de chemin. Je ne sais pas pourquoi je t'écris tout ça. La distance me permet de m'abandonner avec toi comme je ne l'avais jamais fait. Je suis sûre des gros yeux de ton père. Tu le connais. Mais tu es capable de trier parmi mes divagations.

Je voulais t'annoncer une nouvelle qui va te surprendre : Alexina va se marier. Oui, ta sœur est arrivée à la maison, il y a trois jours. Elle s'est assise à côté de Marcellin, et nous a annoncé en nous regardant droit dans les yeux : « Marcellin et moi, nous avons décidé de nous marier. »

Nous n'avons rien contre Marcellin. Il a été élevé à la maison comme un second fils. Nous savions depuis longtemps que Marcellin éprouvait des sentiments pour ta sœur. La chipie semblait se moquer de ses attendrissements et s'en servait lorsqu'elle en avait besoin. J'ai peur qu'elle continue à jouer ce jeu-là. Tu sais ce qui lui est arrivé l'année dernière à la Libération. T'a-t-elle fait des confidences au sujet de son soudain intérêt pour Marcellin ? Nous ne nous étions aperçus de rien. Marcellin, bien sûr, rayonne. Nous ne voudrions pas qu'elle le prenne pour un benêt, et qu'ils se rendent malheureux l'un et l'autre.

Peut-être pourrais-tu écrire à ta sœur. Il y a des choses plus faciles à dire parfois entre frère et sœur. Et puis tu es prêtre. Il n'y a pas de temps à perdre. Ta sœur est ta sœur : elle a décidé d'être mariée à Pâques. Elle veut les fiançailles à Noël. Rendez-vous est déjà pris avec le maire et le curé. Pour faire bonne mesure, elle a déjà donné sa démission à l'hôpital. Nous ne sommes pas opposés à son retour à La Trézanne avec Marcellin, au contraire. Leur mariage assure notre succession, et ton père est prêt à leur passer les commandes. Mais nous ne voulons pas que cela soit sur un coup de tête, ou à cause d'une contrariété. Tu imagines notre inquiétude. Je n'ai pas dit à Augustin que j'allais t'écrire. Je ne le savais pas moi-même avant de sortir le papier à lettres. Je pense vraiment qu'un mot de toi aurait le mérite de mettre Alexina en face de ses responsabilités. Elle fera ensuite ce qu'elle voudra.

Voilà, mon cher petit. Tu vois, nous n'avons pas fini de te solliciter malgré la distance. Cela signifie que tu demeures parmi nous. J'espère que ta traversée n'a pas été trop difficile. Ta mission correspond-elle à ce que tu attendais ? Es-tu bien installé ? Le curé de La Genétouze, dimanche, m'a demandé si nous avions eu des nouvelles. Je vais te faire une confidence. Ni ton père ni moi ne sommes du genre dévot. Malgré toutes les bonnes recommandations, nous n'avons pas institué la prière du soir en famille. Et c'est Augustin, le lendemain de ton départ, alors que nous étions couchés, qui m'a dit : « Comment nous rapprocher de notre grand gars qui navigue au loin sur l'Océan ? Si nous récitions une prière ? » Nous avons récité trois Je vous salue Marie ensemble pour être auprès de toi. Depuis, nous recommençons tous les soirs et j'attends avec joie l'heure de ce rendez-vous.

Maintenant je vais me mettre à éplucher les pommes de terre du souper, et puis j'irai donner aux lapins. La routine. J'entends Marcellin commander les bœufs dans la cour. Pour partir comme tu l'as fait, il faut se détacher de tout. Moi, je sais que je suis ficelée à tout ça, à cette maison, à vous, et que m'enlever de là serait m'arracher le cœur. Pardonne l'attachement de ta mère aux choses de ce monde. Je t'embrasse.

Sous la signature « *Élise* », une autre écriture, plus ronde, aux jambages plus courts, avait ajouté :

Ta mère radote, oui, mais elle radote bien. On voit qu'elle est allée aux grandes écoles. Moi, qui n'ai été que petit valet, j'aurais été incapable d'exprimer tout cela aussi bien, que je partage à la virgule près. As-tu fait bon usage de la terre de La Trézanne ? Bien sûr que je t'embrasse, fils. C'était signé : *Augustin.*

Donatien demeura longtemps songeur, la lettre dans son giron. Il en relut certains passages, examina l'enveloppe. Sa mère avait été bien avisée d'ajouter *Par avion.* La lettre était allée beaucoup plus vite que lui. Elle était partie bien après, et elle l'attendait, apportée à Notre-Dame de La Soie par le bateau du courrier. L'écriture droite, ferme, impeccable, révélait la formation par l'école normale. Son esprit dériva vers Alexina. Sa sœur était capable de passions et de décisions définitives. Et lui, Donatien ?

Il replia les feuillets et les rangea dans l'enveloppe. Il ne s'endormait pas. Il réécouta les bruits du dehors. Des roulements de tambour retentissaient encore. Le père Bachelier avait parlé de saletés...

Il se dépouilla de sa soutane. La sueur lui mouillait la barbe. Il déboutonna sa chemise. Il aurait aimé se plonger encore dans le bassin d'eau fraîche de la chute d'eau. Il sortit de sa poche le calepin à ressort et le crayon de bois où il avait pris quelques notes de voyage. Un beau matériel d'écriture, encre, stylo plume, était rangé dans ses caisses. Il approcha le tabouret de la table et commença à écrire : *Chère Alexina...*

Il ne dormit pas cette première nuit, trop énervé, dérangé par la chaleur. Les ronflements du père Bachelier retentissaient derrière la cloison. Un oiseau ivre s'égosillait dehors, juste à côté du presbytère. Donatien dans son insomnie imagina des paroles sur sa mélodie : « Oui, oui, oui. Oui, j'ai pris. Oui, j'ai pris, du ti punch, du ti punch, du ti punch ! » L'oiseau reprenait souffle quelques secondes et rabâchait la chanson de son ivresse. La fenêtre de la cellule n'avait pas de vitre. Les volets à jalousie laissaient passer tous les bruits du dehors. Les boum boum des tambours cognèrent longtemps.

À six heures, le pas lourd de Létitia ébranla l'escalier. Il faisait jour. Donatien se leva. Le père Bachelier l'avait précédé à l'église pour dire sa messe, et Donatien se sentit coupable : paresser au lit est la pire faute pour un paysan vendéen. Le père Bachelier, déjà à la communion, essayait de donner le change, mais ne se déplaçait qu'en s'appuyant à l'autel. Heureusement un grand nègre, debout derrière lui, lui servait d'enfant de chœur, fier de veiller au grain. Quelques femmes, disséminées dans l'église comme à La Genétouze, priaient en silence.

Donatien trouva des vêtements sacerdotaux derrière l'autel, s'en revêtit, se retourna : un négrillon de six ou sept ans, en chemise jaune, dansait d'un pied sur l'autre, les jambes en canne de bambou.

— Comment t'appelles-tu ? lui chuchota-t-il.

— Ernest.

— Veux-tu me servir la messe, Ernest ?

L'enfant hocha la tête. Donatien trouva une soutane rouge tachée de cire et un surplis à sa taille. Tout, jusqu'aux ornements, sentait le laisser-aller.

La maladie avait enlevé de la vigilance au père Bachelier, et Donatien imaginait déjà l'ampleur de la tâche à accomplir. Il célébra ainsi sa première messe à l'église Notre-Dame de La Soie. Les fidèles du père Bachelier désertèrent à mesure que le temps passait. À la fin, il se retrouva seul avec Ernest. Le soleil moussait, de plus en plus vif, par les jalousies de l'église. Le christ en métal argenté, cloué sur une croix de bois noir, tournait vers lui un regard miséricordieux. Donatien demanda au petit en se déshabillant :

— As-tu mangé ?

L'enfant secoua la tête.

— Viens-tu manger avec moi ?

L'enfant ouvrit de grands yeux, puis baissa le nez.

— Mwen pé ké manjé épi lè.

— Mais si, tu pourras manger avec moi, dit Donatien qui n'avait pas tout compris.

Il lui mit la main sur l'épaule. Ernest sourit, ravi, toute timidité soudain oubliée.

La façade de l'église de bois était délavée, la rouille de son toit de tôle qui voulait imiter une carène de navire dégoulinait sur les planches.

— La Soie a le mérite d'avoir une église modeste comme ses habitants.

Donatien avait parlé en anglais, mais il n'était pas sûr d'avoir été compris. La langue maternelle d'Ernest était le créole. Ils gagnèrent le presbytère adossé à l'église. Létitia grommela en voyant Ernest. Elle l'appela ti boug et rechigna à lui servir une assiette. Ils avaient sorti la table de cuisine sur la galerie. Le presbytère de La Soie, même petit, avait l'avantage d'être pourvu d'une galerie peinte en bleu et blanc, sans doute pour évoquer des couleurs mariales. Létitia leur servit la farine de manioc et la mélasse, le matété dont Ernest se régala. Le père Bachelier épuisé après sa messe traduisait de son lit les paroles de la cook qui parlait très vite et que Donatien ne comprenait pas.

— Elle dit qu'une case a brûlé, cette nuit. Je t'avais prévenu. Ils ont mis le feu sans s'en rendre compte, ou ils se sont battus. Ce n'est pas grave. Ils vont reconstruire, maintenant !

Donatien se rappela certains reflets sur sa jalousie et des cris pendant la nuit. Il demanda à Létitia quel était l'oiseau qui l'avait empêché de dormir.

— Ki zwazo ? fit-elle, le balai de sorgho à la main.

La négresse ne portait pas de linge sous sa robe, dont la toile violette était tendue comme une peau.

— Ki zwazo ? répéta-t-elle, étonnée, la tête sous un madras noir et blanc.

Le rire du père Bachelier monta derrière la cloison.

— Ce n'est pas un oiseau, dit-il, c'est un criquet. Il y en a autant que de grillons, chez nous. On est tellement habitué qu'on ne les entend plus.

Donatien admira ce pays où les criquets chantent comme les oiseaux. Létitia éclata de rire.

— Un kritjèt ! dit-elle, et ses bourrelets tressautaient dans sa robe sac.

Donatien répéta un « kritjèt », pour apprendre.

Il descendit sur la place de l'église. Les mornes

déroulaient leurs vagues vertes jusqu'à l'horizon. Le cimetière s'accrochait à la pente devant le parvis. Les tombes, blanchies au lait de chaux, étaient éparpillées parmi un fouillis de bougainvillées et d'alamanders. Il se retourna vers le grondement de l'Océan et le claquement de dents des galets qui s'entrechoquaient. Hugo arrivait avec son cheval, la cloche, les caisses de bagages. Il s'arrêta à l'ombre du flamboyant à côté de l'église, et un attroupement se forma pour assister au déballage. Donatien ouvrit ses caisses devant tout le monde, et l'apparition de chaque objet soulevait des commentaires. Il distribua une image pieuse aux enfants, en précisant :

— Il y en aura d'autres, mais il faudra les mériter.

L'émotion grandit lorsqu'il décloua la caisse des statues protégées par un rembourrage de paille. Il en retira une Notre-Dame de Lourdes et son étole bleue, un Sacré-Cœur le doigt sur le cœur. Les jeunes garçons et les filles se bousculèrent pour avoir l'honneur de les porter dans le chœur de l'église. Donatien les avertit :

— Ce ne sera peut-être pas tout pour La Soie.

Il sortit de la paille quatorze stations d'un petit chemin de croix offert par la paroisse de La Genétouze. Chaque image encadrée était mise sous verre. Pas un seul n'était cassé. La Providence avait veillé sur les bagages du missionnaire ballottés par les flots.

— Vous avez déjà un chemin de croix, remarqua-t-il.

Il les laissa cependant déposer le chemin de croix dans l'église.

Hugo n'était pas le moins actif. Son voyage de la veille avec Donatien lui conférait une autorité naturelle. Le soleil cognait sur la place de l'église. Heureusement le vent salé rendait la température supportable. Donatien avait coiffé par nécessité son casque colonial. Hugo, sans doute pour être à la hauteur de ses responsabilités, avait abandonné son vieux chapeau effrangé pour un beau bakwa caraïbe à tressage doré et large bord. Donatien enleva soudain son casque.

— On échange ? proposa-t-il à Hugo en le lui tendant.

Hugo crut qu'il plaisantait.

— Comment dis-tu en créole ? lui demanda Donatien.

— Bakwa.

— Tu me donnes ton bakwa, et je te donne le mien.

Le casque, style Savorgnan de Brazza, symbolisait encore toute la puissance du Blanc. On disait dans les colonies : « Qui voit le couvre-chef voit le chef. » Donatien insista :

— Donne-moi ton bakwa.

Les Indiens caraïbes fabriquaient ces chapeaux en grand nombre. Hugo hésitait tant la proposition semblait disproportionnée. Donatien se coiffa du chapeau caraïbe et, d'un mouvement vif, déposa son casque sur les cheveux crépus du mulâtre. Des cris et des applaudissements ovationnèrent aussitôt leur échange.

— D'accord ?

Les yeux marron de Hugo brillaient. Il opina en souriant. Cet échange valut à Donatien l'affection de la communauté caraïbe.

Il ne resta bientôt plus que la cloche dans la voiture. Donatien n'était pas sans inquiétude quant à la capacité du clocher à supporter l'ébranlement des deux cent cinquante kilos de bronze. Le père Bachelier, qui l'avait commandée, balayait ses réticences d'un mouvement agacé de son doigt tremblant.

— Tout a été prévu. Ne t'occupe pas de ça ! On ne t'a pas attendu pour avoir ton avis !

Il engagea donc les travaux préparatoires à l'élévation de la cloche au milieu des rires insouciants et des chansons. Le climat et la végétation permettaient de vivre sans inquiétude du lendemain. On pratiquait au quotidien la parole de l'Évangile de saint Jean : « Regardez les oiseaux dans les champs, ils ne sèment ni ne moissonnent... »

Les hommes s'en allèrent en sifflant couper du bois dans la forêt et revinrent avec des charrettes chargées de petites billes sèches de leur réserve. Ils lui expliquèrent qu'ils avaient abattu autant d'arbres qu'ils en rapportaient, de manière à ne pas épuiser leur stock, et Donatien loua cette sage mesure d'économie.

Ils avaient décidé de fabriquer une chèvre et de l'échafauder dans le clocher, la difficulté résidant dans la fragilité du clocher lui-même. Les discussions s'engagèrent à l'ombre du flamboyant. Donatien informa les charpentiers de ses craintes. Ceux-ci escaladèrent plusieurs fois la périlleuse échelle meunière. Ils se rangèrent finalement à son avis et décidèrent de construire une charpente bis, assujettie à la première et servant de chèvre.

Donatien demanda une scie et se joignit aux ouvriers. Les outils ressemblaient à ceux des charpentiers de Vendée. Peut-être d'ailleurs venaient-ils de là-bas, importés par un missionnaire précédent. Le bois était du gommier, l'arbre sans défaut des canots caraïbes. Un vieillard chenu au short et à la chemisette en loques, qui n'avait plus l'âge de gravir l'échelle du clocher, avait l'autorité sur le chantier. Il s'appelait Rigobert Confiant. On pouvait compter tous les os de sa poitrine par sa chemise ouverte. Mais ses compagnons rieurs et bruyants s'adressaient à lui et l'écoutaient : il savait. Donatien apprécia de se placer sous son commandement. Il goûta au plaisir de devenir un maillon de l'œuvre commune.

Sa soutane l'embarrassait pour s'accroupir, porter, monter. Il s'écorcha les mains à des échardes. Des ampoules gonflèrent sur ses pouces. La fille de Létitia, Carita, leur apportait à boire dans une cruche de terre cuite, appelée canari. Elle avait dix-sept ans. Elle était le fruit des amours de la cook et d'un Caraïbe qui l'avait délaissée après lui avoir fait un ventre. Elle était quasiment blanche, comme une Caraïbe pure, ainsi que Donatien l'avait découverte la veille au soir. Donatien aima le vieil or de ses yeux en amande, et l'image de Providence s'imposa de nouveau malgé lui.

— Tu souris comme une madone, lui dit-il en vidant le gobelet qu'elle lui avait rempli.

Elle continua de lui sourire après qu'il lui eut rendu le gobelet, et elle s'éloigna en soulevant la poussière de ses pieds nus.

L'installation de la charpente demanda une semaine. Il fallut aménager ensuite les cuvettes pour recevoir le support de la cloche, le mouton. Enfin les cordages furent lancés vers la voiture de Hugo où attendait la cloche.

Les femmes la parèrent de palmes et de lianes de bougainvillées et d'hibiscus. Le dimanche suivant, le père Bachelier sortit de la grande porte de l'église, en aube et étole, flanqué de Donatien. Une foule de quatre cents personnes se bousculait sur la place trop étroite. Beaucoup de familles avaient marché depuis le matin à travers les mornes et les ravines pour être présentes au rendez-vous, et elles se reposaient maintenant à l'ombre des croix du cimetière. Elles se levèrent.

Le père Bachelier s'approcha de la cloche rutilante et parée comme une mariée sur la charrette. Il appuya sa main maigre et jaune contre l'airain tiède, et lut, la voix tremblante, la dédicace moulée sur le flanc :

— Notre-Dame de La Soie, fondue par Daniel Billon à Trémentines pour la Dominique, le 1er septembe 1945.

Il plongea le goupillon dans le bénitier et aspergea abondamment la cloche et la foule.

— Notre-Dame de La Soie, dit-il le plus fort possible, je te baptise, au nom du Père, du Fils et du Saint-Esprit !

Un tintamarre de tambours, cymbales, saxophones, accompagné de hourrah ! couvrit ses paroles. Puis une voix sonore de baryton entonna en latin :

— *Te Deum laudamus...*

Elle était si vigoureuse qu'elle s'imposa peu à peu à la foule. Le grand nègre en chemise blanche, qui chantait sans livre ni partition, ne connaissait sans doute pas le latin qu'il écorchait, mais sa voix magnifique suivait d'instinct la mélodie, et ses inflexions levaient des murmures d'émotion. Donatien voyait son long cou palpiter, ses veines s'enfler sur sa gorge. Il n'eut pas la patience d'attendre la fin de l'hymne. Il s'avança, adressa un signe aux charpentiers dans le clocher. Les cordages se tendirent. La cloche frémit sur le plancher de la voiture. Elle décolla lentement et commença de se balancer entre ciel et terre, dans l'émotion générale.

La voix du chantre se tut, et le cliquetis du treuil se fit entendre dans le silence de l'attente. La cloche s'éleva encore, et certains reculèrent quand sa grande ombre plana sur eux. Elle disparut dans les entrailles du clocher.

Les tourillons du mouton s'approchèrent des cuvettes, s'y posèrent. Une corde fut nouée au bras du mouton et lancée vers la terre. Donatien interrogea le père Bachelier du regard.

— Vas-y, toi ! soupira le père. Je souffre trop de la tête.

Il avait pourtant doublé la dose de quinine.

Donatien empoigna la corde, s'y suspendit, lui donna l'impulsion, effectua deux ou trois montées, et la voix claire de Notre-Dame de La Soie retentit, se répercuta de morne en morne, plana sur les mangroves jusqu'à la mer. Le père Bachelier rejoignit tout de même Donatien.

— Ne lâche pas ! lui dit-il.

Leurs quatre mains restèrent unies sur la corde. La Soie avait désormais une voix céleste assez forte pour carillonner la joie des baptêmes et des mariages, accompagner la douleur des enterrements, appeler à la prière.

Les battements à la volée de Notre-Dame ramenèrent Donatien à La Trézanne. Il aurait aimé que ses parents le voient suspendu à son clocher. Il y resta après le départ du père Bachelier, les mains noires de Rigobert Confiant se joignant à leur tour aux siennes. Il laissa la place lorsque les mains devinrent plus nombreuses.

Le clocher frémissait, craquait, mais sa charpente renforcée résistait aux balancements endiablés des deux cent cinquante kilos d'airain. Tous les paroissiens de La Soie se succédèrent pour au moins effleurer la corde de la cloche. La Soie s'était rapprochée du paradis.

8

Donatien célébra sa messe au pipirite chantant, cet oiseau qui annonce le jour, le lendemain, pour partir aussitôt à Sainte-Marie des Caraïbes, la succursale de La Soie, à environ trois heures de cheval. Noël approchait, la plus grande fête de l'année pour les Dominiquais.

Il descendit au pâturage chercher Coquille, le cheval du père Bachelier, et le découvrit dans le même piteux état que son maître, la barbe blanche, couvert de poils de vieux, presque perclus, les sabots lourds. Comment chevaucher avec un animal qui n'avait pas été monté depuis de longues semaines ? Coquille était incapable de le transporter en territoire caraïbe.

— Tu veux t'en débarrasser ! s'écria vivement le père Bachelier. Ça te gêne qu'il soit vieux. Moi vivant, on ne touchera pas à Coquille !

Donatien se défendit et expliqua qu'au contraire il estimait que Coquille avait bien mérité de se reposer.

— Coquille est assez vaillant pour t'emmener

chez les Caraïbes ! trancha le père. Il te conduirait les yeux fermés.

L'argument était convaincant, puisque Donatien ne connaissait pas le chemin. Il sortit la lourde selle du père Bachelier et la posa sur le dos creux de Coquille, qui fléchit. L'état de fatigue du malheureux bidet parut plus évident encore une fois sellé, et Donatien, de mauvaise humeur, se reprocha d'avoir cédé à l'injonction de son vieux confrère. Son départ en fut gâché. Le père, aux aguets, ne le laissait pas libre de ses mouvements et profitait du moindre répit de la maladie pour affirmer son autorité. Donatien savait qu'il avait beaucoup à apprendre. Mais il supportait mal les interventions de ce compagnon rendu irascible par ses souffrances. Il était déçu de le découvrir si revenu de tout, alors que lui débordait d'enthousiasme. « La foi missionnaire s'use donc comme le reste, pensait-il. Est-ce que je montrerai, un jour, cette figure grimaçante ? » Pour se réconforter il se répétait la parole de Thérèse de Lisieux sur son lit de douleur : « En chantant je mourrai sur les champs de bataille, les armes à la main ! »

Il enferma ses mollets dans des guêtres de toile, se coiffa de son bakwa, troussa sa soutane jusqu'à la ceinture, mit le pied à l'étrier et enfourcha Coquille qui s'affaissa encore sous les yeux de Létitia sortie sur la galerie. La cook, poings aux hanches, secoua sa tête au nez camus et dit doucement :

— Il n'ira pas jusqu'à Sainte-Marie, mon père !

Donatien haussa les épaules, regarda vers la

chambre close du père Bachelier. Elle héla Doudou José, assis sur les marches du presbytère. Le fils de Hugo, le voiturier, somnolait, les bras autour de ses longues jambes. Son père avait proposé comme boy son grand dadais de fils, âgé de seize ans, embarrassé de son corps trop long, trop paresseux à son goût, qui ne semblait s'éveiller qu'à la vue d'une diablesse ou d'une bouteille de rhum. Hugo espérait que la fréquentation de Donatien éveillerait chez Doudou des ardeurs plus recommandables. Létitia lui remit le balluchon ventru de Donatien, qu'il posa sur l'olive de sa tête. Donatien lui demanda de tirer sur la bride de Coquille qui démarra lentement.

Ils entamèrent la descente de la corniche pleine de cailloux qui roulaient sous les sabots du cheval. Coquille glissa soudain des pattes arrière, se rattrapa, dérapa encore. Le chapeau de Donatien roula dans la poussière. Ils seraient tombés sans un faux plat miraculeux où le cheval retrouva son aplomb en tremblant. Carita et Ernest, l'enfant de chœur, coururent derrière eux en riant à pleine gorge. D'autres nègres accoururent du champ de bananiers au bord du chemin.

— Pourquoi tu ne prêtes pas au père le nouveau cheval de ton père ? demanda, à Doudou José, Carita qui commandait à toute cette jeune troupe.

Doudou se gratta la tête en réfléchissant.

— Je vais le chercher ! dit-elle.

Elle s'en alla avec Ernest, souple, vive, nerveuse, suivie de la ribambelle d'enfants réjouis de la tournure des événements. Et elle revint très vite en tirant par la corde une petite jument cendrée, piaffante, au sang bouillant comme elle.

— Elle s'appelle Cécé, dit-elle. Vous voulez que je la monte sans selle ?

Doudou José continuait de se gratter la tête sous le balluchon. Donatien regarda la grande fille aux prunelles ardentes, et la petite jument impatiente. Il se décida, transféra la selle de Coquille sur la jument que tenaient Carita et les enfants. Les fossettes de Carita riaient. Des paysans attendaient, appuyés sur leurs bêches ou s'occupant de leurs grands coutelas. Il troussa sa soutane, enfourcha Cécé. Carita la retint, puis la lâcha. Cécé piétina, piocha, se cabra, rua. Tout le monde se précipita à l'abri dans le contrebas, et Doudou se décida enfin à crier, caché dans le fossé :

— Il n'y a pas longtemps, elle courait encore dans la montagne, mon pè ! Elle n'a pas fini d'être dressée !

Donatien comprenait un peu tard qu'on s'était amusé à le mettre à l'épreuve. Il ne fallait pas maintenant perdre la face. Il avait monté des chevaux rétifs à La Trézanne. Son grand-père lui avait appris à s'imposer par la douceur. Il réduisit les guides. Une flaque d'eau traversait le chemin. Il y poussa Cécé. Elle s'envola. Il resta en selle, la reprit, l'arrêta. Il l'encouragea, lui passa la main sur le cou et la crinière comme l'avait fait Carita. Elle avança une patte, puis deux. Il la mit en ligne, et elle commença de marcher, docile, obéissante. Il l'arrêta, se retourna :

— Vous ramènerez Coquille !

Carita était restée seule, debout, sur le chemin. La fille de Létitia ne manquait pas de courage. Les paysans fuyaient dans la bananeraie. Doudou remontait, penaud, de son fossé. Il se remit sur la tête le balluchon de Donatien.

— On y va ! lui lança Donatien avec impatience.

Cécé, lâchée, faillit démarrer comme une flèche. Il la reprit avec violence, non sans lui faire mal et la remit au pas, frissonnante. Il en voulait à cette fille et à tous ces gens qui s'apprêtaient à rire de le voir tomber. Il en voulait à Doudou de n'avoir rien dit. Il s'en voulait surtout de sa naïveté. Il se retourna encore. Elle n'avait pas bougé du milieu du chemin et le regardait s'en aller. Elle le fixait de loin, avec un petit sourire mystérieux. Il serait encore longtemps un étranger dans ce pays. Le père Bachelier, dans l'isolement de son presbytère, était davantage l'un des leurs. Il grogna :

— Ti Pilon !

Car il en avait surpris à l'appeler ainsi.

Il traversa le centre de La Soie. Les cases alignaient leurs toits de tôle rouge minium et leurs balcons aux couleurs vives fleuris d'hibiscus. Il salua quelques nègres, hautain, tendu. Plus loin, à la sortie, les cases sans peinture, en bois brut, se noyaient dans la verdure, les enfants jouaient sur la terre volcanique, les femmes s'accroupissaient devant les foyers en plein air où cuisaient les racines.

Il se détendit au sommet du morne. Un bœuf au piquet broutait au bord du chemin. L'alizé frottant les cuivres du soleil en faisait jaillir des étincelles d'or. L'Océan bougeait dans la vallée. Doudou montra une trouée sous des manguiers.

— C'est par là.

Le chemin se rétrécissait en une trace. En Vendée on disait un rabotin. Ils s'avancèrent à flanc de montagne, d'un côté les rochers, de l'autre le précipice et l'Océan en bas. La trace caillouteuse montait et descendait avec des degrés comme un escalier. Donatien laissa du mou à Cécé, et apprécia son pas tranquille de montagnarde. Elle semblait s'habituer à son cavalier et lui faire confiance. Et il commença à penser qu'elle ferait son affaire. Peut-être, en voulant se moquer, lui avaient-ils rendu service ? Combien Hugo lui vendrait-il Cécé ? Donatien n'était pas riche. Ses parents lui avaient donné un peu d'argent. Le curé Gallot lui avait promis de récolter des intentions de messe pour lui. Car, ici, les gens n'avaient pas les moyens de s'en payer.

Ils marchèrent pendant plus de deux heures. Doudou, en éclaireur, se retournait, et ses yeux noirs, son sourire, interrogeaient : Ça va ?

— Ça va ! lui répondait Donatien.

La sueur luisait sur le cou et les bras d'ébène du nègre comme sur du métal. La chemise de Donatien était mouillée. Sur le chemin alternaient l'ombre de la forêt profonde et le plein soleil tropical. Ils entendaient gronder à l'approche de la lumière, on aurait dit une voix du ventre de la terre, et c'était la mer. Des fumées s'élevaient de la forêt dans la montagne, signalant les villages. Doudou venait de dire :

— Encore une heure.

Et un homme surgit, torse nu, en sueur, vêtu d'un simple short qui cachait l'essentiel. Il se jeta à la tête de la jument.

— Mon pè ! Mon pè ! Ma mère est en train de mourir !

— D'où es-tu ?

— De Sainte-Marie des Caraïbes.

Il montra le pied de la montagne. Donatien hésita. Doudou et l'homme caraïbe aux longs cheveux emmêlés lui expliquèrent qu'il ne se perdrait pas, il suffisait de suivre la trace tout droit. Il lança la jument et ils volèrent par-dessus les pennes des fougères arborescentes. Ils franchirent des passerelles de bois branlantes sur des rivières et des ruisseaux. Toutes les eaux de la montagne semblaient s'être donné rendez-vous dans cette partie de l'île. Il se couchait sur l'encolure de Cécé et son cœur s'exaltait. Il priait le bon Dieu en chevauchant : « Donnez à cette femme la patience d'attendre... » Le sabot de la merveilleuse Cécé ne glissait pas sur les mousses, évitait les racines. Elle prit même le galop à l'entrée du découvert de Sainte-Marie des Caraïbes.

Donatien n'eut pas à demander son chemin. Des hommes et des femmes lui montrèrent aussitôt une petite case derrière des goyaviers et des poiriers pays. Il jeta un œil à sa montre en attachant la jument : il avait mis vingt-cinq minutes. Il poussa la porte qui grinça sur ses gonds, respira une odeur qui prenait à la gorge : l'odeur de la mort. Ses yeux s'habituèrent à la pénombre de l'unique pièce de la case partagée par une couverture, et il découvrit quatre personnes assises aux quatre coins, et un reste de repas dans une gamelle. Elles écartèrent la couverture, et lui montrèrent la lampe-tempête et la vieille malade couchée sur un matelas de feuilles à même le plancher.

Il s'inclina vers les larges yeux bleuis par la cataracte. La vieille femme l'avait attendu. Sa tête bougea. Il s'approcha. C'était son premier mourant à la Dominique. Il était comme un médecin confronté à son premier malade. Il laissa retomber la couverture derrière lui pour être seul avec la femme. Et, instinctivement, il prit le visage ridé de la mourante entre ses mains et le sentit brûlant de fièvre. Il le pressa entre ses doigts et demanda à travers la couverture :

— Comment s'appelle-t-elle ?

— Marie-Séraphine.

Il y voyait mieux, mais il monta la flamme de la lampe. Il perçut le feu du regard de la vieille femme qui le fixait. Il lui dit avec douceur :

— Je m'appelle Donatien. Je suis votre nouveau curé.

Il s'en voulut de son charabia de français, d'anglais et de créole. Il se dit que les mots ne comptaient pas, pensa à sa grand-mère Marthe, à ses gestes de tendresse, et les choses devinrent plus simples.

Il reprit la face ridée comme une patate douce entre ses mains, caressa les cheveux mouillés de sueur coiffés en chou, en récitant ses prières. Marie-Séraphine était trop loin pour confesser ses péchés. Elle en avait porté sa part, ni plus ni moins. Il lui donna l'absolution.

Elle avait peine à respirer. Ses halètements remplissaient la case, son souffle sifflait, et Donatien avait l'impression d'étouffer. Il était un homme désarmé en face du mystère de la mort. Il répétait le nom de la malheureuse, comme un enfant, pour la retenir.

Il ouvrit sa trousse des huiles saintes, traça sur elle les croix et récita les prières du sacrement des mourants. La poitrine de la malade dévorée de tuberculose cessa de siffler. Elle détendit ses jambes, ferma les yeux. Ses prières avaient-elles fait effet ? Il appela la famille et sortit dans la lumière.

Il retrouva Cécé sous l'arbre. La jument grise tendit le mufle vers lui. Il était midi. Le soleil au zénith clamait le triomphe de la vie. Un foufou enfonçait son bec et sa tête tout entière entre les pétales d'un hibiscus. La mer agitait sa robe d'améthyste au fond de l'anse. La croix de la petite église de Sainte-Marie des Caraïbes se dressait sur elle. Donatien serra sa main sur sa croix pectorale de missionnaire. Cette main, tout à l'heure, tenait les joues de Marie-Séraphine. Il laissa aller son front contre le tronc du goyavier. Quelqu'un s'approcha.

— I mo, mon pè.

C'était une vieille femme à la tête couverte d'un madras noir. Elle se prosterna devant Donatien, lui saisit le bas de la soutane et la baisa en disant :

— Vous avez arrêté les souffrances de Marie-Séraphine. Vous lui avez donné la paix. Elle est morte tranquille.

Il se sauva, les larmes aux yeux. Il descendit sur la grève de gravier gris et de galets. Quelques barques de couleurs vives étaient tirées sur le bord. Il n'y avait pas un homme. Les cris des oiseaux de mer se mêlaient aux grondements des flots écrasés sur le sable. Il s'assit contre le tronc d'un cocotier levé entre les galets. Des noix de coco étaient tombées à son pied, et des pousses vivaces d'un vert tendre en surgissaient, pointues comme un dard. Il en prit une dans sa main, la caressa.

Il se releva, épousseta sa soutane, remonta vers le village et l'église. Doudou José l'attendait, la tête chargée de son balluchon. Son large sourire découvrit ses dents blanches et saines.

— Nous vous cherchions, père. Où étiez-vous ?

Ils ouvrirent l'église et la case qui tenait lieu de presbytère, balayèrent la poussière et livrèrent la chasse aux chauves-souris. Ils les chassaient encore lorsque, mettant le nez à la porte, Donatien découvrit un rassemblement, d'hommes, de femmes et d'enfants. Ils échangèrent des sourires gênés. Donatien commença de se présenter. Mais plus il se présentait, plus les rires s'élevaient, des rires aigus, énormes, sans fin, la tête rejetée en arrière, montrant les dents, la langue violacée, et le fond de la gorge. Il éclata de rire à son tour. Et on lui expliqua que, depuis sa visite à Marie-Séraphine, il était désormais connu de tous. Il descendit au milieu d'eux et, quand les rires se furent apaisés, il leur parla.

Il leur dit qu'il reprendrait le rythme des visites institué par le père Bachelier : il chanterait la messe à Sainte-Marie tous les troisièmes dimanches de chaque mois. Il leur promit le chemin de croix qu'il avait rapporté de France ; ils l'installeraient dans leur église. Les Caraïbes pour la plupart étaient des sang-mêlé, alternant toutes les nuances du clair au foncé. Il restait très peu de descendants directs des premiers occupants de l'île repoussés dans ce réduit par l'invasion des Européens. Ils portaient pourtant plus ou moins les marques de leurs origines, comme la fille de Létitia : ils avaient les pommettes saillantes, les yeux en amande, le nez fin et plat, les cheveux de velours noir.

Une femme apporta un court-bouillon de vivanots pour le dîner. D'autres vinrent avec de la morue salée, des figues, des lentilles, des pois verts, des pois rouges. Doudou dévora, affamé par sa longue marche. Donatien s'assit sur l'escalier et, appelant auprès de lui un petit garçon et une petite fille qui jouaient dans la poussière, il fut bientôt entouré par une ribambelle d'enfants aux paupières timidement baissées d'abord, et de plus en plus volubiles, dont la peau très claire avait des reflets de satin.

Il rendit grâce, le soir, dans la solitude de sa case, d'avoir été nommé berger de ce troupeau. Il lui plaisait d'avoir la charge de ce peuple rejeté au fond d'un petit vallon d'une île perdue au milieu de l'Océan. Il pria pour eux : « Qui priera pour eux, si moi, leur curé, je ne le fais pas ? Ayez une attention particulière pour les Indiens caraïbes, mon Dieu. N'avez-Vous pas recommandé de laisser tout le troupeau pour retrouver la brebis perdue ? » Il s'endormit dans le souvenir des cris des enfants qui rivalisaient de pirouettes et de sauts pour l'épater. Doudou ronflait bruyamment de l'autre côté de la cloison, dans l'entrée de la case.

Donatien resta pour l'enterrement de Marie-Séraphine et ne repartit que le troisième jour après avoir promis de revenir bien vite. La jument Cécé piocha un peu, par caprice, jusqu'à l'arbre du voyageur à la sortie du village. Mais sitôt qu'ils eurent pénétré le silence de la forêt, elle redevint docile.

— Combien ton père me vendrait-il Cécé ? demanda Donatien à Doudou.

Doudou haussa les épaules.

— Crois-tu qu'il me la vendrait ?

— Sûrement, père.

La veille et l'avant-veille de Noël furent occupées par les confessions. La présence toute nouvelle de Donatien contribua à son succès. Les pénitents, sans crainte de ressasser, attendirent leur tour en chuchotant. Le poids de leurs péchés ne semblait pas les écraser. Des rires de jeunes fusaient parfois, et des bigotes réclamaient le silence.

Le temps était devenu superbe. La meule du soleil roulait dans une magie de bleu, et l'enfermement dans le confessionnal était pénible. Donatien avait avec lui un canari d'eau fraîche, et il buvait entre deux pénitents.

— Ne fais pas comme certains confrères, l'avertit le père Bachelier, qui emportent du rhum dans leur confessionnal.

Et puis il ajouta :

— Les confessions ont été pour moi de véritables épreuves. Les gens viennent décharger sur toi leurs horreurs dans l'air confiné de la boîte. La chaleur avive les relents d'haleine et de sueur. Les femmes sentent le lait et le sang. Tu mesureras à la longue la solitude du prêtre dans le confessionnal.

La cloche carillonna la messe de minuit. Donatien avait répété la messe des Anges avec la chorale. Il sursauta après la consécration lorsque retentirent les pétards. Il se tourna vers les enfants de chœur qui souriaient, et il comprit que les pétards faisaient partie de la tradition. Les pétarades repartirent sur la place lorsque la cloche sonna la sortie de la messe, et le tintamarre des cris, des cymbales, des chants se prolongea jusqu'au bout de la nuit.

Il célébra la messe de l'aurore à six heures, chanta la grand-messe à neuf heures et demie. À deux heures il entonnait les vêpres, suivies de la bénédiction du saint sacrement. Il sella ensuite Cécé pour aller porter la communion à des malades dans la montagne du côté de Vieille-Case. Il revint après le coucher du soleil, mangea un reste de daurade grillée par Létitia, souhaita la bonne nuit au père Bachelier et rentra dans sa chambre.

Un bouquet de roses de porcelaine et d'oiseaux de paradis dans un pichet de terre l'attendait sur sa table avec un mot sur un papier : *Joyeux Noël, père. Carita.* Il prit le papier, considéra l'écriture ronde et ferme au crayon, faillit refermer le poing pour froisser le papier, le reposa sur sa table. Il s'assit sur son lit, mit son visage las dans ses mains. Les fleurs dressées sur leurs longues tiges éclataient des jaunes, bleus, orange, des îles. Il était troublé.

Il se frotta les yeux et contempla la signature d'écolière appliquée. Elle avait utilisé son crayon sur sa table. Il voyait le mal là où il n'y en avait pas. Il était à la Dominique. Les femmes y étaient plus libres qu'en Vendée. Carita lui avait tout simplement adressé un signe d'amitié en cette soirée de fête. Il se déshabilla, se coucha.

Avant d'éteindre sa lampe, il admira les fleurs. Ce bouquet le lavait des fatigues de sa journée. Il voulut le sentir, mais se rappela que les fleurs des îles n'ont pas d'odeur. Il pensa au parfum des roses de sa mère à La Trézanne. Il s'endormit en rêvant à l'éclat des yeux de Carita.

Il s'accorda un peu de repos les jours suivants et entreprit ce qu'il projetait depuis son arrivée. Les pères possédaient une large bande de terre qui descendait en pente douce jusqu'à la mer, quasi abandonnée à l'exubérance de la végétation tropicale. Quelques carrés étaient grattés par Létitia et des chrétiens généreux.

Il commença par étonner ses paroissiens en se fabriquant une brouette. Puis il travailla durant toute la semaine du jour de l'an 1946 à débroussailler et à faire de la terre. Il utilisa la pioche et découvrit les vertus de l'outil le plus répandu à La Soie : la machette. Rigobert Confiant lui en montra le maniement dangereux pour un Vendéen habitué au croissant et à la faucille.

Il s'attaqua aux hautes herbes, aux lianes, aux arbustes coriaces, et les rassembla en tas. Il quitta sa soutane avant d'allumer le feu. La colonne de fumée attira des gens de La Soie qui vinrent voir leur Ti Pilon à l'ouvrage en pantalon et bras de chemise. Hugo, Doudou José, Rigobert et quelques autres allèrent chercher leurs outils pour lui donner la main.

Au pipirite, un matin, pour ne pas être vu, il s'empressa vers son champ, un petit sac de toile bise qui venait de La Trézanne, sous son bras. Il défit le lacet qui le fermait, y plongea les doigts, et puis le nez. Il resta immobile, ainsi, ses yeux bleus égarés comme un drogué. Le soleil sortait de la mer, là-bas au bout du ciel, mais il ne le voyait pas. Une parade de linge claquait sur un fil, un bœuf au piquet beuglait, un chien créole s'enrageait à aboyer, il ne les entendait pas. Il se redressa enfin, enfonça la main dans le sac et commença de répandre autour de lui avec un geste de semeur.

C'était de la terre de La Trézanne, de la terre

noire du jardin frais, en contrebas de la bonde de l'étang. Il l'avait apportée dans ses bagages, sans trop savoir, pour ne pas oublier le pays. L'idée lui était venue en mettant au jour le sol rouge de La Soie. « As-tu fait bon usage de la terre de La Trézanne ? » lui demandait son père dans sa lettre. « Pourquoi ne pas marier nos deux terres ? s'était-il dit. Pourquoi l'une ne féconderait-elle pas l'autre, comme moi je suis venu féconder les Dominiquais et comme les Dominiquais me fécondent ? »

Il marchait à amples enjambées, semant à regret, les doigts serrés, à petit tamis. La terre de La Trézanne formait des grains noirs sur la terre rouge du plateau. Il levait les yeux vers le ciel bleu et y cherchait le regard de l'Éternel. Un grand T de sueur mouillait sa chemise dans le dos. Quand le sac fut vide, il le renversa pour le nettoyer de sa dernière poussière. Puis il enfonça la pelle.

— Mélangez-vous, dit-il en retournant la terre.

Il la travailla comme en Vendée, la partagea en planches, avec des allées aux bords biaisés et battus à la pelle. Il sema des pois, des salades, planta des oignons.

Dieu bénit son ouvrage, arrosa abondamment son jardin pendant la nuit et mélangea la terre de France et de la Dominique. Les pois et les salades naquirent.

IV

LA LEÇON DE FRANÇAIS

9

Le facteur apporta la lettre d'Alexina à son passage du deuxième jeudi de janvier. Donatien l'emporta dans sa chambre et lut, assis sur son châlit :

Mon cher Donatien,

J'ai bien reçu ta lettre qui manifeste ton affection pour moi. Je regrette : je ne suis pas une de tes petites négresses que tu mènes à la baguette ! Tu crains que je me laisse aller à certains errements, comme dans un passé récent et tu me crois capable de folies. (Parenthèse, petit frère, ma folie n'est pas pire que la tienne !) Je peux t'affirmer que je n'ai jamais été aussi raisonnable. Marcellin et moi, nous nous marierons à Pâques.

J'imagine qu'ON t'a fortement encouragé à m'écrire. J'ai eu quelques discussions serrées avec maman à ce sujet. Marcellin ne correspond pas à l'idée que vous vous faisiez de mon mari. Maman redoute un « coup de tête » de ma part. Comme si je ne connaissais pas assez Marcellin ! Si je ne m'abuse, il était à La Trézanne avant nous. Papa l'a choisi comme petit valet. Nous avons été élevés ensemble. Marcellin fera un bon mari, j'en suis sûre, éventuellement un bon père, et il ne me rendra pas malheureuse.

Tu me parles d'« amour ». Qu'est-ce que tu connais de l'amour, toi, monsieur le curé ? Maman pense à son propre mariage. L'histoire de nos parents n'est pas banale. Mais il y a mille façons d'aimer. L'année dernière, à pareille date, on aurait évoqué mon mariage avec Marcellin Barbillon, j'aurais souri. Il s'est passé certaines choses, en lien avec les événements dont tu as entendu parler à la Libération, qui m'ont amenée à penser qu'il valait mieux pour moi retourner à La Trézanne. Je savais que Marcellin n'attendait qu'un signe.

Et puis tu m'embêtes ! T'a-t-on demandé de te justifier quand tu as choisi de devenir prêtre ? C'est comme ça parce que c'est comme ça. Je te prie de me faire confiance. J'ai envie de construire à La Trézanne. Tu te souviens de tes disputes avec Marcellin à tes retours d'école d'agriculture, quand tu lui reprochais de ne pas aller de l'avant ? Avec moi il va devenir plus entreprenant. Qu'était-il jusqu'à présent, sinon un domestique ? Nous le prétendions le fils de la maison. Il y aurait beaucoup à dire sur la situation de Marcellin chez nous. À bien y réfléchir, nous n'avons pas toujours été très nets. S'il avait été le fils de la maison, lui qui venait de la maison des Carrières, il serait allé à l'école d'agriculture comme toi.

Tu vois, je m'emporte. Je prends son parti. Il ne manque ni d'énergie ni de courage. Nous sommes persuadés que les énormes besoins du pays après cinq années de guerre offrent des perspectives favorables à l'agriculture. Nous sommes bien décidés à en avoir notre part. Nous arrivons au bon moment. Papa et maman aimeraient se reposer un peu. Maman du moins, papa paraît inaltérable. Elle ne te l'a pas écrit : elle a enchaîné deux bronchites interminables, depuis ton départ.

Voilà, je m'arrête. Mais sache que ma décision est sérieusement mûrie, et qu'il n'y entre ni amertume ni regret. Nous aurions aimé que ce soit toi qui célèbres notre mariage. Par affection pour le passé et toi, nous sommes allés demander le curé Gallot. Il a accepté, et puis réfléchi. Il a proposé de servir de diacre au curé de La Genétouze, pour ne pas rendre jaloux son confrère.

Je te raconte ces histoires. Sans doute as-tu l'esprit à d'autres préoccupations parmi tes sauvages. Sont-ils aimables ? T'ont-ils donné à manger du serpent, des sauterelles, et autres joyeusetés tropicales ? Tu profites au moins du beau temps. Maman disait, hier, qu'elle n'arrivait pas à s'imaginer un Noël à trente degrés ! As-tu parlé de la neige de Noël à tes nègres ? Il n'a pas neigé à La Trézanne, mais nous connaissons un froid noir depuis le 8 décembre. L'étang est gelé. Marcellin a roulé sur la glace avec la charrette et les bœufs. Nous avons cassé la surface à la hache pour donner à boire aux bêtes. Mais c'est si épais depuis quelques jours que nous sommes obligés de tirer l'eau du puits.

Je t'envoie, par courrier séparé, un petit cadeau dont, j'espère, tu feras bon usage. En échange, je te prie de profiter de ta situation privilégiée auprès du bon Dieu pour lui demander d'être généreux avec le couple en train de se former. Je t'embrasse, petit frère, et Marcellin se joint à moi pour te dire notre affection.

Alexina

Donatien demeura songeur. D'une certaine façon, Alexina reproduisait le modèle maternel, petite fille du château épousant le domestique de la ferme des Établières. Qu'elle fût devenue si raisonneuse était troublant. De toute façon, il était trop tard.

Son paquet cadeau arriva en mauvais état. La ficelle du colis était détendue. À l'évidence, le paquet avait été visité. Pourtant, rien ne manquait sous une succession de trois boîtes de carton bourrées de papier journal. Alexina lui envoyait le boîtier à succès de chez Kodak : un appareil photo extraplat, facile à transporter, dont on développait le soufflet en actionnant un levier. Elle y avait joint six rouleaux de pellicule, avec cette invitation lapidaire :

Dépêche-toi de nous envoyer des photos !

Donatien ne se déplaça plus sans son appareil en bandoulière. Il mitrailla le morne et la vallée de La Soie, l'église, le presbytère. Il se heurta au refus du père Bachelier. Et finalement obtint une image de lui, un jour de bonté, sur son fauteuil, dans la galerie, tête nue, squelettique, le regard las, le bréviaire sur les genoux. Il prit plusieurs clichés de Létitia fière d'exposer ses contours arrogants à l'objectif : Létitia à la cuisine, Létitia avec un balai, Létitia en compagnie de Carita sur les marches de l'escalier du presbytère, Carita seule sous la galerie, une gerbe d'oiseaux de paradis dans les bras.

Il confia l'appareil à Doudou José pour la fête de l'installation du chemin de croix, à Sainte-Marie des Caraïbes, le troisième dimanche de février. Il avait partagé la paroisse en autant de secteurs que de stations du chemin de croix, à charge pour chacun de réaliser un reposoir. Et il passa de l'un à l'autre, sous un soleil de plomb, au son des tambours, des grosses caisses et des accordéons. À quatre heures de l'après-midi, épuisé, poussiéreux et heureux, il accrocha enfin aux murs de l'église Sainte-Marie les quatorze tableaux du chemin de croix, accompagné d'un petit saint Jean, au teint de caramel, âgé de sept ans, vêtu d'une peau de chèvre et tirant par la corde un agneau blanc, qui souleva des murmures d'émotion.

Après la cérémonie, les Caraïbes continuèrent de chanter assis sur la place de l'église toute chaude de soleil. Ils étaient dirigés par un grand dégingandé du nom d'Honoré que Donatien avait déjà appris à connaître. Il en était à sa quatrième femme, lui avait fait quatre enfants et, quand il avait bu, il la battait. Il s'était institué poète et peintre des Caraïbes et, à ce titre, s'arrogeait tous les droits. Il salua l'assistance :

— Nous allons chanter pour notre ami le père Vernageau, dit-il.

Donatien en profita pour lui administrer une leçon de morale :

— Je te remercie de chanter pour moi mais, si tu veux me faire plaisir, tu vas me promettre de ne plus rouer ta femme de coups lorsque tu as bu...

Honoré lui répondit en riant :

— Mon pè, c'est de l'anmou ! (l'amour). Les bleus, les bosses, les lèvres fendues, tu ne comprends pas, c'est de l'anmou.

— Tu n'as pas honte, Honoré !

Le rire d'Honoré fusa.

— Mon pè, je suis un artis !

Et pour en donner la preuve, il se mit à chanter de sa belle voix de basse dans le soir.

Donatien rentra à Notre-Dame de La Soie le lendemain, las d'avoir porté toute la journée, la veille, la lourde chape de procession. Il dételа Cécé, déposa ses affaires au presbytère. Il était quatorze heures, l'heure la plus chaude de la journée. Le père Bachelier somnolait dans sa chambre. Tout le monde dormait à l'ombre des cases, le village était désert.

La rivière Ciric se jetait dans la mer au bas de la corniche en un estuaire rocheux bordé de bambous, de palmiers et d'arbres de fer. Les femmes du village y lavaient leur linge et l'étendaient sur les pierres. Elles s'y baignaient, plus haut, dans la cuvette à l'abri des bambous. Et à des horaires fixes, en fin de journée, les hommes, les femmes et les enfants s'y succédaient pour la toilette.

Donatien dégringola vers Rivière-Ciric. Comme il l'avait pensé, à cette heure, derrière les bambous immobiles, il n'y avait personne. Il se déshabilla, entra dans l'eau claire, et goûta en gémissant le bien-être de sa fraîcheur après trois heures de cheval. Il but l'eau pure à longs traits, les bras ouverts, la bouche au ras de la surface. La cuvette, d'un peu plus de un mètre de fond, s'allongeait jusqu'au tournant de la rivière et se perdait sous la voûte des arbres de fer. Les os de deux gros rochers noirs se soulevaient en son milieu. Tout était immobile dans le plâtre du soleil. Pas une feuille ne bougeait. La lumière de craie aveuglait. Donatien bougeait à peine, comme un poisson, il goûtait le mouvement du courant sur sa peau.

Le craquement d'une branche attira son attention. Il allait s'abandonner de nouveau à sa tranquillité lorsqu'un deuxième craquement l'alerta. Et les yeux écarquillés, il vit passer à travers les bambous, remontant de la courbe de la rivière, Carita, toute nue, belle comme le péché, suffisamment proche de la rive pour être vue, sinuant entre les pousses, sa chevelure noire collée à sa poitrine. Elle tourna la tête vers la rivière, feignit de ne pas le voir et disparut comme un rêve.

Le cœur de Donatien bondissait dans sa poitrine.

Elle ne pouvait pas ne pas l'avoir vu. Elle n'avait pas de raison de marcher toute nue au bord de la rivière. Elle savait qu'il était là. Elle avait dû le voir arriver et le suivre. Elle était dorée, puissante et fine comme une gazelle. Il devait oublier cette fille capricieuse comme le péché. Mais quand un homme jeune a eu la vision d'une telle beauté, lui est-il possible un jour de ne plus y penser ?

La renommée de la fête du chemin de croix de Sainte-Marie des Caraïbes se répandit jusqu'à Saint-Sauveur, et même jusqu'à Roseau où les pères étaient réunis en retraite. Mgr Moris interpella, en effet, Donatien sur le ton de la plaisanterie :

— Alors, père Vernageau, il paraît que vous êtes la coqueluche des Caraïbes ?

— La coqueluche, monseigneur ?

— Vous avez fait des envieux avec votre procession aux flonflons des accordéons et des tambours. N'oubliez pas de rappeler pendant la semaine sainte que le chemin de croix c'est aussi l'agonie du vendredi saint...

Donatien inclina la tête : le compliment cachait la remontrance. Il avait coupé sa longue barbe noire à cause des démangeaisons dévorantes d'une maladie de peau, et ses joues ne portaient plus qu'une ombre bleue. Le père Barré, en le retrouvant à la retraite, l'avait pris dans ses bras.

— Tu es plus beau sans barbe. C'est bon pour les vieux comme moi de garder tous leurs poils !

Il profita de son séjour à Roseau pour faire développer ses premières photos et les envoyer à Alexina. Il rentra à La Soie, botte à botte à travers la forêt, en compagnie du père Lardière, son voisin de Saint-Sauveur. Il appréciait le bon sens terrien de ce fils de paysan vendéen en pleine force de l'âge qui n'était pas homme à s'embarrasser de grandes considérations métaphysiques. Le père Lardière lui apprit qu'il était le seul à être passé à côté des fièvres qui frappaient immanquablement les pères un jour ou l'autre.

— Toi, tu ne risques plus rien, dit-il à Donatien, grâce aux Américains. Avant d'installer leur armée dans l'île, ils ont arrosé les marais au DDT et éradiqué la maladie.

— C'était aussi simple que ça ? Pourquoi ne pas l'avoir fait plus tôt ?

— Il fallait en avoir les moyens !

Le père Lardière devina de la morosité, lorsque Donatien lui parla du père Bachelier, et il l'invita à passer chez lui.

— Nous sommes voisins. Je suis à une heure et demie de Sainte-Marie des Caraïbes. Ta Cécé est une gazelle, et tu n'es encore jamais venu me voir. Allez, tu vas faire étape chez moi, ce soir ! Le père Bachelier va mieux, il assurera les urgences. Tu me donneras des nouvelles de mon ti punch. C'est la goutte de citron vert qui compte...

Le père Lardière montait un grand cheval rouan, nerveux, irascible, de la même trempe rustique et résistante que son cavalier, car le père, au ventre rebondi, oscillait au-dessus des cent kilos. Le cheval dépassait Cécé de la tête et des épaules. Et la jument, méfiante, gardait ses distances. Les deux pères avaient du mal à s'approcher pour converser comme deux amis.

Enfin ils arrivèrent. La vallée de Saint-Sauveur s'ouvrait en douceur. On aurait dit une plaine avec des étendues d'herbe verte où paissaient des bœufs au piquet. L'église de pierre se dressait au milieu, le presbytère juste en face, de l'autre côté de la route qui coupait le village. Ils donnèrent les chevaux au boy qui s'appelait Nation, et le père Lardière prit Donatien par le bras.

— Suis-moi, lui dit-il en tirant sa pipe de sa poche, j'ai coffré, avant de partir, la croix que je vais installer au-dessus de la grande porte de mon église.

Il s'empara d'un lourd marteau et cogna pour déclouer les planches du coffrage. Il poussa un grognement satisfait et, s'arc-boutant, redressa la croix monumentale en béton.

— Elle est ferraillée pour résister aux cyclones, dit-il en reprenant son souffle.

Et puis, retirant sa pipe de sa bouche, il fut secoué par la houle d'un gros rire.

— Tu ne remarques pas quelque chose ?

— Qu'avez-vous fait, mon père ? Pourquoi lui avez-vous mis quatre branches ?

— C'est une croix de Lorraine ! Je me suis fait plaisir. De Gaulle et la Résistance auront au moins un monument dans l'île !

Il passa le bras sur l'épaule de Donatien, encore remué par les vagues de son rire.

— Viens.

Le presbytère de Saint-Sauveur était repeint à neuf, couleur jaune paille.

— C'est moi qui l'ai reconstruit, expliqua le père. J'ai encouragé le père Bachelier à en faire autant, mais il n'avait pas le goût pour la construction.

Ils se débarrassèrent de leurs chapeaux. Le père Lardière enleva sa soutane.

— Mets-toi à l'aise, dit-il à Donatien, l'encourageant à l'imiter.

Ils se retrouvèrent en pantalon blanc. La chemise de Donatien collait de sueur. Ils s'assirent à table. Le père servit le rhum, le sucre de canne, écrasa le citron entre ses doigts de maçon.

— Qu'est-ce que tu as ? grogna-t-il en découvrant le pli sur le front de Donatien.

Donatien haussa les épaules et soupira :

— Rien. Je me demande seulement si je ne fais pas fausse route. Je me suis emballé comme un gamin avec les fêtes de La Soie et de Sainte-Marie des Caraïbes. L'évêque m'a reproché mon péché de jeunesse. Il a eu raison.

— Il a eu raison ? Pourquoi aurait-il raison ? Parce qu'il est coiffé d'un bonnet d'évêque ? Cela ne lui confère pas l'infaillibilité ! Comment te paraît mon ti punch ?

— Bon.

Le père Lardière rugit.

— C'est le meilleur ti punch de la Dominique ! Dépêche-toi de vider ton verre. Je vais t'en servir un deuxième. Comme on dit ici, il ne faut pas marcher sur un seul pied : Pa maché asou an sèl pyé !

Donatien tendit son verre. La béatitude alcoolique l'enveloppait peu à peu dans un nuage. Il sentait la sueur ruisseler sur ses joues.

— Ne t'occupe pas de ce qu'a dit le *bishop*, insista le père Lardière. Fais les choses comme tu les sens. Et si ça te plaît d'organiser des fêtes populaires, c'est toi qui as raison, parce que tu es sur le terrain. Lui parle comme un livre. Je ne dis pas que ce n'est pas un brave homme. Mais il vit dans son palais de Roseau. Il est un rédemptoriste, fils de bourgeois américain...

Il prononçait ces mots les paupières rapprochées comme un paysan méfiant qui règle ses comptes avec celui qu'il doit saluer d'un « Bonjour not' maître ! ».

— Pourquoi crois-tu que notre mission des Pères de Chavagnes marche bien à la Dominique ? Parce que nous avons un peu la foi, bien sûr. Mais aussi parce que nous sommes des rustauds ! Nous parlons le même langage que nos sauvages ! Quand le *bishop* vient dans nos paroisses, il reste deux jours pour la confirmation, on lui fait des cérémonies. Il répond par des compliments. Mais crois-tu que les uns et les autres pourraient vivre ensemble ?

Il s'inclina plus près, les coudes sur la table qui fléchit sous son poids.

— Chez nous, à l'Écorcerie de Chauché, nous n'avions droit qu'à un ou deux frênes par an pour les jougs et les sabots. Tous les autres arbres appartenaient au maître, et il nous était interdit d'y toucher. Le bûcher du château de M. de Luzon renfermait soixante cordes de bois. Et soixante cordes font deux cent quarante stères ! Pendant ce temps, nous nous chauffions avec l'épine noire et les ajoncs. Nous arrachions les trognons de choux pour la cheminée. Les trognons de choux brûlent avec une sale odeur...

— Je sais.

— Alors, tu comprends. Les Dominiquais n'ont rien à envier aux paysans vendéens qui travaillent comme des nègres. Quand les enfants des Vendéens viennent prêcher les Dominiquais, ils parlent de choses que les nègres comprennent, puisque à l'intérieur ils sont aussi nègres que les nègres.

Les doigts rêches du père Lardière frottaient les parois de son verre. Il resserra de nouveau les paupières, et un commencement de sourire bougea au coin de sa bouche épaisse.

— Toi, tu n'es pas un vrai paysan comme nous..., insinua-t-il.

— Pourquoi ? J'ai travaillé la terre, et je suis allé cueillir des choux en hiver.

Le père Lardière secoua sa large tête. Il transpirait lui aussi. Des gouttes de sueur perlaient dans la broussaille de ses sourcils.

— Vous êtes journaliers, métayers ? interrogea-t-il.

— Non, nous sommes propriétaires.

— J'en étais sûr.

— Mon père était orphelin, et il est parti, petit valet, à dix ans.

— Et ta mère ?

— Avant d'épouser mon père, elle était institutrice.

Le père Lardière hocha la tête.

— Tu as une génération d'avance sur nous. Tu pourrais devenir évêque.

Il n'avait pas l'air de plaisanter.

— Moi, j'ai enlevé mon béret de ma tête dans la cour de récréation pour dire en chœur avec mes petits copains : « Bonjour, not' maît ! » quand M. de Luzon, qui avait payé les bâtiments de l'école, venait rendre visite à l'instituteur. Rien que dans ta manière de tenir ton verre de ti punch, tu n'es pas tout à fait comme nous. L'évêque l'a vu.

— Alors il avait raison ? Je m'y prends mal avec les nègres ?

— Attends...

Le père Lardière se leva, fureta à côté, revint en s'épongeant la figure avec une serviette, en lança une à Donatien, se plaignit de la chaleur, offrit un troisième punch, insista :

— Ce sera le dernier...

Et versant avec la même adresse :

— Toi, ta chance, c'est ton handicap. Tu boites. Probablement que si tu ne boitais pas, tu ne serais pas venu à la Dominique. Tu te serais marié, avec la jolie figure que tu as. Ou tu serais peut-être devenu prêtre, mais tu ne serais pas venu t'enterrer au milieu des sauvages.

— Qu'est-ce que vous faites de la foi et de la vocation missionnaire ?

— Mais la foi et la vocation missionnaire sont

incarnées, mon petit. Nous sommes des hommes. Connais-tu le plus célèbre boiteux de la Bible ? Il s'appelle Jacob. Jacob a lutté toute la nuit avec l'ange avant de passer sur la Terre promise. Pour le punir, Dieu lui a démis la hanche. Et voilà, il est passé sur l'autre rive en claudiquant. Il boitait sur la Terre promise. Et il était assez fier du signe de Dieu...

Il secoua la tête.

— Pardonne-moi, ce doit être le rhum. Il rend fou, ou philosophe.

Ils vidèrent leurs verres, sortirent sur la galerie. La nuit était venue. La mer brillait sous la lune très petite. La silhouette de l'église se découpait sur elle. Les grenouilles coassaient. Les criquets avaient commencé de chanter : « Oui, j'ai pris. Oui, j'ai pris, du ti punch, du ti punch... »

Donatien fut réveillé pendant la nuit. Le vent grattait aux volets à jalousie, et une pluie lourde battait les tôles. Il se retourna sous sa moustiquaire, heureux de constater qu'il était dans une maison amie. Il se rappela la conversation avec le père Lardière. Le rapprochement avec Jacob était merveilleux. Donatien ne s'était jamais appliqué le passage de la Genèse. Il allait écrire à sa mère et lui raconter cette belle histoire. Le voisinage avec un prêtre aussi étonnant, genre curé Gallot, était réconfortant. Il pensa qu'il n'avait malheureusement pas que cette écharde dans sa chair. Il revit la silhouette de Carita à travers les branches. Il envia la solidité du père Lardière taillé dans le chêne. Il se rendormit dans un vif élan d'affection pour lui.

10

Une lettre du curé Gallot l'attendait à son arrivée à Notre-Dame de La Soie, lui commandant cent messes aux intentions des Vendéens dont les noms remplissaient plusieurs pages. Un mandat accompagnait la commande et Donatien y vit un signe favorable de la Providence après les réflexions de la veille. Il écrivit à ses parents et les pria de lui expédier un petit fût de vin du mariage d'Alexina pour lui servir de vin de messe.

Il se consacra à son ministère avec une ardeur multipliée. Le père Lardière lui avait dit qu'il n'était pas un paysan comme les autres. Les paysans se lèvent tôt. Il se leva à quatre heures, célébra sa messe avant le jour. Le père Bachelier célébrait plus tard pour ceux qui voulaient assister à la messe. À cinq heures et demie, il était en selle. Sans Cécé, sa mission aurait été compliquée, il le savait. Il la soignait, l'obligeait à s'économiser et à marcher au pas, quand, dans la fraîcheur de l'aube, elle aurait aimé galoper. Il s'était lancé dans ce qui s'appelle ordinairement une visite pastorale. Mais c'était plus. Dans le petit jour doré de soleil, il voyait que les mangues poussent au manguier, les avocats aux avocatiers. Il apprenait son territoire. Il caracolait comme un Christophe Colomb, se répétant son cri du départ de Vendée : « *Go west !* »

Il voulait rencontrer tous ses paroissiens, et qu'aucun ne se considère oublié ou méprisé. Il avait dessiné une carte de sa paroisse et l'avait fixée au bois de sa chambre. Il préparait ses visites, la veille, avec l'aide du père et de Létitia, qui lui signalaient les cases et les traces, et, après chaque visite, il notait sur un carnet les noms, les âges, les informations sur les familles.

Il mit six mois pour faire le tour de la paroisse, s'arrêta aussi bien chez les catholiques que chez les méthodistes. Beaucoup l'accueillirent en rasant les murs, vexés des reproches de ses confrères sur leurs péchés.

— Je ne viens pas vous convertir avec une épée, leur disait-il alors en tendant les mains. Je viens pour témoigner de l'amour de Dieu. Comment témoignerais-je de mon amour si j'arrivais en proférant des condamnations ?

Il devint populaire. Il arriva que son approche d'un village fût annoncée par le tambour dans la forêt. Cela lui rappelait ses lectures d'enfant et l'annonce de l'explorateur par le tam-tam. Les enfants accouraient vers lui, empêchaient Cécé d'avancer, s'accrochaient en grappes à sa soutane. Il prenait les plus petits dans ses bras, deux, trois, se salissant à leurs pieds gris de poussière, les encourageant à enfoncer la main dans son sac. Ils en retiraient une poignée d'images qu'il leur demandait de distribuer aux plus grands.

Il engageait les femmes à envoyer leurs enfants à l'école, y compris les filles, les encourageait à l'hygiène, leur recommandait de bien laver les aliments. Il allait retrouver les paysans sur le morne. Il apprit à abattre le bananier à la machette lorsqu'il a donné son régime de bananes, s'intéressa aux races de porc et de mouton errant autour des cases, s'étonna des bœufs au piquet. Pourquoi ne pas les mettre dans un enclos et les laisser paître en liberté ?

— Ne laissez pas vos vaches s'accoupler avec n'importe quel mâle. Si vous sélectionnez, vous aurez du plus beau bétail !

Il s'assit sur un tabouret près du trépied et de la marmite où cuisaient les yams et les racines du déjeuner. Il partagea la nourriture des pauvres : il mouilla une tranche de fruit à pain avec de l'huile. Les pêcheurs descendirent à la rivière ou à la mer pour lui. Il vida les assiettes qu'on lui tendait, même sans appétit, pour ne pas faire affront. Il plaisait. Les femmes lorgnaient ses yeux bleus, incongrus sur ces territoires.

— I bèl, Ti Pilon !

Sa maladie de peau guérie, il continuait de garder la barbe rase. Ses cheveux, plus longs, fleurissaient son front de boucles.

Il écrivit à La Trézanne :

Rassurez-vous, votre missionnaire est heureux avec ses nègres. Priez le bon Dieu pour qu'il ne perde pas la tête, tellement il est bien reçu. Chaque soir, je me tourne vers l'Océan, et je m'adresse à ceux qui sont restés à mille cinq cents lieues de l'autre côté, et qui s'inquiètent de leur enfant. Je lui demande d'emporter mon message et de leur dire que tout va bien. Je baptise, je confesse, j'enterre, je bénis, je prie. Je mène la vie missionnaire comme je l'avais imaginée. Je chevauche sans cesse la courageuse Cécé à travers montagne et forêt, au pas, au trot, au galop. On passe sur certains rabotins au bord du vide qui feraient sans doute crier maman. Je peux manger des oranges, des pamplemousses, et tous ces fruits sucrés que mon intestin ne supportait pas au début, et que je trouve si rafraîchissants. Il n'y a guère que la mer pour me donner encore des sueurs froides. Les pêcheurs ont voulu m'emmener sur leurs canots creusés dans un tronc d'arbre. Et j'ai tout de suite nourri les poissons. Je ne désespère pas pourtant d'avoir prochainement le pied marin. Il faudra bien que la mer m'entre dans la peau si je veux devenir un vrai missionnaire des îles !

Ses tournées lui étaient un moyen d'éviter Carita. Il en profita pour visiter les trois seuls Blancs de sa paroisse. La maison du pasteur méthodiste sous les manguiers portait une surprenante inscription à sa barrière. Une main maladroite avait écrit en noir sur un rectangle de bois peint en blanc : Villa Adriana. Peut-être en souvenir d'un voyage dans la campagne romaine ? Le pasteur vint chercher Donatien à la barrière et l'accompagna dans l'allée bordée de crotons jaunes. Maigre, roux, la peau tachée de son, en costume de lin gris, il expliqua qu'il avait promis à sa femme de l'emmener un jour en Italie ! Cet écriteau était une manière de tenir son engagement ! Elle leur servit le thé sur la galerie arrière à pilotis, où des chardonnerets lissaient leurs plumes dans des cages d'osier. Donatien essaya d'aborder leur ministère à demi-mot, mais le pasteur le ramena aux oiseaux et à son goût pour les perroquets. Il traquait le plus admirable, et le plus rare, le sissou, mais n'avait jamais réussi à l'approcher. Donatien comprit que cet ornithologue américain bien élevé n'était pas du genre à déclarer la guerre entre les Églises comme c'était le cas dans d'autres paroisses.

Il frappa à la porte du médecin anglais Andrew Smith, un matin de juillet. Le soleil tapait comme un marteau de cuivre, la température avoisinait déjà les trente-cinq degrés. Le Dr Smith entrebâilla sa porte, la peau marbrée de rouge malsain.

— Qu'est-ce que vous voulez ? brailla-t-il, le regard égaré.

Et puis il reconnut Donatien. Des poils gris jaillissaient de sa chemise défaite. C'était l'heure entre deux rhums, à ne pas lui rendre visite. Il repoussa plus loin, sur sa table, une pile de revues médicales dont certaines étaient encore dans leur enveloppe, apporta une bouteille, les doigts aux ongles cernés de noir enfoncés dans les verres.

— Qu'est-ce que vous êtes venu foutre là, l'abbé ? dit-il. Ces sauvages n'ont pas besoin de vous, comme ils peuvent bien se passer de moi.

Il haussa la voix.

— Larissa !

Comme personne ne répondait, il lança plus fort :

— Larissa !

Une négresse menue, noir ébène, s'avança timidement, les cheveux nattés et graissés à l'huile de carapate.

— Dis bonjour à M. l'abbé, Larissa, murmura tendrement le Dr Smith, les yeux illuminés de rhum, il est venu prendre soin de ta belle âme.

Larissa inclina la tête, les paupières baissées.

— Allons, serre-lui la main ! insista-t-il.

Il la prit par le poignet. Donatien effleura les doigts délicats de la jeune fille à la peau très sèche malgré la chaleur.

— S'il te fait du mal, Larissa, n'hésite pas à me prévenir !

Le docteur en resta bouche ouverte, surpris par la vivacité de l'attaque. Et tandis que Larissa disparaissait, discrète comme un chaton, il explosa d'un rire gras, qui dégénéra en toux, et pointa un doigt menaçant.

— Vous ne manquez pas de toupet, curé ! Je vous reçois chez moi, et vous m'insultez ! Si je n'avais pas été assis, vous preniez mon poing dans la figure.

— C'est parce que je suis reçu chez vous que j'ai simplement dit à cette jeune fille qu'elle n'avait pas été créée par le bon Dieu pour souffrir vos sévices.

— Quand Larissa vient s'allonger auprès de moi, mon père, je ne l'oblige pas.

Les deux hommes se mesurèrent un moment des yeux. Et le docteur avoua, avec un demi-sourire :

— Quelquefois il m'arrive de l'appeler, lorsque je souffre trop de la solitude.

Donatien acquiesça :

— Je vous crois.

Le docteur le raccompagna près de Cécé et remarqua :

— Luxation congénitale des hanches ? Prenez garde, la température tropicale peut accélérer l'effritement des os.

Il arrivait que, parfois, au soir de ses longues chevauchées, Donatien souffre des hanches.

La troisième maison de Blancs était célèbre à la Dominique. Les fûts et les bouteilles de rhum McCourt partaient en grand nombre pour l'Angleterre. Donatien s'engagea sous la voûte sombre de vieux manguiers au bord de la grande allée de la propriété, et la lumière l'aveugla à la sortie. Il arrêta Cécé et découvrit alors un vieux Noir édenté, en pantalon et chemise sales qui le dévisageait en riant. Donatien l'avait déjà aperçu à l'église.

— Ka fè solèy ! (Ça fait soleil !) constata le nègre.

Donatien hocha la tête, la main en visière, malgré son bakwa. Il ne savait pas s'il était davantage ébloui par le soleil ou la splendeur de la propriété. Un gazon vert très court garnissait la pente douce plantée de palmiers royaux. Des allées au cordeau conduisaient à l'imposante maison cubique couleur sang de bœuf. Il se rappela la projection d'*Autant en emporte le vent* au cinéma de La Genétouze. L'apparition de Rhett Butler ou de Scarlett, lançant ses fameux taratata sous l'avant-toit, ne l'aurait pas surpris... Il descendit de sa jument, la confia au nègre.

— Ne vous inquiétez pas, mon pè, dit le nègre, je la connais.

Il lui flattait le chanfrein, et elle le suivait sans regimber. Donatien descendit vers les constructions de la rhumerie, en contrebas. Elles exhalaient une abondante fumée bleue par toutes leurs jointures. L'Océan roulait sa robe d'améthyste par-delà la marée des cannes. Donatien se retourna pour regarder d'en bas la maison du colon. Alors surgit devant lui, à longues enjambées vigoureuses, un homme en culotte de cheval, bottes de cuir, chemise de calicot à damiers noir et blanc.

— Hello ! lança-t-il amicalement.

Ils se serrèrent la main, continuèrent vers la rhumerie. Et John McCourt promena Donatien autour de la vieille machine à vapeur, noire comme une loco de machine à battre, couchée sous les tôles. Elle broyait la canne. Ses grandes roues dentelées animaient un tapis roulant qui transportait ensuite la canne et la laissait tomber dans les bassins de mélasse. Il l'accompagna au tuyau de cuivre où s'écoulait un filet de rhum limpide. Ils tendirent le doigt, goûtèrent le rhum. Le bruit et la chaleur suffoquaient. La machine ronflait, ses bielles cognaient, ses grandes roues grondaient. La fumée jaillissait des soupapes, comme si la machine avait des fuites et menaçait d'exploser. John McCourt cria :

— Mon arrière-grand-père a installé cette rhumerie au siècle dernier. Nous distillons comme à son époque.

Il sautait d'une plate-forme à l'autre. Les nègres s'écartaient pour lui laisser la place. Il leur parlait en créole. Il s'empara d'une boîte de graisse et enduisit un engrenage.

— C'est essentiel pour la garder en bon état !

Il tira une canne à sucre de la charrette à bœufs qui reculait, éleva la canne au-dessus de sa tête, plia la canne, des gouttes de jus coulèrent dans sa bouche. Il la brandit au-dessus de Donatien.

— Goûtez, mon père.

Le jus délectable s'étala sur la langue de Donatien, qui recommença par gourmandise. Le soleil brûlait la tôle. La brise de mer traversait la rhumerie ouverte à tous les vents, y apportant un souffle bienfaisant.

Ils remontèrent vers la maison. John McCourt expliqua que son ancêtre irlandais avait émigré à la Dominique en 1763, et s'était installé aussitôt sur la côte sous le vent.

— Parce que le climat y était moins insalubre qu'à l'ouest.

Ils s'installèrent sous le large avant-toit de la galerie qui faisait le tour de la maison. Margaret, l'épouse de John, les rejoignit et s'assit avec eux à la table de cyprès. Sa chevelure brune rassemblée en un chignon désordonné, haut sur la tête, la faisait paraître grande. Son teint était si pâle qu'on l'aurait dit souffrant de consomption. Pourtant ses yeux riaient. Une métisse aux joues presque claires apporta les rafraîchissements. Margaret McCourt choisit un verre de limonade. John mélangea des jus de fruits et du punch coco. Donatien remarqua la croix d'or attachée à une fine chaîne autour du cou de la belle Mme McCourt. Elle la fit glisser sur sa chaîne.

— Oui, nous sommes catholiques. Vous ne nous avez pas beaucoup vus, nous étions très occupés.

— Je crois même que je ne vous ai pas vus du tout, rectifia-t-il.

— Nous viendrons davantage, maintenant que nous vous connaissons, assura-t-elle.

Il sembla à Donatien que ce n'étaient pas des paroles en l'air. Ils lui apprirent qu'il ne verrait pas leurs enfants, les jumelles de quatorze ans, et le fils de douze, pensionnaires à Boston.

— Vous connaîtrez peut-être le quatrième, ajouta John, lorsque nous vous l'amènerons pour qu'il soit baptisé.

Margaret porta la main à son ventre.

— Oui, poursuivit-il, nous avons mis du temps avant de nous décider à passer à quatre !

C'était l'explication des yeux cernés, de la pâleur de Mme McCourt. Donatien aima son geste, les doigts ouverts sur l'arrondi du ventre comme pour le montrer et le protéger. « Les femmes sont instinctivement plus proches des vérités essentielles », pensa-t-il. Il observa le visage anguleux, la nervosité de John McCourt. Ses manières de gentleman dissimulaient mal une brutalité naturelle. Malgré son sourire, ses cheveux en désordre, son col de dentelle déboutonné, Margaret exprimait une sourde inquiétude. La crainte de mettre au monde un quatrième enfant ?

Donatien se leva. Les hautes feuilles de palmiers royaux frissonnaient. Deux négrillons jouaient avec un chien sur la pelouse. La machine à vapeur crachotait dans le contrebas.

— Alors, c'est promis, je vous verrai à la messe, dimanche ?

— Promis.

John McCourt accompagna Donatien jusqu'à l'écurie. Il montra les arbres de la pelouse et de la grande allée.

— C'est mon arrière-grand-père qui les a plantés.

Donatien entra dans l'ombre de l'allée. À l'image émouvante du visage fin et douloureux de Mme McCourt se substitua soudain celui de Providence. C'était la première fois qu'il pensait à elle depuis très longtemps. Et la vision de la jeune fille qu'il avait aimée s'imposa avec netteté. Il ne put empêcher son cœur de battre au souvenir de celle qui avait accompagné son enfance et sa jeunesse. Son esprit dériva à imaginer leur vie dans une île comme celle-ci. Ils auraient pu partir aux colonies et habiter une grande maison sur une pelouse à l'ombre des palmiers. Ils auraient donné dans l'élevage. De grasses prairies tropicales nourriraient des troupeaux sélectionnés au lieu de ces bœufs à bosse étiques liés à un piquet. Une troisième image vint se superposer sur celle de Providence : celle de Carita.

— Pardonnez-moi, mon Dieu, ayez pitié de moi ! pria-t-il.

Il porta la main à sa croix fichée à sa ceinture. Il surprit un bruit à côté de lui, se retourna. Des iguanes étaient alignés à l'ombre, cinq, six. Ils le regardaient, la tête inclinée, de leurs gros yeux ronds d'animaux surgis de la préhistoire. Leur gorge ridée comme une vieille écorce palpitait. Il piqua Cécé paralysée comme un cheval de bronze. La jument s'envola, et il eut toutes les peines du monde à se maintenir en selle.

Il lui arrivait de rentrer tard, le soir, après la nuit tombée, parfois à dix ou onze heures. La température commençait tout juste à devenir agréable. Il ne craignait pas de repousser si loin l'heure de son retour parce que Cécé n'avait pas peur du noir. On aurait dit au contraire que l'ombre la survoltait, comme si elle avait un œil sous chaque sabot. Donatien lui faisait confiance. Sans elle, ils se seraient égarés bien des fois.

Il se reprochait d'être dehors à une heure païenne. Pourtant il appréciait ce moment où la nature se reposait de l'intense activité du jour. La nuit écoutait le chant des criquets et des grenouilles. Aucune bête sauvage ne menaçait. Il priait en se défendant contre les moustiques, et sa prière rendait grâce à Dieu pour ses merveilles. La lune était veloutée comme une pêche. Il s'étonnait de ne pas être fatigué. Il conduisait Cécé à sa cabane-écurie auprès du vieux Coquille. Il avait faim. Carita l'attendait, assise dans l'escalier, ou près de ses casseroles et de la marmite. Sa mère était partie se coucher pour se lever le lendemain avant le jour. Elle avait pris le relais sans que rien ne lui soit demandé. Au contraire, Donatien l'avait réprimandée :

— Ne m'attends pas. Tu dois aller te coucher !

Elle avait feint de ne pas comprendre, ou lui avait lancé un regard sauvage, toutes griffes dehors. Chaque soir, en s'approchant du presbytère, le cœur de Donatien s'enflammait. Il chuchotait pour ne pas réveiller le père Bachelier. Elle avait entendu le pas du cheval, et la casserole était déjà sur le feu. Elle lui souriait. Il aimait arriver dans une maison où brillait la lumière. Il appréciait qu'elle lui serve une assiette avec quelque chose de chaud, comme une épouse. Elle tournait autour de lui sur ses pieds nus comme une voleuse. Elle avait tressé ses cheveux en quatre nattes comme une négrillonne, attachées avec des ficelles. Ses yeux mystérieux, mouchetés d'or, le suivaient et le fuyaient lorsqu'il relevait la tête.

Il lui disait :

— Grand merci, Carita.

Elle aurait dû être son dernier visage avant le sommeil. Mais le frôlement de ses pieds s'était à peine évanoui dans la nuit que le bâton du père Bachelier frappait le plancher.

— Alors, reprochait la voix grêle à travers la cloison, tu as encore traîné jusqu'à des heures impossibles ?

Donatien entendait dans cette question une convocation au rapport. Il prenait la bougie et entrait dans la chambre du père.

— Elle était encore là, celle-là ? grondait-il.

Donatien haussait les épaules : Que voulez-vous que j'y fasse ? La flamme jaune dansait sur le visage cireux, les yeux malins épiaient sous les sourcils séparés par une ride profonde, et Donatien craignait que le vieil homme lise au fond de son cœur. Le père Bachelier avait enfoncé son bonnet de nuit jusqu'à mi-front, passé son chapelet autour du cou.

— Où es-tu allé aujourd'hui ?

Donatien sortait son calepin. Le père Bachelier ne s'endormait pas, il avait dormi presque toute la journée. Il accompagnait l'énoncé de chaque nom par un commentaire grinçant :

— Celui-là, c'est un sale bougre. Il a donné un ventre à trois de ses cousines... Celle-là use son quatrième mari. Ses voisines ne peuvent pas la sentir... Tu as vu l'état de ce pauvre village ? Aucun n'a le courage de travailler. Ils sont tous aussi feignants les uns que les autres !...

Les réflexions du père désenchantaient Donatien. Il luttait chaque soir contre les débordements du patriarche, se révoltait quand il lui disait que les animaux de ce pays avaient plus d'intelligence et de cœur que les hommes. Il refusait de répondre aux questions du genre :

— Combien en as-tu pris aujourd'hui ? Il faut courir après et les faire marcher de gré ou de force !

— Nous ne sommes pas des chasseurs ! ripostait-il. Ils ne sont pas des gibiers ! Je ne suis pas sûr d'avoir envie de convertir.

— Alors qu'est-ce que tu es venu faire ici ?

La figure exsangue du vieux prêtre se colorait. Ses yeux en vrille s'animaient.

— Le succès d'un missionnaire ne se mesure pas au nombre de ses baptêmes, père Bachelier ! grondait Donatien. Je ne suis pas un général d'armée, mais un messager de la Bonne Nouvelle.

Il prenait un malin plaisir à ces propos scandaleux pour les oreilles du vieux soldat de Dieu et se vengeait de ses réflexions provocantes. Il savait que le bonhomme n'était pas aussi haineux qu'il voulait le faire croire, sinon il n'aurait pas voulu finir ses jours à La Soie. Au contraire, le père passait la revue de détail pour savoir si tout était en ordre sur son territoire. Il connaissait les habitants de chaque case et se souvenait de leurs noms. Donatien n'était plus dupe de ses airs de misanthrope atteint par l'âge et la maladie.

« Il veut montrer qu'il est toujours vivant et qu'il est resté un homme de caractère », pensait-il, souriant à l'entendre bougonner encore après avoir quitté sa chambre.

Il demandait pardon à Dieu pour son manque d'indulgence à l'égard de son confrère et s'endormait enfin, à bout de forces dans le chant du criquet et la flûte des grenouilles.

11

Il porta la statue de Notre-Dame pour la fête patronale du 15 août 1946. Les habitants de La Soie avaient édifié huit reposoirs, jonché les chemins de fleurs. La moiteur brûlante de la saison des pluies écrasa Donatien, chargé de la lourde chape brodée. Aucun souffle d'air ne rafraîchissait la côte sous le vent. Une buée immobile poudroyait dans la lumière. Les enfants des écoles dansaient en brandissant leurs bannières aux airs de *Chez nous, soyez Reine* joué par l'orchestre d'accordéons et de tambours. Les femmes se trémoussaient.

Un éblouissement le fit trébucher tandis qu'il gravissait les marches du cinquième reposoir. Il se cramponna à l'autel, des étoiles devant les yeux. Les paroissiens virent la statue de la Vierge chanceler, et un silence plana sur la foule. Une sueur froide lui mouillait les épaules et la poitrine. Il leva les yeux vers le disque de craie du soleil, s'excusa et défit les agrafes de la chape qu'il abandonna sur l'autel. Il fut soulagé, demanda de l'eau et s'assit à l'ombre d'un bananier. Les musiciens, rassurés, relancèrent leur musique. Donatien, recouvrant des forces, se chargea à nouveau de Notre-Dame. Les cantiques reprirent, les trémoussements et les battements de mains, avec une ardeur nouvelle, comme pour faire rempart autour du pasteur. La cérémonie se poursuivit sans autre incident. Donatien ramena la sainte patronne de La Soie à son socle envahi de lis, tubéreuses et gardénias.

Hugo, le voiturier, s'avança à la sortie de l'église. Il tirait derrière lui sans ménagement un chien créole à tête jaune.

— Voulez-vous un chien, mon pè ? Celui-là est pour vous.

— Qui vous a dit que je voulais un chien ?

Létitia, derrière Hugo avec quelques autres, porta sa main à sa bouche, son rire fusa comme un éclat de saxophone et ses manches à gigot tremblèrent. Elle avait entendu Donatien parler souvent de Loulou, son chien de La Trézanne. Donatien s'accroupit, caressa l'animal au poil rêche et broussailleux, haut sur pattes, la truffe noire. Il aima son regard de chien triste plus habitué aux coups qu'aux caresses. La queue courte de l'animal s'agita, tout disposé à la tendresse.

— Je vais l'appeler Virgule, dit-il.

— Virgule ? Pourquoi Virgule ?

— Il a la queue en virgule.

— Virgule !

Hugo et Létitia répétèrent le nom en riant. Donatien prit la ficelle. Virgule hésita à traîner les pattes et puis suivit son maître de bon gré. Donatien l'attacha au pied des marches du presbytère et lui apporta à boire.

Ce soir-là Carita vint voir le chien de Donatien. Elle prit dans ses mains la tête de l'animal qui gémit. La nuit était tombée, mais la chaleur restait suffocante. Les airs de biguine se mêlaient aux rires sur le morne en fête. Donatien sortit sur la galerie.

— Tu as une belle robe de fête, Carita.

La flamme de la lampe éclaira le sourire de nacre de Carita. Le tep-tep discret de ses pas glissa sur les marches. Elle n'arrivait pas les mains vides. Elle s'approcha avec une assiette, la tendit à Donatien, remplie de biscuits fleur de farine.

— C'est toi qui les as faits ?

Le coin de sa lèvre frémit, elle hocha la tête. Il mordit un biscuit.

— Ma mère fabrique des galettes qui ressemblent à tes biscuits, murmura-t-il.

Elle releva la tête, ses yeux en amande chatoyèrent.

— Pourquoi tu ne vas pas danser ? lui demanda-t-il.

— J'irai tout à l'heure.

Il lui avait posé cette question en n'espérant pas d'autre réponse. Il alla chercher les tabourets de sa chambre et les apporta sur la galerie. Il repartit et revint avec le journal *La Vendée libre* auquel ses parents l'avaient abonné et qu'il recevait à peu près régulièrement chaque semaine. Elle s'assit près de lui. Il ouvrit la grande feuille du journal. Il aimait son visage grave penché sur la lecture, le mouvement de ses yeux suivant les lignes. Létitia l'avait envoyée à l'école, bien que l'école ne fût pas obligatoire. Elle avait appris l'anglais. Elle parlait créole. Le billet sous le bouquet de Noël prouvait qu'elle avait volé, sans doute dans des cantiques, quelques mots de français. Ils en avaient parlé ensemble. Lequel des deux avait proposé à l'autre ces leçons de français ? Il recherchait et fuyait ces moments de lecture parce qu'ils le laissaient tout frémissant.

Elle enfonça le nez dans les pages du journal, elle devait être un peu myope. Elle suivit les lignes du doigt comme une petite écolière. Il la corrigea. Il était tout près d'elle. La concentration lui ridait le front, et Donatien avait l'impression d'y voir les pensées circuler. Il lui demanda :

— Qu'est-ce qui t'intéresse dans ce journal ?

Elle ne répondit pas. Elle n'était plus là. Il en éprouva de la jalousie.

— Tu m'entends ?

Elle bougea, leva les yeux et eut du mal à sortir de son rêve. Elle dit :

— Tout.

— Explique-moi.

— Je veux savoir comment vivent les gens d'où vous venez.

— Tu peux emporter le journal si tu veux.

Carita releva la tête. Elle ne croyait pas la leçon déjà finie. Elle était hésitante, et elle était belle dans son hésitation. Elle pinça les lèvres. Ses paupières se rapprochèrent et elle fixa Donatien.

— Je garde tes biscuits en échange, souffla-t-il. Va danser.

— Merci, mon père.

Elle glissa le journal sous son bras en silence, descendit l'escalier et disparut comme elle était venue, après une caresse à Virgule. Il palpa sa chemise mouillée et eut l'envie irrésistible de se baigner avant de se coucher. À cette heure-là, et avec les musiques sur le morne, Rivière-Ciric devait être désert.

Il descendit le chemin entre les manguiers et les goyaviers. L'air était lourd d'électricité. Des montagnes de nuages noirs immobiles attendaient sous la lune. Il sursauta au détalement d'un cabri qui fila devant lui sur le chemin jusqu'à la grève. La lune répandait l'argent de sa lumière sur la surface lisse du bassin solitaire, à quelques mètres l'Océan tout proche rugissait en se roulant sur le sable. Il se dévêtit et reçut le baiser de la rivière.

À son retour de Sainte-Marie des Caraïbes, le troisième dimanche d'octobre, il trouva le père Bachelier dans un état d'excitation inhabituel. Le père frappait le plancher avec sa canne. Sa bouche fiévreuse tremblait. Les crises l'avaient repris, plus violentes chaque soir, et le mettaient à bout. La pluie battait, tambourinant sur le toit de tôle du presbytère. Le père avait encore maigri. Il résistait pourtant. Le Dr Smith avait déclaré à sa dernière visite :

— Tant que le cœur tiendra !

Le père Bachelier agrippa le bas de la soutane mouillée de Donatien et raconta que trois nègres avaient été arrêtés pour le meurtre d'un enfant de onze ans dans la forêt. Ils lui avaient arraché le foie et le cœur, et coupé les poignets. Le foie et le cœur devaient leur apporter la chance et le courage. Les mains de l'enfant devaient les aider à forcer la porte d'une banque à Roseau. Le père cita des noms que Donatien, troublé, ne connaissait pas, assura qu'ils seraient pendus.

— Où sont-ils ? demanda Donatien.

Le père Bachelier ne sut pas lui répondre. Donatien hésita à ressortir à cause de la pluie.

— Vous êtes sûr que ces hommes sont de La Soie ?

Le père Bachelier décrivit le juge recouvrant sa tête d'un voile noir avant d'annoncer la condamnation à la peine capitale. Donatien décida d'attendre la fin de la nuit.

Il interrogea Létitia, le lendemain matin. Elle tombait des nues. À son avis la journée avait été très calme, la pluie mise à part. Et puis son rire strident de négresse plantureuse la souleva, secoua sa poitrine et ses bourrelets. Elle se demanda si Donatien ne se moquait pas. Cette histoire de sorcellerie s'était déroulée au début du siècle.

— Vous nous prenez pour des soubawou (sauvages), mon pè !

Ils se rendirent au chevet du père Bachelier qui

ne se souvenait plus de rien, respirait difficilement, et se mit à pleurer en haletant comme un poisson échoué. Il répéta la description du juge et son voile noir.

— Voulez-vous l'extrême-onction, lui demanda doucement Donatien, l'heure est peut-être venue, père ?

Le père Bachelier ouvrit les yeux et chercha Donatien du regard, comme s'il le regardait déjà d'une autre rive. Donatien glissa sa croix de missionnaire entre les doigts du père qui se crispèrent autour. Il s'en fut chercher les saintes huiles à l'église, revint en compagnie d'Ernest qui l'attendait pour servir sa messe. Il s'agenouilla devant le châlit, commença de réciter les prières.

Quand il se releva et essuya sur le front, les mains, les traces d'huile sainte, le père Bachelier ouvrit les yeux et murmura, lucide, comme si le sacrement lui apportait une rémission :

— Merci.

On appelait dehors. Quelqu'un arrivait de chez les McCourt. Mme McCourt était dans les douleurs, et l'enfant tardait à venir. Le Dr Smith, à son chevet, était inquiet de la lenteur de l'accouchement.

Il y a des jours comme cela où les événements se bousculent. Donatien garda son étole, sa mallette des derniers sacrements, sella Cécé. La pluie voilait encore le morne et la forêt d'un rideau de cendre. On ne voyait pas l'Océan. Il fonça, tête baissée sous son capuchon, suppliant en chevauchant : « Mon Dieu, j'aime ces gens. Ne permettez pas qu'il leur arrive malheur. À quoi je sers si vous ne m'accordez pas quelques grâces ! » Il se dressa sur sa selle, poings serrés sur les guides, soulevé par une sainte colère. Cécé filait. La plantation des McCourt était à une demi-heure au nord, sur le chemin tournant de Vieille-Case. Cécé glissa sur la mousse détrempée d'un pont de bois, partit sur le côté, trébucha. Donatien la rattrapa au moment où elle allait tomber dans la rivière.

Ils entrèrent dans le parc désert de la plantation écrasée de pluie. Donatien poussa la jument jusqu'à la galerie de la maison. Les portes étaient closes. Il crut le malheur arrivé, ouvrit la porte du vestibule sans rencontrer âme qui vive, les souliers, le capuchon dégoulinant de pluie. Il entendit des pas à l'étage. Un escalier de bois blond montait en face. La servante métisse en robe noire descendit en essuyant ses larmes. Donatien s'approcha.

— I né, hoqueta-t-elle dans son mouchoir.

— Comment ?

— I né. C'est un ti gason.

— Il se porte bien ?

— Mais oui.

— Et Margaret ?

La grosse servante, retrouvant ses esprits, s'illumina d'un large sourire.

— Dann ! Elle est fatiguée, mais elle va bien. On a veillé toute la nuit, c'est pour ça, mon pè, que...

Donatien n'écouta pas les explications de la pleureuse.

— Gardez-moi ça, dit-il en lui remettant sa mallette des derniers sacrements.

Il monta l'escalier. La porte entrouverte laissait filtrer des odeurs d'alcool, d'eau tiède, de sang. Donatien reconnut la voix gravillonnée de Smith. Et ce fut lui qui l'interpella à son entrée :

— Tiens, voilà le curé ! Il n'a pas tardé. Il se réjouit pour son commerce, puisque se profile un baptême pour lui.

Donatien salua. Smith se tenait auprès du lit, en bras de chemise, manches retournées, John McCourt débouchait une bouteille de rhum.

— Vous arrivez au bon moment, mon père, dit-il joyeusement, non pas pour le baptême religieux comme le suggère ce mécréant de Smith – celui-là aura lieu dans quelques jours, quand vous le voudrez bien – mais pour le baptême mccourtien...

Il versa le rhum dans un verre apporté par une petite négresse en tablier blanc.

— C'est un vieux rhum distillé par mon père...

Il fit signe au prêtre et au médecin de s'approcher, écarta le tulle blanc du berceau. L'enfant McCourt reposait poings fermés, velu, la figure violacée. John McCourt mouilla de rhum son index et laissa tomber sur la petite bouche serrée une goutte qui glissa sur la joue et se perdit sur l'oreiller. Il trempa de nouveau son doigt et, cette fois, l'appliqua sur la bouche du bébé qui s'éveilla, téta, grimaça, vagit sous la brûlure de l'alcool.

— C'est bon, insista John en introduisant son doigt dans le bec du nourrisson qui tétait malgré lui. C'est ce que nous savons le mieux faire dans la famille. Tu verras, mon fils, tu apprendras à l'aimer.

Il lui essuya délicatement la bouche avec un coin du drap, referma le tulle du berceau, servit le rhum dans les autres verres sur le plateau. Il en apporta un à sa femme.

— À ton prompt rétablissement ! dit-il.

Elle tendit son verre en direction du berceau :

— À Andrew !

— Vous l'appelez Andrew ?

Les fatigues de l'enfantement lui avaient donné une pâleur d'ivoire. Donatien la trouva belle de sa lassitude.

Deux têtes d'oiseaux sculptées, cigognes ou aigrettes, se touchaient, bec à bec, à la tête du lit. Margaret murmura :

— Vous êtes venu...

L'échancrure de sa chemise montrait sa croix d'or.

— Je regrette de ne pas avoir apporté mon Kodak, dit-il.

— Vous reviendrez demain, je serai plus fraîche.

Il tourna la tête vers la fenêtre.

— Les nuages se déchirent, le ciel devient pur.

— Andrew est venu au monde !

Donatien parla au Dr Smith du père Bachelier. Le médecin soupira, la paupière contrite, tendit son verre en direction de la bouteille de rhum.

— Je passerai le voir tout à l'heure. Je ne crois

pas beaucoup en la prière. Mais il me semble que c'est tout ce qu'il reste à faire...

Donatien repartit sous un soleil brûlant, apparu aussi vite que la pluie s'était mise à tomber. Il remercia Dieu pour le petit Andrew et la bonne santé de sa mère. Mais plus il approcha de La Soie, plus il eut le pressentiment que l'irrémédiable était arrivé, comme si la joie de la naissance avait pour équilibre la tristesse de la mort. Il ne prit pas le temps de desseller Cécé, gravit les marches quatre à quatre. Létitia avait déjà commencé la toilette mortuaire de son malade.

— Il a cessé de gémir, sanglota-t-elle. Je croyais qu'il allait mieux. Il était mort. Ce n'est pas ma faute, mon père !

— Qui dit que c'est votre faute, Létitia ?

— Voulez-vous que j'aille chercher Carita, que cette paresseuse vienne m'aider ?

— Laissez Carita en dehors de cette affaire. À quelle heure le père a-t-il rendu son dernier souffle ?

— Je ne sais pas...

Létitia regarda à travers la jalousie.

— ... Au moment où la pluie a cessé...

Donatien appela la voisine de Létitia qui éventait son feu près de sa case. Elles préparèrent le prêtre avec des pleurs et des lamentations. La nouvelle se répandit, et les habitants de La Soie commencèrent à affluer autour du presbytère. Donatien sortit sur la galerie et offrit de réciter une prière en attendant. Virgule circulait parmi les gens, surpris de ce rassemblement et Donatien demanda à un enfant de chœur de l'attacher.

Il photographia le père sur son lit de mort. Il avait apporté son aube et son étole, et avait aidé Létitia à l'en revêtir. Ils installèrent sa dépouille dans le chœur de l'église pour l'exposer à la dévotion de la population. Donatien téléphona à l'évêché et écrivit une lettre au frère du père Bachelier et à ses neveux pour les prévenir qu'il s'était éteint saintement après avoir reçu les derniers sacrements.

Les funérailles furent célébrées par Mgr Moris en présence des curés de Vieille-Case, La Plaine, Saint-Sauveur. Il plut à la fin de la cérémonie lorsque la cloche annonça la sortie du corps. La foule resta stoïque sous la pluie comme elle l'avait été sous le soleil. Monseigneur proposa d'attendre la fin de l'averse en récitant quelques dizaines de chapelets. Le père fut enfin conduit à la dernière demeure qu'il avait souhaitée : un trou dans la terre rouge de La Soie, à droite de la grande croix de gommier érigée par ses soins au milieu du cimetière. Le soleil surgit lorsque l'évêque bénit le cercueil au-dessus de la fosse, et les paroissiens défilèrent pour un dernier au revoir jusqu'au début de l'après-midi. Les fossoyeurs descendirent alors le père Bachelier dans la terre.

L'évêque et les amis de Vieille-Case et de La Plaine partirent. Le père Lardière, de Saint-Sauveur, offrit de passer l'après-midi avec Donatien.

— Si tu veux, nous allons nous promener dans la forêt.

Il prit son Darne en bandoulière, un deux-coups juxtaposés de chez Audureau, l'armurier de La Roche, qui le suivait dans tous ses déplacements. Il se plaignit de la mauvaise qualité de la poudre rapportée de Roseau. Il faisait ses cartouches. Donatien détacha Virgule qui frétilla de les accompagner. Il s'arma de son bâton et de son Kodak.

Le soleil grésillait sur les hautes herbes. L'après-midi bourdonnait de moustiques, de guêpes et de taons. La lumière se pulvérisait sur la mer au pied de la montagne. Ils entrèrent sous la voûte des arbres à lait dans l'odeur de l'humus, le cœur morose, les airs funèbres à la mémoire. Le sentier tournait parmi les somptuosités des fougères, des daturas blancs et des héliconias ourlés de jaune. Le père Lardière, coiffé du casque, armé de sa machette ressemblait à un vieux gradé de la coloniale. Il regardait Donatien les sourcils broussailleux froncés, claquait de la langue pour encourager Virgule à chasser.

Donatien aurait aimé découvrir ces perroquets rares dont lui avait parlé le pasteur méthodiste, présent à la sépulture. Mais les oiseaux demeuraient invisibles, sauf les colibris froufroutant devant les fleurs. Ils entendirent un chant très pur, semblable au frottement d'un doigt sur le cristal. Un autre lui répondit sur l'autre versant du morne.

— Qui est-ce ? chuchota Donatien.

— Le siffleur de montagne, répondit le père Lardière.

Il tira aussitôt, et les piliers de verre de la forêt se brisèrent. Le père Lardière commanda à Virgule :

— Apporte ! Apporte !

Virgule agita la queue et revint avec une tourterelle dans la gueule.

— J'avais peur que ce soit le siffleur ! s'écria Donatien, rassuré.

Il tira deux autres fois, et deux autres tourterelles tombèrent. Ils descendirent à la rivière dans la ravine, y remplirent leurs chapeaux et s'inondèrent la tête et les épaules. Le père Lardière tira parmi les pierres du bord de l'eau, et ramassa comme un gros lézard vert, un jeune iguane qui pouvait peser trois livres.

— Des jeunes comme celui-ci sont savoureux, dit-il.

Il coupa un bâton, y suspendit l'iguane et le donna à Donatien. Létitia accepta de préparer leur chasse. La Soie n'avait pas encore retrouvé sa quiétude. Les souvenirs des événements de la journée continuaient de circuler dans la nuit, et on aurait dit que le village s'efforçait à la discrétion pour ne pas troubler le dernier sommeil du prêtre. Même les grenouilles semblaient s'être donné le mot pour mettre leur concert en sourdine.

— J'ai à chaque instant l'impression que je vais entendre son bâton contre le plancher, dit Donatien, et que sa voix va suivre...

Le chant du criquet s'éleva, très proche, sous la galerie, et, malgré lui, Donatien en fut rassuré.

— Dieu sait si le père Bachelier était insupportable. Je suis sûr qu'il faisait tout ce qu'il pouvait pour m'embêter. J'ai pourtant l'impression qu'il va me manquer.

— C'est normal, tu vas te retrouver tout seul. C'est pourquoi je suis resté te tenir compagnie, ce soir. Tu n'entreprenais rien sans en référer à lui.

— Dites plutôt sans m'opposer à lui.

— Vous étiez comme ces pères et ces fils de métairies qui n'arrivent pas à s'entendre. Le vieux avait ses méthodes qui avaient fait leurs preuves et ne voyait pas pourquoi les changer.

Le père Lardière avait un peu forci depuis leur dernière rencontre. Ses flancs débordaient du tabouret et, comme il s'agitait, Donatien s'inquiétait à cause de la fragilité de son mobilier.

— N'oublie pas, mon petit Jacob, ajouta le père avec un clin d'œil, que le père Bachelier et moi sommes venus ici avec un mode d'emploi du monde. Nous apportions à ces sauvages les recettes de l'Occident civilisé.

Il leva les mains.

— Tu vas me dire que nous n'avons pas été très futés. Nous aurions pu nous apercevoir que nos recettes étaient périmées après la guerre de 14. Nous avons cru qu'il s'agissait d'un accident et nous avons poursuivi notre mission. J'ai marché dans le système, et je te prie de croire que je me suis donné du mal. 1939 a été pour moi la révélation que, malgré l'amour de Dieu, la bêtise humaine est incommensurable. Et ça a tout remis en question...

— Vous n'êtes pas désabusé comme l'était le père Bachelier...

— Il était de la vieille génération des missionnaires d'avant 1914. Il était persuadé que le plus urgent était de sauver les nègres de l'enfer, à tout prix. Les deux guerres m'ont appris que la sauvagerie est une vertu bien partagée, et que nous n'avons pas de quoi être fiers.

— Ça n'a pas dû être facile...

Le père leva les sourcils et, allongeant la bouche :

— Je n'étais pas tout seul. Nous nous retrouvions pour les retraites, comme celle que tu as connue l'autre jour. Les vieux, bien sûr, ne nous suivaient pas, et je reconnais que, d'une certaine façon, nous les désespérions. L'un d'entre nous a dit, c'était peut-être moi : « Pourquoi les empêcherions-nous d'adorer la Lune et le Soleil ? Quand ils leur adressent leurs prières, elles vont à Celui qui les a créés ! »

— Vous remettiez la mission en question.

— Nous la remettions à sa place. Les apôtres n'ont pas baptisé à tour de bras, en brandissant la croix et menaçant des flammes de l'enfer. Ils parlaient de l'amour de Dieu. Parce que, tu le sais, les Dominiquais ne sont pas des anges, ils sont comme nous, menteurs, tricheurs, voleurs, ils ont besoin d'entendre le message de l'Évangile !

— Vous prêchez un converti, père ! commenta Donatien en souriant.

Le père soupira.

— Si nous redevenions sérieux..., dit-il gravement.

De la tête, il désigna les trois tourterelles rôties que Létitia avait déposées sur un lit de christophines. Carita apporta ensuite le plat d'iguane que Donatien examina avec méfiance.

— Elle est jolie cette petite « veurnize » (cette fouineuse), chuchota le père.

Donatien goûta d'abord une bouchée de la grosseur d'un cube. La chair délicate de l'iguane le surprit. La viande blanche avait la saveur du veau de lait. Il en reprit et demanda à Létitia de lui garder les restes pour le lendemain.

Le père transporta le matelas de fortune réservé aux visiteurs sur le sol de la cuisine. Une pudeur le retenait de s'étendre dans la chambre du père Bachelier.

— Le missionnaire, récita-t-il, se déplacera sans sac, ni bâton, ni provisions, sans savoir où, le soir, il appuiera sa tête...

Son ronflement de sommeil du juste s'éleva après ces derniers mots avec des raclements de bûcheron. Il ronfla ainsi toute la nuit, jusqu'aux premiers clignements de la lumière, et se redressa aussitôt, très actif. Il célébra sa messe, se recueillit avec Donatien sur la tombe du père Bachelier et s'en alla juché sur son grand coursier, la crosse du fusil de chasse dépassant de son étui à l'arrière de la selle.

— Ne tarde pas à venir me voir !

12

Donatien embaucha Doudou José pour dresser une palissade de pieds de fougères arborescentes autour de son jardin. Les animaux en liberté y commettaient des ravages. Cécé et Coquille y étaient venus traîner leurs sabots. Les pieds de fougères débités formaient une barrière suffisante, et Donatien en profita pour lancer la construction d'un poulailler.

— Tu verras, Doudou, si mes poules donneront de beaux œufs ! Tu viendras les soigner quand je serai absent.

Doudou découvrait ses gencives roses marbrées de noir en riant. Donatien, seul le soir, dans sa case-presbytère, prit le bâton du père Bachelier à la tête de son châlit et en martela le plancher. Il tendit l'oreille, comme si les grognements bougons du défunt missionnaire pouvaient lui répondre. Il se sentait orphelin. Il connaissait sa faiblesse. Il sortit sur la galerie. Des éclairs de chaleur striaient le noir sur la mer. Il s'adressa au grand vent qui passait au-dessus de sa tête et lui demanda d'aller porter à son père, à sa mère, à toute La Trézanne, ses plus affectueux baisers. L'image de Carita s'imposa.

— Je ne suis pas fait pour le désert ! dit-il à voix haute.

Il rentra dans sa chambre, prit sa serviette et descendit vers la ravine se laver de ses fatigues du corps et de l'âme.

Il poursuivit ses travaux de clôture les jours suivants. Il reprochait aux paysans de garder leurs bœufs au piquet.

— Vos animaux font pitié. Pourquoi ne les mettez-vous pas dans un enclos ? Ils seront plus heureux. Les vaches donneront plus de lait.

Il se rappelait les leçons des frères à l'école d'agriculture. Les terres du presbytère étaient assez vastes pour y installer une petite ferme modèle. Il embaucha trois ou quatre garnements qui tournaient autour de son chantier au lieu d'être à l'école. Et puis des adultes arrivèrent. Il avait à l'esprit le beau gazon anglais des McCourt.

— Nous allons faire de l'herbe pour nos vaches !

Les paroissiens de Donatien prenaient cette initiative comme un jeu, et il se demandait s'il ne gaspillait pas inutilement ses forces. « Ils veulent me faire plaisir. Lorsque je tournerai le dos, ils retourneront à leurs vieilles habitudes. À quoi bon se fatiguer à organiser et à défricher, puisque tout pousse ici ? Mais je suis venu pour donner l'exemple. Planter et semer c'est aussi évangéliser. Ils auront davantage de lait pour leurs enfants. Ils mangeront de la meilleure viande. »

Il avait décidé d'acheter deux vaches pour commencer. Mgr Moris lui avait attribué un budget pour installer plus confortablement son presbytère, lors de l'enterrement. Donatien avait choisi de consacrer cette somme à la ferme de La Soie, plutôt qu'à des bagatelles personnelles.

Un groupe électrogène arriva tout de même quinze jours plus tard, livré par mer. Monseigneur l'avait promis. Donatien passa un fil dans l'église, un autre dans le presbytère. Il invita les enfants de chœur à se rassembler pour tourner avec lui le bouton de la lumière. Un jour, dans une autre vie, alors qu'il était petit garçon, il avait connu cet honneur d'apporter la lumière à La Trézanne. Les négrillons se bousculèrent autour de Donatien, les yeux ronds comme des daurades, se querellèrent en s'accusant de se voler la place. Il choisit le plus petit à la tête en olive et le souleva dans ses bras pour l'élever jusqu'au bouton.

Mgr Moris lui avait suggéré d'acheter un réfrigérateur. Donatien écrivit à La Trézanne et donna le détail de ses nouvelles acquisitions :

Je suis désormais propriétaire de deux chevaux, Coquille et Cécé, d'un chien, Virgule, de dix poules et d'un coq qui annonce le lever du soleil à quatre heures tous les matins, de deux vaches, Quadrille et Mignonne, de cinq belles planches de jardin où poussent des salades, des carottes, des haricots verts. Ma récolte de giraumons laisserait papa rêveur. Tout cela sans arroser. J'ai engagé Doudou José comme ouvrier agricole. Il n'est pas doué pour le travail. Il m'obéit avec empressement quand je le commande, mais il oublie très vite, dès que j'ai le dos tourné. Il a même oublié de fermer la barrière de l'enclos, et nous avons dû courir le morne pour retrouver les vaches. Si vous pouviez m'envoyer quelques plants de vos bonnes pommes de terre de La Trézanne, je les planterais à Noël, cela me changerait des patates douces. J'ai maintenant la lumière électrique, grâce au groupe électrogène de monseigneur. C'est un premier pas dans l'aménagement de l'église auquel je pense. Je m'offrirai le réfrigérateur lorsque je serai de nouveau en fonds, si je ne suis pas obligé de consacrer mon argent à des besoins plus urgents. À ce sujet, j'ai fini de célébrer les messes commandées par le curé Gallot. Si vous pouviez provoquer un nouveau mouvement de générosité en ma faveur et celle de la mission de La Soie, il serait le bienvenu. Mon stock d'images s'épuise. Les enfants, et même les adultes, à l'occasion des baptêmes et des communions en sont très friands. Puis-je vous demander de m'en envoyer ? M. le curé a-t-il reçu mes timbres de la Dominique et des Antilles anglaises et françaises ? Il me semble que c'est un bon outil pour sensibiliser les enfants de France à l'œuvre missionnaire.

Priez pour que les entreprises de votre petit missionnaire soient bénies. Demandez à Dieu de lui accorder la force et le courage sur son territoire où quelquefois il s'égare...

Le facteur apporta le télégramme d'Alexina à l'église Sainte-Marie des Caraïbes, le 20 décembre 1946. Donatien confessait, et le facteur, qui faisait aussi office de sacristain, se permit de frapper à la porte du confessionnal pour lui remettre le papier bleu.

— Je crois que c'est important, mon père.

Il faisait trop noir dans le confessionnal pour lire. La file d'attente était longue. Mais ce papier brûlait les doigts de Donatien. Il sortit du confessionnal, fléchit le genou devant l'autel, ouvrit la porte latérale. Il pleuvait. La pluie battait les tôles du toit à grosses gouttes. L'eau ruisselait devant la porte. Donatien décacheta le pli déjà mouillé et lut : *Père décédé. Lettre suit. Union de prières. Alexina.*

Il relut, hébété, le message que la pluie mouillait davantage. Son esprit refusait de traduire. Son regard se perdit dans les rideaux mouvants de l'averse. Les gouttes levaient des bulles dans le ruisseau crémeux devant l'église. Il soupira, secoua la tête, vérifia les cachets, et les mots s'imprimèrent en lui en lettres de feu. Cela semblait tellement invraisemblable. Il se retourna vers les Caraïbes agenouillés qui commençaient à chuchoter. Il revint à grands pas vers son confessionnal et s'y engouffra, tira la raquette, et s'efforça d'être attentif au chuchotis derrière la grille. Mais tandis que la voix se confiait en créole, il se disait :

« Ce n'est pas possible ! Qu'est-ce qui s'est passé ? C'est vrai que je suis parti depuis plus d'un an, et qu'ils ont pu me cacher des choses. » Il tâta dans la poche de sa soutane, eut envie d'en ressortir le message pour vérifier l'heure et la date. Il était bientôt midi à Sainte-Marie des Caraïbes, six heures du soir à La Trézanne. Il aurait voulu être là-bas.

Il imaginait la maison aux volets clos, les visiteurs gravissant le perron pour la visite mortuaire. Il secoua la tête, les boucles s'agitèrent sur son front. « Sois attentif à tes fidèles ! pensa-t-il. Accomplis ton devoir. Ce sera ta manière d'être proche de ta famille... » Il lui sembla que ces pensées lui étaient soufflées par son père, et jamais Caraïbes ne furent écoutés avec autant d'attention et de sincérité.

Il resta dans cette disposition durant les jours de préparation de Noël. Il annonça à ses paroissiens que les trois messes de Noël seraient célébrées pour le repos de l'âme de son père, et les engagea à s'associer à ses prières. Les pétards éclatèrent. Les tambours et les cymbales rivalisèrent.

Donatien avait rangé le télégramme de sa sœur sous le pied du crucifix de sa table dans sa chambre de La Soie, et avait prétexté la multitude des tâches pour l'oublier, détournant les yeux lorsqu'ils heurtaient le papier bleu. Mais après la messe de minuit, dans la lassitude de la fête, seul dans son presbytère éclairé par la lumière jaune de l'ampoule électrique, il souleva le pied du crucifix.

Et la douleur du premier jour le pénétra comme une pierre s'enfonce dans la vase d'un marécage.

Il s'effondra. La tête sur sa table, il se laissa aller aux larmes, à bruyants sanglots comme un enfant. Il laissa remonter le flot des souvenirs, les paroles de son père, son sourire, sa manière de se soulager du poids de sa prothèse tirant sur son épaule. Donatien ne se souvenait pas de l'avoir vu malade, sauf pendant les fameuses nuits de guerre où il avait souffert du syndrome de l'absent. Il n'avait pas envisagé la vie sans son père. Et pourtant, devant le lit de mort du père Bachelier, cette pensée l'avait effleuré.

Il se releva, s'essuya les yeux, sortit sur la galerie. Virgule dormait en boule sur le seuil de la porte. La lune était collée comme une tête au sommet du morne. La nuit était chaude. Il se laissa aller contre la cloison, s'assit sur le plancher. « Je n'aurais peut-être pas dû partir. Est-ce que je n'ai pas été égoïste ? » Il revoyait son père au volant de la Ford, le jour de son départ. Un nuage passa devant la lune et la dissimula. Il chercha la silhouette de la petite croix de fer du toit de son église, ne la vit pas. Il sentit sa foi vaciller. En vérité, depuis la mort du père Bachelier, il était la proie du doute. Il le repoussa de toute sa force, appela le ciel à son secours.

Le nuage qui cachait la lune s'éloigna. Sa lumière ruissela sur le morne et éclaira la croix. Virgule s'approcha, posa la truffe contre les souliers de son maître. Donatien laissa glisser sa main sur les flancs chauds et la tête. Le chien leva le museau et lui lécha les doigts.

La lettre d'Élise, sa mère, arriva le 2 janvier 1947.

Mon petit,

Voilà, ton père est parti, nous rentrons de conduire son corps au cimetière. Je t'écris tout de suite, parce que j'imagine ton impatience, si tu as bien reçu notre télégramme. Et je suis encore dans l'excitation de toutes les tâches à accomplir. J'ai peur, après, les nerfs retombés, de manquer de forces.

Nous l'avons accompagné aux Moutiers-sur-Vie. Il avait manifesté le désir, il y a quelque temps comme par un pressentiment, d'être enterré là-bas. Il avait pourtant acheté pour nous une concession à La Genétouze. Nous l'avons déposé, selon sa volonté, dans la terre de son grand-père et de son arrière-grand-mère Athanaïse, près de la grande croix hosannière du cimetière des Moutiers. J'irai l'y rejoindre, bien sûr, lorsque mon heure sera venue.

Nous sommes tous partis en cortège, de l'église de La Genétouze au cimetière des Moutiers, les uns en auto, les autres en voiture à cheval. Il faisait un froid noir. Du grésil tombait. Derrière le corbillard du père Menanteau, conduisant son cheval par le licol, sur sept kilomètres, j'ai eu l'impression de revivre l'enterrement du comte accompagné de son attelage. J'imagine que, là-haut, Augustin devait sourire, lui qui se considérait toujours comme le petit valet des Fontenelles. Car la foule se pressait à son enterrement. Toute La Genétouze était là. Il y avait aussi beaucoup de monde des Moutiers, et des gens venus de La Roche et d'ailleurs. Le curé Gallot a célébré la messe. Le comte des Fontenelles et sa femme se tenaient dans les tout premiers rangs. Les rancunes des batailles électorales semblaient oubliées, et c'est tant mieux. Alain Bernard a prononcé des paroles justes dans son éloge au cimetière. Il a rappelé, malgré la présence du drapeau des anciens combattants, que ton père avait refusé la croix de guerre. Pour reprendre la formule habituelle, ton père a eu un bel enterrement.

Il est mort tout d'un coup, sans prévenir – en écrivant ces mots, j'ai encore l'impression que ce n'est pas vrai, je vais me réveiller, et tout va recommencer comme avant... Il allait bien. C'était le soir. Alexina et Marcellin étaient montés se coucher. Je reprisais les poches de ses pantalons qui ne résistent jamais tellement il les remplit. Il lisait le journal, les lunettes sur le nez. Il me commentait l'actualité comme à l'habitude. Il venait de me parler de l'affaire des kermesses et du refus de payer l'impôt pour la défense des écoles qui le passionnait. Je ne l'ai plus entendu. Il me tournait le dos, assis dans son fauteuil au bout de la table. Je lui ai dit :

— Augustin, qu'as-tu ?

Il ne m'a pas répondu. Je me suis rappelé que je l'avais entendu soupirer. Je me suis levée.

— Augustin !

Sa prothèse, bloquée au bord de la table, le maintenait. Je l'ai secoué. J'ai crié. Il était mort. Alexina et Marcellin sont descendus. Le médecin est venu. C'est une hémorragie cérébrale qui l'a emporté.

Ainsi s'achève, Donatien, l'histoire de l'orphelin de Mortevieille, valet des Fontenelles, infirme de guerre, propriétaire de La Trézanne, maire de La Genétouze. Il est juste qu'il soit parti sur un éclat. Il n'avait pas ménagé ses efforts. C'est pourquoi j'étais sans cesse aux aguets. Tu me le reprochais quelquefois.

En novembre 1916, dans son hôpital pour convalescents de Biarritz, il était en si mauvais état que j'ai bien cru qu'il ne reviendrait jamais à la vie. C'est ma fierté et, je peux l'avouer à mon fils, mon orgueil d'avoir contribué à le ramener du bon côté des choses. Il a toujours voulu aller de l'avant. Il espérait voir le jour où, grâce aux nouvelles techniques, plus personne n'aurait faim dans ce pays. Tu te souviens de son enthousiasme pour le cinéma à La Genétouze ? Je suis sûre que notre mariage lui plaisait parce que c'était une manière de faire bouger les choses. Lui, le descendant d'une héroïne des guerres de Vendée, il épousait une institutrice laïque, petite-fille du républicain Tireau.

Mais nous nous sommes aimés, Donatien. Ce que je veux te dire, c'est que j'ai été aussi heu-

reuse que peut l'être une femme sur la terre. Je l'avais deviné dans la lumière de ses yeux lorsque nous jouions ensemble sous le mirabellier du verger. Tout ce que je voulais, je l'ai eu, grâce à lui. Cela n'a pas toujours été facile. Nous avons connu la souffrance. Nous nous sommes crus poursuivis par la malchance lorsque nous avons appris que tu ne marcherais pas normalement. Et puis tu es devenu ce que tu es.

Tu lui as manqué tous les jours. Il aurait aimé continuer avec toi le travail à La Trézanne. Il imaginait déjà de racheter le château du Deffend. Je peux t'affirmer que la meilleure partie de lui-même était fière de ton départ. Tu poursuivais dans la lignée.

Ton absence est cruelle en ces jours de souffrance. Ta sœur et moi aurions besoin de toi. J'ai beau lui affirmer, et en être convaincue, que nous ne mourrons pas, elle secoue la tête. Je voudrais que tu lui répètes que tous nos rêves nous survivent. Je crois qu'Augustin est là, au milieu de nous, autrement. C'est ce que disait l'Évangile lu par le curé Gallot à la messe : « Pourquoi cherchez-vous parmi les morts celui qui est vivant ? » Je pleure le plus vivant des morts. Je commence d'écrire sa légende. Je ne sais pas comment je vais pouvoir vivre sans lui. Tu deviens l'homme de la famille, Donatien. Alexina et Marcellin ont été remarquables. Je m'arrête. Écris vite.

Ta maman te serre dans ses bras.

Donatien eut les larmes aux yeux dès les premiers mots de sa mère. Il s'efforça de rester maître de lui, s'essuya, et curieusement les paroles de sa mère le réconfortèrent. Il décida de lui répondre tout de suite, sortit son papier, sa bouteille d'encre. Sa main tremblait. Il dut se lever deux fois et courir jusqu'à l'église se jeter au pied de l'autel pour avoir la force de reprendre sa plume.

La seconde fois, il rencontra Mani, la négresse vieux-corps, à la peau craquelée et grise de vieillesse. La pauvresse survivait dans une case bancale grâce aux dons des voisins et du presbytère. Elle serra le poignet de Donatien entre ses doigts rudes comme des pinces.

— Pa pléré. Pran kouraj !

Elle entra dans l'église où Donatien s'agenouilla devant la statue de la Vierge. Elle était chargée d'un bouquet de lis et de tubéreuses qu'elle disposa dans un vase vide.

— Sé flé-a ba papa'w. (Ces fleurs pour ton père.)

La compassion de Mani l'aida.

Le père Barré arriva à La Soie la semaine suivante, dans la voiture de Hugo. Informé du décès du père de Donatien, il avait quitté Soufrière pour venir lui prêter main-forte.

— Je ne suis bon qu'à donner des coups de main, dit-il. J'ai seulement aperçu ton père chez toi et à la gare, mais je l'aimais bien.

Le père Barré avait vieilli depuis leur traversée.

Il avait maigri et perdu des cheveux. Donatien se demanda s'il avait changé à ce point, lui aussi, en un peu plus d'un an de Dominique. Il s'examina dans le petit miroir rectangulaire qui lui servait pour sa toilette. Il passa les doigts dans ses cheveux, un peu longs, coupés lors de son dernier voyage à Roseau. Il ne distingua rien qui le surprît.

Le père Barré souffrait toujours de crises de fièvre malgré les traitements et la quinine. Des souffrances dans la tête le clouèrent au lit une journée et lui interdirent d'ouvrir les yeux. Il n'en demeura pas moins un agréable compagnon et soulagea Donatien des tâches administratives. C'était, en effet, le missionnaire qui tenait le registre des naissances, mariages et enterrements. Tous les matins, quand Donatien était au presbytère, des gens venaient pour des papiers ou des certificats qui n'avaient souvent rien à voir avec l'administration religieuse. Ils étaient accompagnés de leurs enfants, parce qu'ils ne savaient pas lire. Donatien s'était initié aux méandres de l'administration anglaise. Quand il n'était pas capable de répondre, il téléphonait à un confrère.

Il s'efforça de donner le change au père Barré en débordant d'activité. Il alla célébrer à Sainte-Marie des Caraïbes et revint aussitôt pour retrouver son vieux compagnon. Une vache de son clos lui donna un petit veau vigoureux et bien charpenté.

— Il n'y a pas de raison qu'on n'arrive pas à améliorer la race, dit-il. Si je suis passé par l'école d'agriculture, c'est pour leur apprendre cela aussi.

Il avait maintenant une douzaine de lapins dans

des clapiers. Il avait commandé du Crésyl à Roseau et demandait à Doudou José d'en imprégner des guenilles et de les suspendre devant chaque cage pour chasser les mouches et les moustiques. Doudou trouvait du courage dans ses nouvelles attributions. Il surveilla la vache dans les douleurs avec une attention fiévreuse et envoya chercher Donatien à l'ultime moment. Il ne buvait plus punch sur punch, pour célébrer les fins de semaine. Hugo, son père, s'en était aperçu et en était reconnaissant à Donatien. Les préoccupations métaphysiques n'étaient pas le fort du voiturier, mais par amitié pour lui, il revint à l'église. Le père Barré constata le dynamisme de son jeune confrère et vit à quel point les gens lui étaient attachés.

— Ils sont déçus de me trouver. Ils préféreraient avoir affaire à toi. Ils ne tiennent pas compte de mon expérience et de ma barbe blanche. C'est toi qui as leur confiance.

Donatien se sentait pourtant démuni, dépouillé même. Il pensait chaque jour à La Trézanne, à sa mère cherchant les traces du défunt dans la maison. Pour la première fois depuis son arrivée à La Soie, il avait le désir de retourner en France. Un matin, il marcha jusqu'au flamboyant, à côté de l'église. De là on découvrait le soleil surgissant de la mer. Il sursauta aux premières gouttes de pluie sur le feuillage : il était venu là sans s'en rendre compte, comme un somnambule, après sa messe. Le rideau de la pluie plus serrée flottait devant ses yeux mais, par-delà, la boule jaune du soleil continuait de brûler sur la mer en feu.

Le père Barré lui parla dans le dos. Les cheveux, les sourcils, la barbe, la soutane du vieux missionnaire qui le cherchait étaient trempés.

— Tu as le mal du pays ! fit-il. C'est normal, après un an de séjour sur les îles. On est tous passés par là. On n'est pas des purs esprits. N'empêche, quand ça ne va pas, pense au bon Dieu. Allez, on le récite ce Notre-Père ?

Ils clamèrent le Notre-Père par-dessus le tambourinement de la pluie sur le flamboyant et les râles de l'Océan soulevé par le vent.

— Viens, maintenant, ajouta le père Barré, Létitia s'impatiente. Elle nous attend pour le petit déjeuner.

Le père partit quelques jours plus tard sous la même pluie battante. Donatien lui conseillait d'attendre un jour de plus. On était à la saison sèche. Le mauvais temps n'allait pas durer. Le père Barré secoua la tête sous son parapluie dégoulinant.

— Tu finirais par croire que je veux m'incruster. Et tu aurais raison. Il faut se méfier de ces vieux qui arrivent avec leurs fièvres et leurs misères. Un jour on s'aperçoit qu'ils se sont installés, et on ne peut plus les déloger. Allez, que Dieu te bénisse !

Il fit signe à Hugo de démarrer. Il replia son parapluie inutile, secoué par le vent, et s'enfonça sous l'étroite capote cirée de la voiture.

Des démangeaisons à un pied intriguèrent Donatien, une semaine plus tard. Il l'examina le soir, à la lumière, et découvrit une rougeur marbrée sous la plante près du gros orteil. Le lendemain matin, il souffrit à mettre son soulier. Létitia le vit boiter plus bas.

— Qu'est-ce qui vous arrive ? lança-t-elle, ses épais sourcils soulevés.

— Ce n'est rien.

Il pensait qu'en marchant, le mal disparaîtrait.

— Faites-moi voir !

Elle parlait avec autorité, et puis le mal persistait. Elle appuya le pied de Donatien sur sa cuisse poteau, enfonça ses ongles dans la chair, comme si elle y cherchait des poux, poussa un cri.

— Vous avez des chiques ! Ouh, ça grouille ! Qu'est-ce qu'on fait, on appelle le docteur ?

Donatien n'avait pas envie de faire venir le Dr Smith.

— Carita peut vous les enlever avec une aiguille.

Elle appela sa fille. Carita s'assit sur ses talons et commença de travailler avec son aiguille. La chaleur était étouffante. Des moucherons et des moustiques vrombissaient aux oreilles de Donatien. La sueur mouillait ses tempes et ses joues. Létitia commentait, bavarde :

— Elle enlève la femelle au ventre gros comme un petit pois. Elle enlève les œufs. Les chiques sont lasses de la viande nègre, elles recherchent la viande blanche !

Elle racontait avec gourmandise, Carita se taisait. Donatien ferma les yeux. Létitia continuait :

— Aujourd'hui vous n'allez pas pouvoir marcher. Il faut garder la plaie bien propre pour ne pas l'envenimer.

Elle lui prépara un bain de pied d'arnica, lui donna à boire un bouillon de feuilles de carouge. Carita revint, le soir, pour les soins.

Donatien resta allongé, le lendemain, incapable de marcher. Il souffrait d'élancements dans toute la jambe et bouillait d'impatience d'être cloué à son grabat. Il prit sa croix de missionnaire et s'adressa à elle, les mains serrées sur le bronze, blanchies par la tension :

— Seigneur, je Vous en prie, remettez-moi vite sur pied ! Je m'épuise à courir ce pays pour Vous. N'ajoutez pas une écharde de plus au pauvre Jacob ! Mais que Votre volonté soit faite !

Le soir, son infirmière au teint doré revint avec son arnica. Ses doigts frais sur son pied brûlant lui firent du bien. Il contempla ses boucles brunes et ses épaules dans sa robe de taffetas.

— Tu as mis des bigoudis ? Tu frises maintenant ?

Elle sourit.

— Vous l'avez remarqué, mon père ?

Et comme Donatien grimaçait au contact du coton sur la plaie, elle serra le pied entre ses mains douces.

— Il ne faut pas souffrir, mon père !

Elle effleura la cheville. Des mouchetures d'or enflammèrent ses yeux.

V

POUR CHAQUE PIERRE, UNE GRÂCE

13

Le pied de Donatien désenfla lentement. Il célébra la messe pieds nus. Carita vint le soigner chaque soir durant trois semaines. On était au commencement de la période la plus chaude de l'année, en mars. Les pierres, elles-mêmes, paraissaient suer. La plaie nécessitait une surveillance de tous les instants. Donatien appréciait les soins de Carita, et il les attendait. Mais il lui dit en s'épongeant la sueur sur le visage, à la fin de la troisième semaine :

— Je n'aurai plus besoin de soins, maintenant. Mon pied est guéri.

Elle revint le lendemain, et le surlendemain. Et puis elle ne vint plus. Elle lui manqua. Il demanda à Létitia, un après-midi :

— Je prendrais bien une tisane de carouges, ce soir.

Il guetta des pas de chat dans l'escalier. Ce furent les jambes poteaux de Létitia qui firent craquer les marches. Il dormit mal. Il sella Cécé, et partit chez les McCourt le lendemain. En allant chez eux, il essayait de retrouver la chaleur humaine d'une famille.

La mulâtresse le conduisit auprès de Margaret. Ils s'assirent devant les tables de marbre noir incrustées de laiton du salon. Elle tenait sur ses genoux le petit Andrew qui poussait sur ses jambes pour se balancer. Donatien respirait près d'elle le parfum de lait de sa chambre d'accouchée. Et cette odeur favorisait les confidences. Elle l'appela :

— Mon ami.

Sa main quitta son bébé pour se perdre dans ses cheveux autour de l'oreille ornée d'un jonc d'or. Ils se regardèrent, et les prunelles de Margaret l'encouragèrent à se livrer. Il faillit se confier. Il chercha ses mots et il l'interrogea sur les études des enfants à Boston. Elle battit des paupières et sembla déroutée. Il comprit à son regard qu'elle lui adressait un reproche.

— Est-ce cela qui vous intéresse ? lui demanda-t-elle. Je croyais que vous vouliez me parler d'autre chose...

Il balbutia, le moment était passé. Il parla de ses paroissiens, de ses précautions pour éviter les blessures par où entraient les chiques. Il repartit au galop, furieux contre lui-même de ne pas avoir eu le courage de livrer les troubles de son cœur. Il rejoignit La Soie et il poussa Cécé plus loin. Virgule adorait ces folles chevauchées et les accompagnait avec des aboiements joyeux. Ils galopèrent jusqu'au sommet du morne. D'en haut, ils découvrirent le village dans son océan de verdure. Cécé, moussant de sueur, crachait de longs filaments de bave. Donatien flatta sa robe moite, les nerfs retombés. Ils tournèrent bride et redescendirent au pas. Donatien demanda pardon, pour ses faiblesses et ses emportements. Il rendit grâce :

— Merci, mon Dieu, pour la paix retrouvée. Délivrez-moi de mon péché.

Les exercices de la seconde moitié du carême accaparèrent ses pensées. Les mercredis étaient consacrés à la prière, chapelet, sermon, bénédiction, les vendredis au chemin de croix. Mgr Moris vint pour la confirmation, la semaine avant la semaine sainte, le lundi à La Soie, le mercredi à Sainte-Marie des Caraïbes. Les jeudi, vendredi et samedi suivants, Donatien prêcha la retraite des femmes, préparatoire à la communion du dimanche des Rameaux. Il en confessa et communia quatre cents. Et il recommença, les trois derniers jours de la semaine sainte, pour trois cents hommes qui communièrent le jour de Pâques. À cela il fallut ajouter les cérémonies obligatoires, l'adoration de la croix, la veillée pascale, le bon Dieu à porter aux malades dans la montagne.

Le soir de Pâques, il décida de se remettre un peu en s'occupant de sa ferme. Il avait vendu Coquille et acheté une nouvelle vache. Il voulait améliorer sa clôture, construire une étable. Mgr Moris l'encourageait. Donatien avait évoqué aussi le projet de bâtir une église de pierre à la place de l'église de bois. Et l'évêque l'avait félicité tandis qu'ils se promenaient à l'ombre du flamboyant. Il avait posé sa main à l'anneau d'améthyste sur le bras de Donatien, abandonnant la grandeur épiscopale pour retrouver la familiarité du premier jour avec son petit missionnaire.

— Je ne me suis pas trompé en vous nommant à La Soie. Allez-y ! Vous avez la jeunesse. Profitez-en pour vous lancer dans des entreprises. Avec l'aide de Dieu et des paroissiens vous y arriverez. Prévenez-moi quand vous serez prêt. Nous organiserons une collecte pour vous aider.

Donatien lui avait promis de téléphoner à Soufrière aux pères Dixneuf et Barré pour leur demander les plans de leur église dont il voulait s'inspirer. Ses vacances furent de courte durée. Le lundi de Pâques, en pleine chaleur, on vint le chercher pour visiter un malade à trois heures de cheval près de Sainte-Marie. Il administra le malade, dormit à Sainte-Marie et revint à La Soie le lendemain. Le mercredi, avant l'aube, on frappa à sa porte pour un blessé, à deux heures du côté de Vieille-Case. Il célébra rapidement sa messe, partit à cinq heures et rentra à midi.

Il descendit le sentier de Rivière-Ciric, le soir après le dîner. Des odeurs de friture d'acras traînaient dans les feuillages. Mais la plage était déserte sous la lune. Des noix de coco s'entassaient sous les cocotiers léchés par les vagues. La mer se brisait sur le sable avec un soupir calme. Donatien fut d'abord attiré par la mer. Il laissa ses vêtements sur une barque abandonnée, plongea dans l'eau tête baissée. Il aimait ces bains du soir qui le lavaient des fatigues de la journée. Il nageait mal, ayant appris à nager tout seul dans les eaux jaunes de l'étang de La Trézanne. Il enviait la facilité des négrillons qui s'ébattaient dans la mer au soleil comme des poissons.

« Je nage comme je marche », pensait-il.

Il se sentit cependant soulagé de la lourdeur de son corps. Ses forces se reconstituaient. La caresse du vent, au sortir de l'eau, lui fut agréable. C'était comme une renaissance. L'air de la nuit était à peine plus frais que l'eau. Sa peau se hérissa de chair de poule.

Il s'éloigna lentement de la mer en cherchant Virgule à travers l'ombre brillante de la lune. Il l'appela, remonta vers la ravine de la rivière pour se laver du sel dans l'eau douce. La rivière était plus froide que la mer, venue de l'ombre de la forêt dans la montagne. Virgule y pataugeait avec un grand raffut. Donatien s'approcha, et son cœur sauta. Il y avait quelqu'un avec Virgule. Un bras s'emparait du morceau de bois que le chien rapportait dans sa gueule.

— Va chercher !

Donatien frissonna. Il hésita à s'avancer. Il était nu au clair de lune. Il descendit dans le bassin. Le rire de Carita l'accueillit, tandis qu'elle reprenait le bâton rapporté par le chien.

— Virgule a des yeux qui voient dans le noir. L'eau est bonne !

Elle nageait, elle aussi, comme un poisson. Elle plongeait, reparaissait à la surface dans un cri, reprenant souffle. Elle roulait avec Virgule qui aboyait. Elle dit soudain :

— Je vais rentrer.

Elle nagea vers le bord, lança une dernière fois le bâton, se dressa ruisselante dans le lait de la lune, les reins cambrés, les hanches épanouies. Elle marcha jusqu'à ses vêtements, la peau cuivrée par la lumière, les cheveux brillants. Elle se rhabilla.

— Bonne nuit, mon père.

Donatien écouta le bruit de ses pieds nus sur le sentier. Et puis il n'entendit plus que les flûtes assourdissantes des grenouilles mêlées aux claquements de soie de la mer.

Carita ne lui avait pas demandé le journal depuis deux semaines. Elle avait paru prendre ses distances. Il avait pris de ses nouvelles auprès de sa mère. Létitia avait haussé les épaules.

— C'est une sauvage caraïbe, père ! Elle est ici, elle est ailleurs. Vous devriez m'aider à la dresser !

Il descendit à Rivière-Ciric, le cœur battant, le lendemain. Il s'était juré cent fois qu'il n'y retournerait pas, s'était agenouillé dans l'église. Lorsque le soleil disparut derrière le morne, il sentit ses résolutions fondre comme neige sous les Tropiques, et il se dirigea vers la mer.

Il attendit assis sur une barque, lança des morceaux de bois à Virgule, ne se baigna pas.

Il y retourna le surlendemain avec le même pincement au cœur, écouta la chanson des grenouilles, se trempa les pieds. Un vent nerveux et chaud s'était levé charriant du sable et des embruns. Il remonta vers son presbytère plus « Ti Pilon » que jamais. Il prit le canari d'eau dans la cuisine et s'y abreuva à longs traits. Il se coucha et, tandis que le vent se drossait contre les murs de planches, les faisant craquer comme une arche dans la tempête, il remercia le Ciel de l'avoir fait rentrer.

Il plut le lendemain. Une pluie tiède, serrée, tomba avec violence tout le jour. L'air humide enveloppa la vallée de La Soie dans une brume vaporeuse. Les sommets des mornes disparurent sous une nuée noire qui s'y accrocha. Le ciel bougeait autour. Les nuages se dissipaient avant de s'être formés, et la pluie tombait, droite, lourde, ruisselant comme du sang sur la terre rouge.

Donatien en profita pour rédiger son courrier. Il écrivit à Alexina qui se lamentait déjà de ne pas attendre d'enfant : *Ici on dit qu'un homme donne un ventre à une femme. La venue d'un enfant à La Trézanne comblerait sans doute un peu du vide causé par le départ de papa.* Il remercia le curé Gallot pour sa commande de messes et son nouveau mandat : *Une partie de cet argent ira à la construction de la nouvelle église Notre-Dame de La Soie. L'autre permettra au petit missionnaire qui vous écrit, la chemise trempée de sueur, de s'acheter, enfin, un réfrigérateur. Vous recevrez prochainement une caisse d'oranges que je mettrai au bateau avec des petits paniers et des chapeaux caraïbes. Vous les distribuerez aux familles demandeuses de messes.*

Carita, abritée sous un parapluie, longea le mur de l'église en fin d'après-midi. Elle attendit sous la galerie, le parapluie ouvert, le nez levé vers les nuages qui s'effilochaient dans la lumière du jour finissant.

— Je vous apporte des crabes de terre farcis que j'ai préparés moi-même, dit-elle, un petit nerf battant au bord de sa paupière. Mes sœurs les préfèrent à ceux de maman.

Il la remercia, et elle repartit comme elle était venue, en faisant tourner son parapluie.

Il mangea les crabes à la farce pimentée et poivrée, et but un petit verre de rhum. La nuit vint. La pluie tiède tombait toujours, régulière comme un déluge. La température n'avait pas baissé. L'instant d'avant, Donatien pensait : « Tant mieux s'il pleut. Ainsi tu n'iras pas traîner au bord de la mer. » Et tout d'un coup ce fut comme une urgence. Il s'empara fébrilement de son parapluie, s'élança à longues enjambées boiteuses sous la pluie. Son cœur cognait dans sa poitrine. Ses souliers glissèrent sur la boue.

Il prit en pleine face le souffle de l'Océan en colère. Les vagues grondaient en écrasant leurs rouleaux, et les galets claquaient des dents. Il chercha quelque chose dans la nuit noire, fouetté par le vent. Il avait refermé son parapluie qui s'était retourné à la sortie du chemin. Sa solitude sur la plage à cette heure le calma.

La pluie entrait par le col de sa soutane, ruisselait par ses manches. Il s'adossa au cocotier agité par le vent. Son tronc gémissait. Il le ceignit de ses bras et de ses mains derrière le dos. Il appela sa mère, sa sœur, le père Lardière. Il répéta, désespéré : « Je me suis trompé, je ne suis pas fait pour le désert ! » Il se rappela certaines confidences dans le secret du confessionnal, et les mots employés pour décrire l'esclavage charnel. Il leva la tête vers le ciel sans lumière, lui en voulut de son insensibilité à ses prières. Il cria vers son père. Une palme de cocotier lui tomba sur la tête. Il avait sous la main la douceur de l'écorce. Il pleura. Il ne savait pas sur quoi il pleurait. C'était comme si une blessure intérieure s'était mise à donner. Ses larmes se mélangeaient à la pluie.

Il entendit du bruit sur le côté. C'était comme une voix lointaine. Des paquets de mer s'écrasaient en grondant. Il écouta, aux aguets, s'essuya les yeux avec ses doigts. Son cœur bondit. C'était sa voix. Elle appelait :

— Vous êtes là, père ?

Il s'approcha, lui répondit dans le noir, trouva sa main.

— Je suis allée au presbytère. Vous n'y étiez pas.

Il referma ses bras sur elle. Elle aussi était mouillée. Ils remontèrent en se tenant pour ne pas glisser. Ils gravirent les marches du presbytère. Sa robe de coton lui collait sur le corps.

Quand il s'éveilla, le lendemain matin, il ne pleuvait plus. Carita n'était plus à côté de lui. La lumière jaune du matin entrait à flots par la jalousie. Donatien, sorti sur sa galerie, cligna des yeux, ébloui. Des buées glissaient dans l'air déjà chaud.

Les parois de planches de l'église, sèches en haut, redevenaient gris-blanc. Trois barques de pêcheurs glissaient sur la mer qui avait cessé de bondir. Létitia brassait les gamelles de la cuisine. Les avocats avaient grossi dans l'avocatier contre le mur du presbytère. La bordure de dahlias rouges éclatait de fleurs grosses comme deux poings.

Létitia descendit les marches avec la calebasse du chien, et il suivit du regard sa lourde démarche. Il pensa aux longues jambes de gazelle de sa fille. Il s'élança vers l'église. Il pria de toute la force de son âme. Comme un manguier donne des mangues, un tamarinier des tamarins, un prêtre donne des prières.

Quand il s'était imaginé ces choses avant, il se voyait écrasé par le poids de son péché. Or bizarrement aucun remords ne l'effleurait au souvenir de cette nuit de tempête. C'était comme cela, tout simplement. C'était plus fort que lui. Quand Carita s'était approchée de lui, il avait basculé dans un autre univers.

Pourtant il pleura lorsqu'il célébra sa messe.

— Laissez-la-moi, mon Dieu, supplia-t-il. Je Vous en fais le serment : je prierai pour deux, je travaillerai pour deux à Votre œuvre. Je suis parti loin parce que je ne voulais pas vivre la vie ordinaire. J'ai obtenu une île, la forêt, Votre mission à La Soie. Me pardonnerez-Vous Carita ? Je ne recommencerai plus.

Il fut appelé au sortir de sa messe par un Caraïbe épuisé qui avait marché toute la nuit pour venir le chercher.

— Père, père, venez, ma femme est malade !

Donatien connaissait la case bancale de cet homme sur une mauvaise terre pierreuse au-delà de Sainte-Marie des Caraïbes, près de Petit-Îlet. Il lui fallait quatre heures de cheval. Il avait projeté un autre voyage avec sa monture. La mer était sage. Il coiffa son chapeau et demanda à Létitia de lui trouver deux hommes et un canot. Létitia héla en direction de sa case à partir de la galerie du presbytère. Carita sortit. C'était la première fois que Donatien la voyait, ce matin-là, dans la robe de coton qu'elle portait la veille. Sa peau fine brillait au soleil comme de la soie. Elle sourit, la grâce sur le visage comme un éclat de cymbales, et s'en fut chercher deux pêcheurs qui arrivèrent aussitôt.

Donatien descendit avec eux et le Caraïbe jusqu'à la mer. Le canot était tout juste assez large pour les porter tous les quatre. Mais c'était pour une malade qui, peut-être, avait un compte à régler avec le bon Dieu. Sitôt en mer, avant de franchir la barre, Donatien commença de donner à manger aux poissons. La vue sur les côtes rocheuses était pourtant magnifique. Donatien avait assisté à une leçon de géographie de l'instituteur de La Soie : le maître avait posé une cuvette remplie d'eau sur la table autour de laquelle s'étaient rassemblés les enfants, il avait pris une feuille de papier, l'avait froissée entre ses mains et posée sur l'eau en disant :

— La Dominique, c'est ça !

Il avait raison. Les montagnes tombaient tout

droit dans la mer. Les petites criques se succédaient, à peine ensablées. Du bord de l'eau jusqu'au sommet des mornes, c'était un paradis d'arbres énormes, de fougères géantes, de fleurs, de fruits, de lianes, arrosé par autant de rivières que de jours dans l'année. Le soleil à partir de la mer soulignait chaque branche, découpait chaque feuille, et c'était un flamboiement de lumière fraîche. Donatien, accroupi dans le canot, apercevait toute cette splendeur, mais son cœur, son foie, son estomac continuaient de se soulever.

Ils croisèrent au large de l'église Sainte-Marie des Caraïbes et accostèrent après une heure et demie de mer. Donatien chancela, la tête chamboulée par le mal de mer. Le Caraïbe, qui, lui, avait bien mangé pendant la traversée, le soutint.

Sa femme était plongée dans un coma fiévreux que Donatien identifia. Elle souffrait de la « bilieuse », ainsi appelée par le Dr Smith. Elle avait uriné le porto. Ses reins étaient maintenant bloqués. Elle avait peut-être atteint le point de non-retour.

— Pourquoi n'avez-vous pas appelé le médecin ? demanda Donatien.

— Quel mèdsen ?

Il haussa les épaules. Elle s'était soignée avec des feuilles et des racines. Le kimbwazè caraïbe était venu.

Il réclama de l'eau, glissa dans la bouche de la malade la bonne vieille quinine qu'il transportait toujours avec lui. Même si les Américains avaient traité le pays au DDT, ils n'avaient pas éradiqué toutes les maladies tropicales. L'épouse du Caraïbe était beaucoup plus jeune que lui. Elle n'avait pas plus de vingt-cinq ans. Ses paupières en amande, à peine soulignées de ridules, lui rappelèrent Carita, malgré sa petite taille. Mais qui ne lui rappelait pas Carita ? Après les soins du corps, Donatien s'occupa de son âme et pria pour elle. Tandis que le canot louvoyait entre les rochers, il songea qu'il devrait revenir bientôt pour la cérémonie d'enterrement.

Il sella Cécé aussitôt rentré, chevaucha tout l'après-midi sous le solcil de plomb. Le père Lardière sortait de son église à croix de Lorraine avec un groupe d'enfants du catéchisme.

— À la bonne heure ! s'écria-t-il en découvrant le cavalier sur le chemin. J'éprouvais des démangeaisons de chasse. Ma cook te montrera comment elle cuisine les iguanes !

Les enfants, joyeux de l'arrivée d'un père visiteur, s'étaient précipités pour le saluer, et ils tournaient autour de sa monture en espérant un petit cadeau. Mais Donatien, aussi mouillé de sueur que sa jument, restait impassible sur ses étriers et ne répondait pas à leurs sautillements et à leurs cris. Le père Lardière ouvrit les bras et les mains :

— Allez-vous-en, les enfants, rentrez chez vous. Il va bientôt faire nuit.

Il appuya la main sur l'épaule moussante de Cécé.

— Tu descends ?

Il leva les yeux vers sa croix de Lorraine.

— Tu as vu ce qui se passe en France ? Ils auraient pu garder de Gaulle. C'est une belle pagaille ! dit-il, essayant de ramener la conversation sur le ton de la plaisanterie.

— Oui, répondit Donatien.

Le père Lardière leva la tête et se rendit compte que quelque chose n'allait pas.

— Bon, ajouta-t-il, on parlera de choses sérieuses plus tard. J'ai encore un bocal de haricots demi-secs. Je vais ouvrir une boîte de singe Fleury-Michon. On ne va pas manger de la nourriture de sauvages. Je crois que cela te fera du bien. Je te trouve une petite mine.

Il accompagna Donatien dans la cour du presbytère et recommanda au nègre qui prenait Cécé par la bride :

— Prends-en soin et n'emploie pas avec elle les mots grossiers dont tu as l'habitude, elle les comprend !

Ils s'assirent dans les fauteuils de la galerie arrière, autour d'une table peinte en rouge comme le plancher. Le père Lardière déboucha sa préparation de ti punch. Une ampoule électrique provisoirement passée par-dessus la cloison qui ne montait pas jusqu'au plafond lançait un halo de lumière jaune. Des moustiques tournaient autour avec des bourdonnements menaçants. Une bourrasque de vent tiède s'enflait par vagues, et puis s'apaisait.

— Alors ? demanda le père, le verre sur son accoudoir.

— Je suis venu me confesser.

— Tu as bien réfléchi ? Je ne sais pas si je serai à la hauteur pour t'écouter.

Donatien ne réagit pas, manifestement irrité par la désinvolture du père. Il but une gorgée.

— Je t'écoute, ajouta gravement le père Lardière, ne fais pas attention !

— Ce matin, commença Donatien, je suis descendu en canot confesser une femme mourante près de Petit-Îlet. J'ai été malade. À mon retour, j'ai sellé ma jument pour venir vous confesser mon péché.

Le père Lardière secoua la tête, se doutant que ce préambule retardait le moment de l'aveu. Donatien précisa alors :

— Elle s'appelle Carita. Et Carita et moi..., fit-il, la voix étranglée.

Le père Lardière murmura :

— La petite « veurnize » ?

— Oui.

Donatien le suivit dans la cuisine du presbytère remplie de l'odeur des haricots en train de cuire. Le père Lardière souleva le couvercle de la casserole, huma et la porta sur la table avec la boîte de singe. Il déboucha une bouteille de vin.

— Tu n'as pas le cœur à chanter ? interrogea-t-il. On va réciter les grâces en silence.

Ils se tournèrent vers le crucifix sur le mur, se recueillirent et s'assirent. Le père Lardière versa quelques gouttes de vin noir dans son verre, goûta et, après un claquement de langue :

— Goûte-le. Je veux que tu me dises ce que tu

en penses. Et mange, tu en as besoin. Je suis sûr que tu n'as presque rien mangé depuis ce matin.

Ils mangèrent un moment en silence. Donatien avait du mal à avaler. Le père Lardière évoquait les haricots de sa grand-mère dans le pot de terre au coin du feu. Elle les arrosait régulièrement et, quand ils arrivaient sur la table, elle y ajoutait du beurre, ils fondaient dans la bouche. Il changea soudain de sujet.

— Est-ce que tu as eu du plaisir ?

Donatien baissa la tête. Un rire discret secoua le père Lardière, et sa gorge émit un bruit de cailloux.

— J'espère que tu as eu du plaisir, parce que, sinon, ce serait trop idiot !

Il redevint grave, s'essuya la bouche avec une bouchée de pain.

— Tu vas me promettre de ne plus recommencer, dit-il, la voix ferme. Tu vas l'envoyer promener. T'en sens-tu capable ?

— Peut-être, hésita Donatien. Je suis capable aussi d'aller la chercher...

Le père Lardière arracha sa serviette, ses yeux flamboyèrent.

— Eh bien, ce n'était pas la peine de faire tout ce chemin pour venir te confesser ! Tu connais les paroles de l'acte de contrition : « Je prends la ferme résolution, avec le secours de Votre sainte grâce, de ne plus Vous offenser et de faire pénitence. »

Donatien opina.

— Je n'aurais sans doute pas dû devenir prêtre. J'ai aimé une fille avant d'entrer au séminaire.

— Parce que tu crois qu'on choisit d'être prêtre parce qu'on est dans l'incapacité d'aimer ! On serait des sortes de châtrés de l'amour, tout juste bons à travailler comme des bœufs sous le joug ! s'indigna le père.

Donatien sourit malgré lui de l'emportement de son confrère, qui en fut désarmé et confia :

— Tu crois que quelquefois on n'aurait pas envie de la chaleur d'une femme...

Il se leva, s'en fut à pas lourds et revint de sa chambre avec une étole violette.

— Tu vas t'agenouiller, mon gaillard, et me confier ton âme noire !

Donatien l'interrogeait du regard : Ici, devant la table ?

— Oui, là, tout de suite ! Le bon Dieu est partout !

Il posa sur la table sa croix de missionnaire. Donatien se mit à genoux. Le père lui recommanda :

— Prie ! Prie ! C'est la foi qui sauve. Et méfie-toi : Qui veut faire l'ange fait la bête.

Il leva la main, traça le signe de la croix en récitant la formule : *Ego te absolvo a peccatis tuis...* « Je te pardonne tes péchés... »

Donatien se releva, remercia, rassembla ses affaires. Le père le regarda avec des yeux agrandis.

— Qu'est-ce que tu fais ?

— Je veux repartir.

Donatien alla à la fenêtre éclairée par un grand clair de pleine lune.

— Tu es fou, l'arrêta le père. Tu ne vas pas repartir comme ça pendant la nuit. Tu veux te tuer ?

— Les gens peuvent avoir besoin de moi à La Soie. Je suis absent du presbytère à cause de mon péché.

— Eh bien, ils t'attendront ! Tu vas coucher ici. À moins que tu sois impatient de retrouver ta petite veurnize ?

Donatien rougit, et le père ajouta :

— Tu leur es plus utile vivant que mort.

Il accompagna Donatien à la chambre où il avait déjà dormi en revenant de Roseau. Et, après lui avoir souhaité la bonne nuit, lui dit :

— Et puis, n'en fais pas un drame. Je t'avais prévenu, mon petit Jacob : la lutte avec l'ange, on la répète tous les jours...

Huit jours plus tard, Donatien s'étendit dans le noir, sur son châlit. Le chant des criquets entrait par la jalousie. Carita ouvrit si discrètement la porte qu'il ne surprit qu'un frôlement, mais il reconnut son parfum de cannelle. Il entendit sa robe tomber sur le plancher. Elle s'allongea contre lui, et il la reçut dans ses bras en gémissant. Tout son corps vibra à la douceur de sa peau de velours.

14

Donatien entreprit de nouveau le voyage à Saint-Sauveur pour s'agenouiller devant le père Lardière et confesser son péché. Le père Lardière lui posa la main sur la tête et lui demanda :

— Combien de fois vas-tu le faire, ce voyage ?

À son retour, Donatien annonça en chaire le lancement des travaux de construction de la nouvelle église Notre-Dame de La Soie le dimanche de la Pentecôte, à la messe de onze heures. Il avait travaillé sur les plans depuis de longues semaines, réfléchi aux matériaux. Il avait téléphoné à Soufrière, Portsmouth, Castle Bruce, pour des informations auprès de pères constructeurs de leur église. Une tempête qui avait coupé la ligne, la veille de l'Ascension, l'isolait du reste du monde. Il ne lésinait pas sur l'ampleur du projet. La fréquentation de son église augmentait, son apostolat donnait des résultats. Il avait prévu une église à triple nef avec des arcades en ogive à demi-cintre, un clocher de quinze mètres tourné vers la mer. Il avait essayé d'en dessiner maladroitement les contours. Et c'était Carita qui lui avait dit :

— Pourquoi ne le demandez-vous pas à Honoré ?

Honoré était l'*artis* de Sainte-Marie des Caraïbes qui battait sa femme pour l'encourager à travailler à sa place, et buvait du rhum pour s'illuminer l'esprit. Il possédait des couleurs et des pinceaux. Il avait placé à l'entrée du village des écriteaux représentant des cases et la mer dans un entrelacs de lianes à sa fantaisie. Donatien ne manquait jamais d'invectiver contre la paresse d'Honoré en le trouvant assis, en short, la pipe à la bouche, tandis que sa femme s'épuisait aux tâches domestiques. Les relations entre eux étaient tendues. On s'étonna pourtant de le voir fréquenter La Soie, et le presbytère, avec des airs de conspirateur, quelques jours avant la Pentecôte. Létitia manqua de charité à son égard et ne se retint pas de crier à sa fille, assez fort pour être entendue :

— Qu'est-ce qu'il vient faire ici, celui-là ? Il vit comme un porc, il mourra comme un porc !

Le grand Caraïbe toisa la négresse avec mépris, et éclata d'un rire bruyant qui découvrit ses dents de carnassier. Mais le dimanche de la Pentecôte, il était présent à l'église de La Soie, en costume de drill, chemise et cravate. Et après l'annonce de Donatien, il s'avança vers l'autel, sollicita l'aide des enfants de chœur et déplia un grand batik sur lequel il avait représenté la nouvelle et majestueuse église de pierre, près de la petite église de planches. Il avait ajouté sa patte dans la représentation de la colline, du flamboyant et du presbytère en fond de toile. Sa peinture de cinq mètres de long sur deux de haut souleva des murmures d'admiration. Puis des cris s'élevèrent, et des applaudissements suivis d'un alléluia avec des trémoussements de joie. Létitia, au premier rang, n'était pas la dernière à balancer ses lourdes hanches.

Il fut décidé que l'œuvre d'Honoré serait tendue au fond du chœur de la vieille église jusqu'à l'achèvement des travaux. Donatien exhorta désormais chaque homme, chaque femme, chaque enfant qui venait à la prière à ne pas monter sans porter une pierre ou une boîte de sable.

— Pour chaque pierre apportée, une grâce ! Pour chaque boîte de sable, une grâce !

Il convoqua toutes les bonnes volontés le mardi de la Pentecôte pour un premier coup de main de nettoyage et de préparation du terrain. Il s'était fixé un délai de dix-huit mois pour l'ensemble des travaux.

Le mardi matin, à six heures, une foule bruyante, armée de machettes, de scies et de pelles, se pressa sur la place de la vieille église. L'implantation de l'église de pierre était prévue sur l'esplanade à côté de son aînée. Une végétation d'arbres à pain, d'avocatiers, de manguiers et de bambous s'y était développée dans des débordements de forêt tropicale. Donatien avait pensé y étendre d'abord sa ferme modèle, puis le projet de l'église s'était imposé.

La foule impatiente se forma en cercle autour

de lui. Il s'adressa au vieux Rigobert Confiant et lui demanda de constituer des équipes. Le vieil homme à la tête chenue et aux prunelles ternies par la cataracte, qui l'avait aidé à hisser la cloche, fut nommé chef des travaux. Donatien avait déjà fait appel à lui pour régler des querelles de voisinage. Rigobert, au contraire de ses compatriotes toujours prêts à crier, avait le réflexe du sage et prenait de la distance, comme étonné par l'agitation humaine. Sa présence au premier rang, avec son bâton de marche, était déterminante en ce matin d'ouverture de chantier. Donatien était déjà allé le trouver pour demander son aide et se placer en quelque sorte sous son autorité.

Margaret McCourt était là, coiffée d'un grand chapeau de paille blonde ceint d'un foulard de soie en mentonnière. Elle aussi n'avait que ses mains. Mais son engagement de femme blanche catholique au milieu des nègres n'était pas non plus anodin, et Donatien lui serra chaleureusement la main. Elle excusa son mari retenu sur la plantation et offrit des voitures et des animaux pour les transports.

Hugo était venu, bien sûr, avec la voiture. Donatien lui avait demandé d'acheter des pioches, des pics, des barres à mine, au magasin de Roseau, pour le creusement des fondations. Il les distribua et s'avança vers la broussaille. Doudou José, photographe, immortalisa le premier coup de machette à une liane en guirlande à hauteur d'homme. Carita se tenait derrière au milieu d'un groupe de porteuses de bêches, un pâle sourire aux lèvres, dévorant Donatien des yeux.

Les mains noires se mirent à l'ouvrage après le signal de Donatien, et des voix entonnèrent des chants traditionnels et des cantiques. Des feux s'allumèrent pour brûler les herbes de Guinée. Des arbres tombèrent. Des branches furent débitées. Le soir du premier jour, alors que les équipes avaient pris le chemin de leurs cases et s'étaient donné rendez-vous pour le mardi suivant, Donatien put marcher sur la colline en compagnie de Rigobert Confiant et de Hugo comme un général victorieux sur le champ de bataille. Il venait de pleuvoir, et l'averse avait provoqué la retraite anticipée des troupes. Des fumées s'élevaient des feux que la pluie n'avait pas encore complètement éteints. Donatien avait chaussé les sabots de bois offerts par le père Lardière, car il avait subi une nouvelle attaque de chiques. La colline n'était pas toute défrichée. Les branches étaient rassemblées en tas. Les troncs d'arbres attendaient côte à côte. Mais la terre montrait son dos rouge et nu. Il restait à l'enlever, la déplacer, la repousser. Ensuite viendraient les travaux des fondations. Donatien invita Rigobert et Hugo à boire le rhum au presbytère.

Et il redoubla d'énergie comme il en avait fait le serment au père. Il surprit même les Caraïbes, qui craignaient qu'il les abandonne pour son grand œuvre de La Soie. Il y avait à Sainte-Marie des Caraïbes une caverne au bord de la mer inabordable par la terre. Il en parla au roi caraïbe, Nation, et y lança l'aménagement d'une grotte de Lourdes. Le roi n'avait qu'un pouvoir symbolique, vivant dans une case aussi pauvre que ses sujets. Élu démocratiquement, selon la tradition, il n'avait d'importance que le jour de son élection. Donatien lui confia la direction de l'entreprise, et en lui rendant le pouvoir lui donna l'occasion de reprendre à la mer une parcelle de territoire caraïbe. Le roi galvanisa les énergies. Et les Caraïbes, rechignant par nature à la discipline, acceptèrent d'obéir à Nation. Ils demandèrent des pioches et des brouettes, et voulurent montrer qu'eux aussi pouvaient déplacer des montagnes.

Donatien réussit à suivre l'avancement des travaux des deux chantiers tout en continuant d'assurer les charges de son ministère. Sa résistance le surprenait lui-même. Il se souvenait que son père lui avait raconté qu'à son âge il courait les foires du département avec une endurance peu commune.

À l'aube d'un matin de la mi-juillet, il roula des brouettes pleines de terre, à Sainte-Marie, dans la boue, sous la pluie, parce qu'il s'impatientait de la lenteur des travaux, et pour ouvrir un chemin provisoire et installer la Vierge dans la grotte le 15 août. Il avait quitté sa soutane pour travailler en chemise et pantalon blancs. Il rentra au presbytère deux heures plus tard et revêtit des vêtements secs, chevaucha jusqu'à La Soie afin d'y célébrer un mariage et un baptême, tomba ensuite la soutane et rejoignit les terrassiers qui creusaient les fondations de l'église. Le soleil revenu brillait entre les averses. La pioche égratignait la roche dure. À cinq heures du soir, quelqu'un accourut :

— Père ! Père ! Le père de Nation va mal ! Il va mourir.

Cécé boitait à cause d'une glissade, le matin même, sur le chemin mouillé. Donatien demanda le canot. La mer grise heurtait les rochers dans des gerbes d'écume. Les marins dirent à Donatien :

— Quittez soutane, père !

Il se remit en pantalon pour la troisième fois. Il s'assit à l'arrière du canot et, trois solides nègres, aux mains brûlées par le sel et le soleil, lui remirent une gamelle pour écoper, et se saisirent des rames. Le petit missionnaire inquiet adressa une prière au bon Dieu. Le canot sauta une première barre, s'engloutit, surgit au sommet de la seconde. Donatien écopait. L'eau fouettait les quatre navigateurs déjà mouillés de la tête aux pieds. La nuit tomba d'un coup en même temps qu'une averse qui confondit la terre et le ciel. Donatien ne savait plus si on avançait. Il égrenait des Je vous salue Marie en écopant, comme s'il se fût cramponné à une corde qu'il ne devait lâcher à aucun prix.

Après presque deux heures d'efforts, les rameurs ralentirent.

— On est arrivés, père, mais la côte est dangereuse.

Ils parlaient des rochers de Sainte-Marie qu'ils redoutaient. Ils soufflèrent dans la corne de lambi et s'époumonèrent à crier en direction de la côte. Donatien cria avec eux. La nuit était noire. Les rameurs luttaient pour ramener au large le canot poussé vers la terre. Enfin une lumière parut sur la grève, puis d'autres. Les marins s'approchèrent, et une voix cria :

— Le père de Nation va mieux. Ce n'est pas la peine de débarquer !

Les nègres firent demi-tour avec des cris de colère. Les lumières de Sainte-Marie disparurent et reparurent selon le mouvement des vagues, et s'éteignirent définitivement. Donatien continua d'écoper, priant la Vierge de La Soie, des Caraïbes, des Frères de Marie Immaculée de les conduire au port. Les rameurs, qui chantaient à l'aller, s'étaient tus. Les vents et les courants étaient contraires. La fatigue se faisait sentir. Il fallut trois heures pour regagner La Soie.

Et comme Donatien posait le pied sur la terre ferme, il se rendit compte qu'il n'avait pas souffert du mal de mer. Il remercia la Providence de l'avoir épargné, regagna le presbytère, s'allongea sur son lit et s'endormit. Il s'éveilla lorsque Carita se glissa près de lui. Il lui semblait avoir dormi longtemps. Une demi-heure seulement avait passé. Elle se serra contre lui.

Il se leva le lendemain à quatre heures, comme à l'habitude, le cheveu frisé, l'œil clair. Avant de regagner la case de sa mère, Carita lui demanda :

— Qu'est-ce que vous allez faire aujourd'hui, mon père ?

Il lui détailla son programme.

— Il faut vous reposer, mon père.

— Ne t'inquiète pas pour moi, lui répondit-il. Je ne suis pas là pour être tranquille.

Il vit qu'il l'avait blessée et voulut s'excuser de sa brusquerie.

— Pardonne-moi de te faire du mal, Carita. Mais il ne faut plus que nous nous voyions. Je n'en ai pas le droit. Alors, même quand mes regards t'encouragent à venir me rejoindre, le soir, je t'en prie, ne les écoute pas. Sinon je vais demander à mon évêque de me déplacer. Je devrais d'ailleurs l'avoir déjà fait.

Carita lui répondit, obéissante :

— Comme vous le voulez, mon père.

Mais il savait d'avance que son obéissance n'était que de mots.

La mer découvrit les rochers, très loin, en septembre, et Donatien invita la population à descendre à Rivière-Ciric. Le saxo, l'accordéon, le tambour les accompagnèrent, car rien ne se passait sans musique. Tout le monde descendit jusqu'à la mer. Les plus industrieux attaquèrent les rochers avec leurs marteaux. Les plus courageux se chargèrent des gros blocs sur la tête. Les femmes et les enfants remplirent des paniers à leur mesure. Tout le monde rapportait sur le sable son trésor de pierres volées à la mer. C'étaient des pierres de corail. Donatien avait dit :

— Pour chaque pierre de corail, une grâce !

Et à la fin des trois jours de grande marée un mur blanc de corail s'éleva sur la grève. Les pères avaient mis au point une recette de mortier de corail et de sable pour construire leurs églises sans ciment. La chaîne humaine achemina les pierres sur le sommet de la colline. Rigobert fabriqua de profonds baquets où les hommes écrasèrent le corail avec des masses fixées à un manche comme des pilons à mil et le réduisirent en poudre. Donatien souleva et abattit le lourd marteau qui écorchait les mains, tirait sur le dos, activait le cœur. Hugo, à côté de lui, plaisanta :

— Gwo Pilon, père !

Donatien sourit, et répondit en abattant le marteau :

— Il est bien de prier : Seigneur ! Seigneur ! Il est mieux de construire la maison du Seigneur !

Il compta les blessures de ses mains, le soir, et les tendit en priant vers Dieu comme une provocation, mais il était heureux. Carita le soigna. Il ne relâcha pas la pression, houspilla les lents, fit taire les bavards. Mis à part les jours de grand coup de main comme pour le corail, une petite équipe de quatre ou cinq s'activait journellement sur le chantier. Les tours étaient affichés à l'église et remis à jour chaque dimanche.

Comme la ligne de La Soie était toujours coupée, il entreprit un voyage éclair à Roseau, épuisant pour la malheureuse Cécé. Il fit le siège du secrétaire de l'évêque qui était absent, et ne repartit qu'après avoir obtenu l'assurance du fonctionnaire épiscopal que Rigobert, employé à plein temps sur le chantier, serait rétribué sur la cassette du diocèse.

À la fin du mois de septembre, les premiers murs de pierre, solidement liés au mortier de corail, commencèrent à sortir des fouilles. La saison des pluies retardait les travaux, et Donatien rongeait son frein certains jours tout en eau, qui noyaient la colline et remplissaient les fondations. Il trépigna la première semaine d'octobre écrasée sous un déluge calme et sans vent, guetta l'éclaircie sur la mer et ne découvrit que les flots gris battus de pluie. Il marcha jusqu'à son église, s'agenouilla devant l'autel : « Vous voulez m'éprouver. Vous me faites payer mes dérèglements ! » Puis : « Pardonnez-moi, Vous n'y êtes pour rien. Mais je suis malheureux. Ces intempéries m'empêchent de construire Votre maison. Si Vous y pouvez quelque chose, aidez-moi. »

Il sortit de l'église et s'en fut marcher en sabots dans la boue du chantier désert. Il découvrit que la tranchée des fondations du chœur, encore vide, s'était effondrée.

La retraite annuelle des pères eut lieu à Portsmouth après la Toussaint, et elle dura une semaine. Portsmouth, à cinq heures de cheval sur la côte nord-ouest, donne sur la plus belle plage de sable blond de l'île. Les cases sont dissimulées sous les palmiers du front de mer, et même l'église est invisible. Donatien apprécia, par comparaison, l'air vivifiant de sa côte sous le vent. L'air, en début de saison sèche, était si saturé d'humidité à Portsmouth qu'on baignait dans la moiteur. Rien qu'à parler, prier, jouer aux dominos, les pères avaient la chemise mouillée. Il voulut se passer de la moustiquaire au-dessus de son lit, comme à La Soie. Il changea d'avis après la première nuit : les moustiques des marais de Portsmouth étaient redoutables. C'était dans ces contrées qu'il n'y avait pas longtemps encore on était victime des fièvres.

Le père Cornuau, supérieur des pères dans l'île, prêcha la retraite. Ses conférences, inspirées de l'Évangile, avaient pour thème : « La miséricorde de Dieu ». *Quelques-uns se font scrupule d'aimer*, disait-il, citant le père Baudouin, *je ne sais pourquoi. Si l'amour et l'attachement aux créatures diminuaient celui du Créateur, bien ! Mais les sentiments de ce genre ne font qu'augmenter l'amour divin, parce que tout est en Jésus, pour Jésus, et avec Jésus ! Les saints sont aimants !* Les pères durent prononcer un sermon en anglais, à tour de rôle, devant leurs confrères. Donatien tira au sort le passage du Deutéronome : *Observe the day of the Sabbath to sanctify it as the Lord, thy God, hath commanded thee*. (« Observe le jour du Sabbat et sanctifie le jour du Seigneur. »)

Il apprécia la fraternité de leur communauté. Il était encore le plus jeune, mais on annonçait l'arrivée, au prochain mois d'avril, d'un jeunot de vingt-huit ans. Ils étaient tous habitués à l'isolement de leur presbytère, séparés les uns des autres par des heures de cheval et de bateau. Ils se retrouvaient comme pour une réunion de famille et parlaient tout naturellement de leur Vendée. Ils s'interpellaient sur leurs villages de Mouchamps, L'Oie, Saint-André-Treize-Voies... Ils avaient pris des tics dans leur existence de vieux solitaires et s'efforçaient de les dissimuler. Les confrères prenaient un malin plaisir à les relever et à s'en moquer. Beaucoup fumaient, du gros gris, roulé ou à la pipe. Donatien n'était pas de ceux-là.

Deux ou trois pères à longue barbe affectionnaient le rhum. Un vif échange opposa le curé de La Plaine et le père Cornuau, à la fin d'un repas, lorsque le curé prétendit se resservir. Le père Cornuau éloigna de lui la bouteille.

— Vous ne croyez pas que vous en avez assez pris ?

Le curé, cramoisi, bégaya :

— Tu n'as pas le droit de m'empêcher de boire à ma soif !

— Si vous avez soif, buvez de l'eau !

Le curé avait trente ans de Dominique, le père Cornuau dix de moins. Il se saisit de la bouteille et pour se venger se versa double dose.

La passe d'armes en resta là. Personne ne prit parti pour l'un ou pour l'autre. L'inclination du père pour les boissons alcoolisées était connue. Le père Cornuau avait été maladroit en intervenant devant tout le monde. Le curé de La Plaine était réputé pour son humanité. Il ne pratiquait pas toujours un ministère académique. Il était très proche des marins, s'embarquait avec eux et les aidait à tirer leurs canots sur le rivage. Il prétendait manger, là-bas, du poisson tous les jours.

Donatien fit bande avec le père Lardière, le père Barré et le père Dixneuf. Ils jouèrent quelques parties de manille dans la salle de réunion après avoir abandonné leur soutane pour supporter l'air presque liquide. Le père Lardière se pencha à l'oreille de Donatien et désigna de la tête la tablée des autres confrères en chemise, lancés dans une partie de bourrique au milieu d'un nuage de fumée.

— Regarde-les. Rase leur barbe. Ne sont-ils pas tous des laboureurs ?

Il remua sur sa chaise, fixa son jeu, les paupières écailleuses baissées, et ajouta :

— Comme moi !

Donatien profita de cette semaine pour se reposer. Il se leva pourtant le matin avant les autres, dans le dortoir de fortune aménagé pour les accueillir. Les ronflements du père Lardière piochaient le petit jour qui commençait d'entrer par les jalousies.

Un hortensia aux boules énormes d'un bleu profond fleurissait la porte du presbytère. Donatien courait entre les bananiers et les cocotiers, longeait les cases endormies, réveillait les poules et les chiens sous les pilotis. Il se jetait dans la mer et nageait pendant une grande demi-heure, tranquillement, sur le dos. Il avait appris cette nage et y prenait plaisir. Il remontait toute la longueur de la plage et revenait. Il était le premier dans la mer. Les barques des pêcheurs étaient abandonnées sur le sable. Le soleil montait, sa lumière prenait de l'intensité et l'aveuglait peu à peu. Il récitait sa première prière, dans la joie de ce recommencement du monde.

Il écrivit à sa mère, à sa sœur, au curé Gallot, à ses amis. Il avait bien reçu les conserves qu'il réservait à des visiteurs, le carton de médailles, images, croix et chapelets qui feraient la joie de ses catéchistes. Il confessa à nouveau ses péchés au père Lardière.

Il piqua Cécé sur le chemin du retour, impatient de reprendre le collier et de retrouver ceux qu'il aimait.

15

Le chantier de La Soie profita des beaux jours de fin novembre et début décembre. Les murs d'enceinte s'élevèrent au-dessus du sol, les piliers de la nef sortirent de terre. On commença à percevoir la dimension de l'église. La pierre de basalte mêlait le rouge et la cendre. Deux jolies vêles naquirent à la ferme du presbytère, bien membrées, têtes fines, regards de velours.

— Nous allons réussir de belles bêtes, Doudou ! Nous les vendrons. L'argent nous servira à financer notre église !

Doudou bouda. Il n'était pas d'avis de se séparer de ses nouvelles pensionnaires.

Comme il rentrait d'une visite sur le morne, quelques jours avant Noël, Donatien surprit des éclats de voix entre Létitia et sa fille à l'intérieur du presbytère. Les cris de la cook lui étaient familiers. Elle ne s'exprimait pas autrement, et Carita, habituée elle aussi, ne répondait généralement à sa mère que par monosyllabes, comme pour l'encourager à la modération. Cette attitude provoquait l'effet inverse et les transports de Létitia s'exaspéraient. Donatien ne prit donc pas garde aux cris de sa servante. Il allait gravir les marches du presbytère, lorsqu'il s'immobilisa. Létitia hurlait, hors d'elle :

— Tu es la honte de ta mère ! Je savais que tu étais tombée en amour. Pourquoi ne veux-tu pas me dire qui c'est ?

Les jambes de Donatien tremblèrent. Il tendit l'oreille, et il entendit la voix ferme et posée de Carita :

— Je ne te le dirai pas.

— Manawa ! Traînée ! s'emporta Létitia. Je vais perdre mon emploi. Toutes les femmes de La Soie me montreront du doigt. Qu'est-ce que va devenir ton enfant sans père ?

Donatien se sentit soudain vidé de son sang. Carita répliqua :

— Qu'est-ce que je suis devenue, moi ?

Létitia suffoquée rugit, pleura :

— Bondié ! Bondié !

Donatien devina que Carita, qui aimait sa mère, l'entourait de ses bras et essayait de la consoler. Il entendit alors Létitia supplier :

— Tu ne veux pas essayer de faire passer cet enfant ?

Il s'agrippa à la rampe en chancelant et gravit lentement les marches. Il entra dans la cuisine où Létitia en larmes lui tournait le dos et feignit de passer le fer brûlant sur sa soutane du dimanche. Il s'efforça de gronder, la voix blanche :

— Qu'est-ce qui se passe ? Encore une scène de famille !

Il s'en rendait compte, le ton n'y était pas. Carita ouvrait de grands yeux, devinant qu'il avait tout entendu. Elle se blottit contre la cloison. Il n'était pas utile de la regarder à deux fois pour découvrir ce qui crevait les yeux. Comment avait-il pu être aveugle à ce point ? Est-ce que son ignorance des choses de la vie l'avait fait passer à côté de ce qui arrivait à Carita ? Létitia déplaça son large corps et se retourna. Elle s'essuya les yeux avec ses doigts, et son regard posé sur Donatien se durcit. Supposait-elle quelque chose ? Elle soupira et désigna Carita.

— Ma fille aînée est aussi sotte que sa mère, mon père. Elle s'est fait donner un ventre. Et ce sera un enfant sans père !

Létitia et Donatien braquèrent leurs regards sur le ventre arrondi de Carita, ses seins grossis. Carita rougit, devint écarlate.

— Depuis combien de temps ? demanda-t-il doucement.

— Environ cinq mois, mon pè.

Il resta bouche ouverte.

— Veux-tu venir avec moi à l'église ? lâcha-t-il enfin.

Carita le suivit dans la cour aveuglée de soleil. Ils s'assirent sur le banc du fond. La lumière ruisselait par la porte ouverte où coulaient des paillettes de poussière avec lenteur.

— Pourquoi ne m'as-tu rien dit ? chuchota-t-il.

Il l'entendit avaler sa salive. Il regarda sa gorge.

— Je ne sais pas, dit-elle.

— Tu avais peur ?

— Je ne sais pas.

— Tu craignais que ça ne me plaise pas ?

— Je voulais que vous vous en aperceviez vous-même.

— Tu étais déçue que je ne voie rien ?

— Je n'étais pas déçue. Tant que vous ne vous en étiez pas aperçu, j'avais l'impression que ça n'existait pas vraiment. C'était comme un rêve.

— Tu es contente ?

— Je suis contente d'attendre un enfant de vous. Je sais que vous n'êtes pas un homme sans entrailles.

Elle lui décocha un commencement de sourire confiant perlé de dents de nacre.

— C'est vrai qu'il ne reste que quatre mois ? finit-il par demander.

Elle hocha la tête. Il compta sur ses doigts.

— Janvier, février, mars, avril, l'enfant sera là pour Pâques 1948.

— S'il devait m'arriver quelque chose, j'aimerais qu'il s'appelle Fortuné, garçon ou fille.

— Pourquoi t'arriverait-il quelque chose ? se rembrunit Donatien.

Elle haussa les épaules.

— Fortuné, parce que c'est une chance d'avoir un père comme vous.

Elle était folle, mais il aurait voulu la serrer dans ses bras.

— Pense que c'est d'abord une chance d'avoir une mère comme toi.

Il regarda sa peau brun riche, inaltérée par la grossesse. L'ombre de Létitia grandit dans la porte. Elle avança la tête.

Donatien se leva, prit dans la sienne la main rêche de sa servante abîmée par le travail.

— Ça va, dit-il. Elle veut garder le secret de son père. Mais, avec votre aide, elle sera une bonne mère.

Ils se retournèrent vers Carita qui marcha vers sa mère, lui ceignit la taille et appuya sa tête sur son épaule. Létitia gémit et la pressa contre elle.

— Ma ti fiy !

Donatien les accompagna jusqu'à la porte et revint vers l'autel, tout seul, en boitant. Il s'agenouilla devant la sainte table.

— Voilà où me conduit mon péché, mon Dieu. Les femmes d'ici sont heureuses de porter des fruits. Comment pourrai-je ne pas être un homme sans entrailles ? Je ne serai pas toujours à La Soie. Comment pourrai-je aimer cet enfant quand il naîtra ? Éclairez-moi, mon Dieu, dans mon aveuglement !

Il ouvrit les bras en croix, le chapelet au bout des doigts, et il resta ainsi longtemps à réciter des prières, en proie à une tempête intérieure comme il n'en avait jamais connu. Quelques femmes passèrent à l'église pour leurs dévotions. Elles admirèrent leur père qui se mortifiait et se sauvèrent discrètement. La paix lui revint peu à peu. Il se dit : « À quoi bon ? Il faut laisser la vie aller son chemin en Dominique. Je ne délierai pas ce qui a été lié. Je ne reviendrai pas en arrière. Je n'en ai pas envie. Comme mon cœur s'accélérait, tout à l'heure encore, lorsque je la regardais ! Le moment venu, il sera temps d'agir, avec Votre aide, Seigneur. Je vais poursuivre ma mission. Je vais tenir mes engagements. Je vais travailler pour deux, et si Vous le voulez, pour trois ! »

Il se redressa, remonta l'église vers la bouche de lumière et de chaleur. Son bakwa était resté sur le banc où il s'était assis en compagnie de Carita. Il s'en coiffa. Un ouvrier, sur le chantier de l'église, leva la main pour le saluer. Il lui rendit son salut. Deux petites filles, en robes de taffetas jaune à volants, montaient la colline avec un bouquet de dahlias rouges. Elles coururent vers lui en se tenant par la main.

— Mon pè ! Mon pè ! Manman nous l'a donné pour l'église !

Elles riaient comme deux petites folles, les cheveux tellement tirés à quatre nattes qu'ils leur tendaient la peau du front et du cou. Donatien posa les mains sur leurs cheveux graissés à l'huile de carapate.

— Allez porter le bouquet à Létitia, au presbytère. Elle le mettra dans un vase.

Il suivit des yeux les petites jumelles qui se bousculaient, leurs jambes noires pattes de cabri dans des socquettes blanches. Leur mère les avait endimanchées pour qu'elles lui apportent des fleurs. « Si elle savait... », pensa-t-il.

Mais leur mère ne vivait pas avec l'homme qui

lui avait donné des jumelles. Dans le confessionnal de La Soie et de Sainte-Marie, Donatien recevait constamment des confidences de péchés de chair. Il savait qu'on ne cessait ici de se tromper, que le désir travaillait les corps aux aguets comme des chasseurs à l'affût. Les femmes chuchotaient cela derrière les grilles. Les hommes, même les meilleurs, lâchaient quelques mots brutalement, parfois avec vulgarité. À onze ans, une fille était une femme. Elle avait son premier amant. Les tropiques voulaient cela. L'acte sexuel n'avait pas la gravité qu'on lui accordait en France. Il n'était parfois qu'un geste banal, guère plus qu'un moyen de connaissance. Ce n'avait pas été le cas avec Carita.

Les mains derrière le dos, il jouait avec les grains de son chapelet. Ses paroissiens pouvaient croire qu'il était plongé dans ses dévotions. Il ne savait pas où il allait. Il boitait à grands pas dans la descente de Rivière-Ciric, des picotements d'émotion dans les jambes. Il leva la tête vers la frondaison d'un grand arbre à pain. Il allait être midi. Le large bord de son chapeau lui protégeait les yeux de la brûlure du ciel. Il s'appuya au canot de pêcheurs qui l'avait amené à Sainte-Marie pendant la nuit et tourna le dos à l'Océan saumâtre écrasé de feu. Il parcourut du regard ses montagnes vertes bourgeonnantes de fleurs et de feuilles au sortir de la saison des pluies. Il crut entendre haleter la végétation parmi les râles de la mer.

Il y avait deux ans qu'il était là. Il était tombé amoureux de ce paradis terrestre en même temps qu'il rencontrait Carita. Il en connaissait désormais tout le monde. Une fumée s'élevait de la marée verte des bananiers sur la droite, et il était capable de désigner la femme accroupie devant la marmite de racines. Il murmura :

— Gisèle.

Il voyait ses enfants dans la même position autour d'elle. Il avait communié son aîné à la dernière fête de l'Assomption. Il imagina un enfant au teint de lait, à la chevelure châtaine bouclée, courant sur le morne entre les bananiers.

— Fortuné.

Et puis il se corrigea à voix haute :

— Pourquoi serait-il blanc ?

Il imagina alors un garçon cuivré, aux pommettes saillantes, aux yeux en amande. Il entendit retentir son rire strident. Ce rire trop sauvage lui déplut. Quel versant du monde son enfant choisirait-il ? Celui des forêts de la Dominique, ou celui des plaines et des bocages d'Europe ? Il pensa que, comme les héritiers des McCourt, cet enfant pourrait peut-être poursuivre ses études au collège de Boston. Il secoua la tête, cligna des yeux. Le soleil attachait des pierres précieuses à chaque feuille. La vie déployait toute sa force avec ardeur. Pouvait-il ne pas être emporté par son grand tourbillon ?

Il entendit le tintement d'un marteau contre une pierre, là-haut, sur le chantier de son église. Il enfouit son chapelet et démarra soudain. Il déboula sur la colline, trouva Rigobert, qui tendait un cordeau entre les piliers du transept. Il posa la main sur le bras rouge de poussière du vieil homme et l'entraîna à l'écart.

— Vous savez à quoi j'ai pensé ? l'interrogea-t-il, exalté, respirant l'odeur de sueur sur le chef des travaux.

Rigobert, stoïque, attendait les explications de son curé fertile en idées nouvelles. Donatien souleva son chapeau, passa son mouchoir sur son front et ses cheveux mouillés.

— Les Américains étaient en manœuvres, l'autre jour, à Portsmouth. Ils ne viennent pas chez nous à cause des routes mauvaises, mais ils bougent sans cesse sur la côte ouest. Ils boivent de la bière. Quand ils ont bu, ils jettent la bouteille dans le fossé. J'ai pensé qu'il y avait quelque chose à faire avec, mais je ne savais pas quoi. Je viens de trouver. Les bouteilles vides des Américains sont un don de Dieu pour notre église !

Rigobert immobile se demandait si son curé n'avait pas pris un coup de soleil. Donatien expliqua :

— Les bouteilles, les vitraux...

Rigobert ne comprenait toujours pas.

— Nous n'avons pas d'argent pour nous payer des vitraux : nous allons récupérer les bouteilles. Nous les scellerons dans le mortier. Et nous dresserons un mur de lumière !

Rigobert frotta son menton, blanc d'une barbe longue, et la vision du mur de lumière s'imposa peu à peu à son esprit. Il sourit et ses yeux gris exprimèrent son admiration.

— On pourra demander à Honoré de nous aider. Il imaginera les formes et les couleurs, dit-il.

— Pourquoi pas ?

Le dimanche suivant, quatrième de l'avent, Donatien lança la recherche et la collecte des bouteilles de bière vides. Deux grandes caisses furent disposées de chaque côté de la porte de l'église. Et la nuit de Noël, tandis que, juste avant minuit la cloche carillonnait pour la cérémonie, les premiers tintements de verre accompagnèrent l'entrée des fidèles.

Le réapprovisionnement en pierres eut lieu à la mi-janvier 1948. Quelques jours plus tard, un matin, Doudou José troubla la prière de la vingtaine de femmes qui assistaient à la messe de Donatien. Il renversa une chaise en entrant et fit des signes à Donatien lorsqu'il se retourna vers ses fidèles. Donatien envoya son enfant de chœur aux nouvelles, et le petit monta lui chuchoter à l'autel :

— Il y a un animal dans le poulailler...

— Tout à l'heure ! réagit tout haut Donatien, mécontent de cette intervention vulgaire dans ses prières.

Doudou le rejoignit sitôt l'*Ite missa est*, tandis qu'il se dépouillait des ornements derrière l'autel. Il était sorti et revenu pendant la célébration, il bégaya :

— Il y a un serpent tête-chien dans le poulailler, père !

— Et alors ?

Ils descendirent à grands pas vers la basse-cour grillagée à l'ombre d'un avocatier. Les poules se serraient dans les branches de l'arbre où elles s'étaient réfugiées, hérissant leurs plumes et bâillant du bec en silence. En bas, sur le sol, un énorme serpent-boa dormait, tout de son long couché, le ventre gonflé de deux grosses bosses.

— Ce sont les poules. Il a mangé deux manmans poules ! s'écrièrent les enfants qui avaient suivi, amusés de l'événement.

— Eh bien, Doudou, qu'est-ce que tu attends ? Il faut le tuer !

— Non, pas moi, mon pè !

Doudou se recula, effrayé.

— De quoi as-tu peur ? Je vais chercher ma machette.

Donatien repartit, avec quelques enfants, pendant que les autres restaient monter la garde avec Doudou derrière le grillage. Létitia ne laissa pas Donatien prendre la machette.

— Non, pas vous, mon père, vous n'allez pas tuer une créature du bon Dieu !

Elle lui enleva l'arme tranchante et accompagna Donatien et les enfants. Le boa dormait toujours, plongé dans une profonde sieste digestive. La main de Létitia ne tremblait pas. Elle ouvrit la porte du poulailler, la referma derrière elle, fonça droit sur le serpent endormi et, avec un han ! de bûcheron, trancha net le cou du serpent-boa qui ne frissonna même pas. Elle se retourna :

— Qui veut m'aider à l'emporter ?

Trois garçons, fièrement, s'avancèrent. Elle sortit son mouchoir et essuya la morve de leur nez, tandis qu'ils marchaient dans le sang et tendaient le doigt pour toucher les bosses de l'estomac du boa.

— Allez ! leur ordonna-t-elle, l'arme au poing.

Les garçons peinèrent à soulever la lourde liane sanguinolente. Ils la posèrent sur leur épaule et la transportèrent fièrement, accompagnés de leur bruyante escorte.

— Il a mangé nos poules, expliqua Létitia, nous allons le manger !

Elle s'affaira dans sa cuisine. Le serpent donna beaucoup de viande. Il bouillit longtemps, sa chair s'attendrit. Létitia l'arrosa de sauce colombo. Donatien lui trouva une saveur douceâtre, un peu sucrée, rajouta de la sauce et se resservit.

Carita ne vint pas souvent le visiter pendant ces mois. Elle redoutait la surveillance de sa mère qui ne la lâchait pas, même pendant la nuit. Elle profitait de ses ronflements profonds pour s'esquiver un moment. Elle entrait dans la chambre de Donatien et s'efforçait de le surprendre en se glissant auprès de lui. Mais elle était si volumineuse qu'il n'y avait pas de place pour elle sur le châlit. Elle riait. Son ventre était gonflé. Son nombril ressortait. La Carita aux ligaments fins, aux membres de gazelle, était méconnaissable. Ses seins avaient triplé. « Est-ce moi qui ai fait cela ? se demandait

Donatien avec angoisse. Redeviendra-t-elle comme avant ? »

Elle ne semblait pas effrayée. Elle regardait, ravie, son ventre rebondi, ses seins gonflés. Tout le monde à La Soie complimentait sa bonne mine. Ses cheveux avaient poussé. Elle les attachait en natte qu'elle tirait sur le côté. Mais dans la chambre de Donatien, elle défaisait leur lien et, d'un coup de tête, les répandait sur ses épaules. Il lui confiait :

— Je ne devrais pas le dire, mais tu me manques.

Elle haussait les épaules, et elle riait.

— Le bon Dié n'est pas contre l'amour, lui dit-elle un soir, les pères sont contre l'amour.

— Ce n'est pas aussi simple que cela, Carita...

Elle tendit vers lui son visage plus arrondi. Elle sursauta et lui montra la peau lisse de son ventre soulevée par une main intérieure.

Il la prit dans ses bras et, en la berçant, il lui fredonna, les larmes aux yeux, la comptine, idiote précisa-t-il, de son enfance :

Une négresse qui buvait du lait
Ah ! se dit-elle. Ah ! si je pouvais...

C'était dans les premières nuits d'avril. On allait vers la saison des pluies. Carita murmura :

— Un jour, à Rivière-Ciric, j'ai vu une jument mourir... Elle faisait un poulain trop gros. Les hommes l'aidaient. Les pattes étaient sorties. Il y avait du sang partout. Mes amies et moi, nous nous bousculions en riant, cachées dans les herbes de Guinée. Les hommes ont réussi à tirer le poulain. La jument ne s'est pas relevée. Nous avons attendu longtemps et nous nous sommes avancées en jouant sur le chemin comme si nous n'avions rien vu : « Qu'est-ce qu'elle a la jument ? Elle ne s'occupe pas de son poulain ? — Elle est morte. Son petit l'a tuée en naissant. »

— Pourquoi me racontes-tu cette histoire ? grommela Donatien.

Carita secoua le front, et ses longs cheveux de jais frissonnèrent sur ses épaules.

— Je pense souvent à cette jument, dit-elle. J'ai le bassin étroit. C'est mauvais pour faire des enfants.

Donatien n'y avait pas pensé. Carita souriait. Elle avait l'air de plaisanter. Donatien fixait les brisures d'or dans ses yeux. Il ne la connaissait pas. Il aurait aimé déchiffrer les pensées derrière son front lisse et brun impénétrable comme un masque. Il aurait voulu tout connaître d'elle. Elle lui était restée mystérieuse et étrangère, même dans ses abandons. Il la tira vers lui.

— J'espère que tu ne feras pas cela..., murmura-t-il. Comment vivrions-nous ?

Dans ce « nous » il désignait l'enfant et lui.

16

Le matin du 10 avril 1948, pour la première fois depuis l'arrivée de Donatien à La Soie, Létitia ne fut pas à l'heure à son travail. Il s'en fut célébrer sa messe l'esprit inquiet. Après la communion, il envoya son enfant de chœur au presbytère voir si elle était arrivée. Elle n'était toujours pas là. Il s'empressa de réciter les dernières prières et se précipita hors de l'église.

La case de Létitia partageait l'ombre d'un arbre à pain avec les voisins qui tenaient boutique et vendaient de tout, de la farine, du pain, du pétrole, de la morue, des pointes, des marmites, et servaient des roquilles de rhum agricole sur la table de leur galerie. La cook se tenait ainsi informée des potins par toutes les commères et les boit-sans-soif du pays. Mais en s'approchant de sa case, ce matin-là, Donatien sentit que quelque chose n'allait pas. Les bruits n'étaient pas ordinaires. Trois assoiffés de la première heure chuchotaient, attablés dans la galerie. Même les coqs et les poules gardaient le silence.

Il entra dans l'ombre de l'arbre à pain. La lumière, surgie d'une averse au petit jour, frappait avec cruauté. Il entendit un cri qui lui coupa les jambes. C'était ce cri qui suscitait la discrétion des ivrognes et de la basse-cour. C'était Carita qui gémissait maintenant comme si on la torturait avec des couteaux.

Létitia surgit en tablier de ménage et se mit à pleurer en découvrant Donatien.

— Père, je n'ai pas pu aller travailler. Carita est en train d'accoucher !

Une autre femme apparut derrière elle, échevelée, suante, que Donatien connaissait et n'appréciait guère. Elle s'appelait Violette, faisait office de sage-femme et usait de ses talents d'herboriste pour se livrer à des activités de sorcière. Violette, saisie par la présence du prêtre, tira Létitia en arrière.

— Ay endé ti fi pousé ! (Viens aider ta fille à pousser !)

Elle tournait de gros yeux marron enjoignant à Donatien de rebrousser chemin. Mais Donatien ne bougeait pas, et Létitia resta sur le seuil, en larmes :

— Le petit ne veut pas venir. Elle a souffert toute la nuit !

Donatien voyait les mains graisseuses et les taches de sang sur le tablier de Violette. Il respira une odeur de souffrance et de transpiration. Les gémissements de Carita reprirent. Il cria pour qu'elle l'entende :

— Je vais aller chez le docteur. Pourquoi n'êtes-vous pas allée le chercher ?

Il remonta la colline du presbytère en courant, sella Cécé, galopa chez le Dr Smith qu'il réveilla et ramena sur son cheval. Carita criait encore, mais sa voix sembla affaiblie à Donatien. Il s'assit à la table d'où les buveurs étaient partis et demanda un rhum. Il écouta le docteur bougonner à l'intérieur et donner des ordres. Smith ressortit, vit Donatien sur la galerie, le rejoignit et, d'une voix dure :

— Apportez-moi une bouteille de rhum, que je désinfecte tout ça !

Il se laissa tomber sur le banc, et en secouant la tête :

— Tu es venu me chercher bien tard, curé ! marmonna-t-il. Le petit est trop engagé. Elle devait être superbe cette fille.

Il enleva la bouteille des mains de la négresse et porta le goulot à ses lèvres. Il avala de longues lampées et, en reprenant souffle :

— J'avais besoin de me désinfecter l'intérieur, d'abord !

Il tendit la bouteille à Donatien.

— Verse maintenant, verse sur mes mains. Tu vois, le rhum est un médicament miracle, mes doigts ne tremblent plus !

Il s'essuya à la serviette blanche fixée à sa ceinture.

— Si tu crois que tes prières ont une quelconque efficacité, tu ferais bien d'en réciter une.

Il ajouta en s'en allant :

— Bois un coup. On aura peut-être besoin de toi, tout à l'heure.

Donatien l'entendit brailler d'autres ordres aux femmes. Des bruits de pas précipités accompagnèrent des cliquetis métalliques. Il pensa à la trousse à outils du boucher à La Trézanne. Carita poussa un cri aigu qui s'acheva en une longue plainte. Des gens bougeaient dans les cours à côté. Tout le monde écoutait sur le morne. Un toussotement grêle fut suivi d'un sanglot, qui s'amplifia en un vagissement. L'enfant était né, il vivait ! La voix de Létitia clama :

— An gason, an ti boug !

Elle devait mêler le rire et les pleurs. Des bruits lui répondirent dans les cours, des rires, des commentaires. Donatien, immobile dans la galerie, faisait tourner le verre de rhum vide entre ses doigts. Le docteur se précipita, téta au goulot de la bouteille avant de s'asseoir.

— À toi de jouer, maintenant, moi j'ai fait mon boulot. Le petit vivra. La mère... hum...

Il grogna, le regard déjà chaviré par l'ivresse :

— Un massacre... des brutes... J'ai coupé... Ces sauvages croient que les femmes sont faites pour mourir en les mettant au monde.

Donatien descendit lentement vers la porte de la case de Létitia. Elle venait vers lui, le nouveau-né minuscule dans les grosses mains noires de sa grand-mère. Il avait la peau couleur de cuivre, le crâne couvert de longues baguettes de cheveux noirs comme un hérisson. Du pouce, Donatien lui dessina le signe de la croix sur le front. Et il entra. Violette, la sage-femme, recula.

— Allez-vous-en ! lui dit-il.

La case de Létitia était impeccable, pauvre mais propre. Le plancher était blanchi par les lavages quotidiens comme au presbytère. Un rideau partageait l'unique pièce. Donatien s'agenouilla près du matelas où reposait Carita. Elle était aussi grise que le drap qui la recouvrait. Il pensa « couleur de terre ». Les paupières baissées, elle semblait dormir. Des relents de souffrance traînaient encore autour d'elle. Instinctivement, il se mit à prier, et puis il s'aperçut qu'elle le regardait. Il prit sa main qu'elle referma sur la sienne. Elle essaya de lui sourire, il en eut les larmes aux yeux. Elle murmura quelque chose qu'il ne comprit pas. Il approcha la tête et il sentit son souffle contre son oreille.

— La jument..., répéta-t-elle.

Il secoua la tête, en s'efforçant de retenir ses larmes.

— Ça va aller, Carita. Le médecin t'a soignée.

Elle ferma les yeux.

— Je voudrais dormir...

Il lui caressa les cheveux en lui murmurant que son bébé était beau et que, lorsqu'elle serait remise, tout cela serait oublié. L'enfant toussota derrière le rideau et se mit à vagir. La main de Carita frissonna, et Donatien la serra plus fort.

— Dis à manman de l'apporter, demanda-t-elle.

Létitia entra avec le nouveau-né habillé d'une robe blanche. La lumière tombée de la lucarne heurta le visage de l'enfant, et il grimaça sur le point de pleurer. Puis il dodelina, cligna des yeux d'un air étonné, avec un bruit de bouche. Il parut à Donatien plus rose dans sa robe blanche. Létitia l'avait coiffé.

— Couche-le près de moi, dit Carita.

Quand il fut près de sa mère, le bébé cessa de se rider et de grimacer. Il fixa le plafond de la chambre avec intensité comme s'il pouvait le voir.

— Regarde comme il est zougoun ! fit Létitia avec une joie forcée.

Chaque enfant est la lumière du monde. Carita l'observa en train d'agiter ses petits bras aux poings fermés.

— Vous l'appellerez Fortuné, dit-elle.

— Il s'appellera comme tu veux, dit Donatien.

— Manman ! supplia-t-elle.

Elle saisit sa mère par le poignet.

— S'il arrivait quelque chose...

Létitia secoua la tête et refusa de l'écouter.

— ... Manman, je voudrais que Fortuné soit confié au père. Ce qu'il décidera, tu l'accepteras.

Létitia gémit :

— Pourquoi tu dis ça ? Tu vas guérir, ma ti fille...

Carita serrait toujours le poignet de sa mère et ne le lâchait pas. Létitia se tut.

— Mon père, demanda Carita, est-ce que vous acceptez de vous occuper de Fortuné ?

— Bien sûr que j'accepte, Carita.

— Manman, tu ne m'as pas dit oui.

— Oui, oui, oui, oui !

L'espace d'un moment, les traits de Carita se

détendirent. Elle desserra les lèvres. Toute douleur sembla se dissiper pour faire place à de la douceur. Son visage redevenait enfantin. Allongée sur le côté, la main sous la joue, elle contemplait son enfant.

— Laissez-nous seuls, tous les deux, demanda-t-elle.

Elle parlait de Fortuné. Ils se retirèrent.

Quand Donatien revint, l'après-midi, elle délirait. Il lui administra les derniers sacrements et resta la veiller. Il avait peur qu'elle ne passe dès qu'il s'éloignerait.

La nuit passa, et le jour vint, elle vivait toujours. Il alla dire sa messe avec un fragile espoir : puisqu'elle avait tenu jusqu'au matin, pourquoi ne reviendrait-elle pas à la vie ? Elle résista toute la journée et s'éteignit avec le jour.

Tout le morne de La Soie se mit en route vers la case de Létitia et y défila sans arrêt pendant deux jours et deux nuits. Les gens s'asseyaient autour du cercueil, si vite livré que le menuisier avait dû anticiper sa fabrication. Ils parlaient de la jeunesse de Carita, de sa beauté, de la difficulté des femmes à mettre au monde un premier enfant. Ils rappelaient d'autres femmes mortes en couches, citaient des noms, des complications personnelles. Ils s'interrogeaient sur le père.

Un linge noir recouvrait le miroir, un rameau bénit était glissé sous les images de la case, des bougies allumées autour de la jeune défunte. Létitia avait plongé la tête dans ses mains et ne la relevait pas pour saluer les visiteurs. Les trois demi-sœurs de Carita s'occupaient du bébé et allaient le chercher pour le montrer à ceux qui le souhaitaient. Les matrones le voulaient dans leurs bras, le baisotaient, s'extasiaient sur le ti bray, ti moun, ti bolonm, lui adressaient des risettes et pleuraient en se rappelant la mort de sa mère.

Le visage de Carita avait été soulagé de sa souffrance sitôt son dernier soupir. Une main invisible avait effacé les plis de douleur, et elle avait retrouvé sa peau de soie. Les gens qui défilaient disaient : « Elle n'est pas morte ! Elle dort ! » Ils ajoutaient en continuant de la dévisager à la flamme vacillante des bougies : « On dirait qu'elle sourit ! » C'était vrai. Le sourire mystérieux, qui intriguait tant Donatien et lui faisait dire : « Tu as un sourire d'ange ! », éclairait encore les lèvres serrées de Carita. Il proposa de la photographier. Il vint avec son Kodak et la prit au milieu de la jonchée de tubéreuses et de grands lis.

Il célébra l'enterrement et prononça l'homélie sans une larme. Il regarda le cercueil descendre au fond de la fosse en récitant le *De profundis*, et il poussa, comme tout le monde, un peu de terre qui heurta sourdement le bois du cercueil. Il était enfoncé dans la douleur qui aurait dû le paralyser. Et il s'étonnait de se voir aller et venir, agir, accomplir les gestes qu'on attendait de lui, parler et même sourire. Il était l'objet d'une sorte de dédoublement étrange.

Il sella Cécé sitôt la cérémonie et chevaucha tout l'après-midi au plus fort de la chaleur. Il arriva à Saint-Sauveur à la tombée du jour. Des nuées plombées s'effilochaient sur la crête des mornes, laissant filtrer en longs tuyaux d'or les derniers rayons du soleil. Il retrouva le père Lardière sortant de son église avec les enfants du catéchisme. Les enfants accoururent, mais il n'eut pas même la force de les saluer. Il se laissa glisser de son cheval.

— Qu'est-ce qui t'arrive, mon ami ? lui demanda le père en se précipitant pour le soutenir.

Il se tourna vers les enfants qui s'étaient immobilisés en silence.

— Allez-vous-en ! Nous n'avons pas besoin de vous !

Ils entrèrent dans la cour du presbytère. Il appela le boy pour le cheval.

— Viens, dit-il à Donatien, et il l'entraîna sur la galerie arrière. Veux-tu boire quelque chose ?

— Oui, de l'eau, et... du ti punch.

— À la bonne heure ! répondit le père.

Il lui apporta un pichet d'eau fraîche et un verre, et s'affaira à préparer le ti punch. Il servit Donatien et en le regardant boire :

— Qu'est-ce qui s'est passé ?

— Ce matin, dit Donatien la voix éteinte, j'ai enterré Carita. Elle venait de mettre au monde notre enfant.

Le père Lardière hocha la tête. Ses rides s'approfondirent. Il resta sans voix.

— C'est ma faute si elle est morte. Je n'aurais pas été là, elle vivrait encore !

— Ne raconte pas de bêtises. Tu n'es pas responsable des accidents. Comment est le bébé ?

— Il est vivant.

— Tant mieux.

Le père se leva et s'en fut remuer ses casseroles dans sa cuisine. Donatien respira bientôt une odeur de haricots sur le feu. Il vivait un cauchemar. Il se rappelait sa première confession au père Lardière. Le père vint chercher Donatien et le tira, réticent, jusqu'à sa table.

— Tu as besoin de manger, fais un effort.

— Je n'ai pas faim.

— Mange ! Qu'est-ce que tu vas faire ? As-tu décidé quelque chose ?

— Je vais aller trouver mon évêque, et tout lui avouer, comme je viens de le faire avec vous. Je lui demanderai de m'appliquer les sanctions qu'il juge méritées.

Le père piocha une fourchette de haricots, coudes écartés, tête baissée. Il grogna :

— C'est facile !

Il leva vers Donatien des yeux qui se voulaient furibonds.

— Tu désertes !

Il enfourna une bouchée de pain, avala une gorgée de vin.

— Tu sais ce qu'il va faire, ton évêque ? Il va te déplacer. Encore heureux s'il t'expédie au sud de l'île, du côté de La Plaine ou de Grand-Bay. Il est capable de t'envoyer en pénitence sur l'île de

Sainte-Lucie. Et qu'est-ce que devient ton enfant ? Qu'est-ce que tu fais de ton chantier d'église et de tous les gens qui se sont embarqués avec toi ?

— Qu'est-ce que vous pensez que je dois faire, alors ? murmura Donatien.

— Mange ! dit brutalement le père Lardière. Ton assiette est pleine !

Et puis, plus doucement :

— Quand on a commencé quelque chose, mon vieux, on va au bout, on assume... Tu ne vas rien dire... Qu'est-ce que c'est que ces façons d'aller pleurnicher dans la soutane des porteurs de mitre ? Est-ce que tu crois vraiment que le bon Dieu se soucie à ce point de nos histoires de caleçon ?... L'Église a inventé le mariage et le célibat des prêtres pour l'aménagement d'une société convenable et retenir les désordres animaux de la nature humaine. Quand je vois fonctionner les Dominiquais, je me demande si elle n'y accorde pas trop d'importance.

— J'ai fait le vœu de chasteté, intervint Donatien.

— Eh bien justement, asséna le père en frappant de son gros index sur la table, tu vas payer ! Tu vas rester à La Soie, et poursuivre et achever ton chantier pour la gloire de Dieu. Tu trouveras les moyens de veiller sur ton enfant et de faire en sorte qu'il ne manque de rien. Quant à ta pénitence, tu es assez grand pour choisir quelque chose qui te fasse assez mal... Pense à la miséricorde de Dieu. N'oublie pas la miséricorde de Dieu ! Au fond, ton péché est d'orgueil. Ce n'est pas tellement ce que tu as fait qui compte, c'est ton orgueil. Tu t'es cru au-dessus des autres et des lois. Tu t'es dit qu'à toi tout était permis...

— Père, je sais que je n'ai pas d'excuse... J'ai souffert de l'isolement de l'île. J'ai enduré la mort du père Bachelier, de mon père. Carita s'est trouvée là.

— Et tu crois que tu es le seul à souffrir de la solitude ! s'indigna le père Lardière. Quand tu as choisi d'être missionnaire, tu savais que tu t'engageais sur un chemin difficile.

— Sur une trace..., précisa Donatien avec un sourire triste, c'était la première fois qu'il souriait. Je ne savais pas qu'il y avait une Carita.

— L'as-tu aimée ?

Un pli de souffrance creusa le front de Donatien.

— Est-ce que nous savons ce que c'est que l'amour humain, nous les prêtres ? Je peux vous dire que chaque fois que je pense qu'elle est morte, il y a quelque chose qui meurt en moi. Je me demande si elle ne s'est pas sauvée pour me laisser toute la place...

Les paupières du père se resserrèrent autour de ses prunelles, et il hocha la tête, avec émotion.

— Des femmes sont capables de faire ça, reconnut-il. C'est difficile à un homme de le comprendre. Cela me fait penser à cette parole attribuée au Christ : « Je suis doux et humble de cœur... »

Et puis il changea de ton.

— Mange, je suis sûr que tu ne prends rien depuis plusieurs jours. Tes yeux cernés font peur, et tes joues creuses sous ta barbe noire !

— Je ne peux pas.

— Mange ! Et bois !

Il remplit le verre de Donatien et insista pour qu'il vide son assiette.

Donatien tomba enfin de sommeil, cette nuit-là, malgré le changement de lit. Il en fut tiré par un rêve trop doux. Il se promenait sur un morne désert en compagnie de Carita, des bananiers aux fleurs charnues et tombantes jaillissaient de terre et l'entouraient. Elle allait être noyée lorsqu'elle surgissait soudain entre les feuilles, épanouie, souriante et belle, et l'appelait : « Viens avec moi ! » Il plongeait dans cette mer, ramait des jambes et des bras et la rejoignait. Son plaisir était si grand qu'il le réveilla. Il prit conscience alors qu'elle était allongée, immobile, au fond de la terre, dans le cimetière de La Soie. Il pensa à son père, au père Bachelier, non loin d'elle, aux corps aimés livrés aux vers. Et il ne dormit plus. Il essaya de prier.

Il repartit le lendemain matin après avoir célébré la messe dans l'église de Saint-Sauveur. Le père Lardière, qui l'avait précédé à l'autel, resta agenouillé en prière dans le premier banc de l'église pendant qu'il célébrait. Ils prirent le petit déjeuner ensemble.

— Je ferai exactement comme vous m'avez conseillé, dit Donatien avant de partir. Merci.

— Ne me remercie pas. Quand on est soi-même pécheur, on a moins de mal à compatir.

Donatien regarda le père.

— Ne cherche pas, lui dit le père Lardière en l'invitant à sauter en selle.

Et puis, lorsqu'il s'éloignait :

— Je monterai te voir dans les prochains jours.

Le soleil se levait sur la mer. Ses rayons se pulvérisaient au contact des rouleaux. Une brise tiède venait du large. Donatien laissa Cécé prendre le trot.

VI

JE T'AI TROQUÉ POUR DIEU

17

Donatien descendit à Morne-Rouge, chez les McCourt, quelques jours plus tard. Margaret poussait le petit Andrew dans une voiture à capote sous les manguiers. Il l'avait aperçue avec son mari à l'enterrement de Carita.

Elle leva la tête sous sa capeline à large bord et lui sourit. Il sauta de cheval. Elle portait un tailleur de lin couleur paille, un camée piqué au revers, et Donatien réalisa que sa soutane devait être grise de poussière. Il hésita à enlever son bakwa et à découvrir son visage marqué par la fatigue et un bouton de fièvre. Il le fit malgré tout.

— Mon ami, souffla-t-elle, et un pli se forma sur son front.

Alors ce fut plus fort que lui, toute l'émotion retenue durant ces jours se débonda. Les larmes emplirent ses yeux, coulèrent sur ses joues. Il s'efforça maladroitement de les contenir avec ses doigts, chercha son mouchoir.

— Excusez-moi.

— Vous n'avez pas à vous excuser, dit-elle en s'approchant, il n'y a pas de honte à pleurer.

Elle avait sorti un mouchoir de dentelle, et elle le tendit à Donatien avec un geste maternel.

— Pleurez, père, pleurez, vous serez mieux après.

Il pleura de plus belle comme un enfant, en sentant si proche ce visage doux et en respirant son eau de Cologne. Il se détourna honteux en sanglotant. Elle posa sa main sur son épaule, et ce geste lui redonna force et courage. Il s'essuya, hésita à lui rendre son mouchoir mouillé, vérifia dans l'allée si quelqu'un les avait vus. Andrew attendait sagement dans sa poussette, un chapeau de toile à rayures bleues sur la tête. Cécé gardait une immobilité de statue.

— Ne restons pas là, dit-il, il y a des iguanes.

Il les chercha sous les manguiers, ne les vit pas, se toucha les joues, l'air de se demander : Est-ce que cela se voit ? Elle proposa :

— Vous allez entrer faire un brin de toilette.

Il l'accompagna à travers le parc. Elle appela sa domestique :

— Conduisez le père au cabinet de toilette.

Le broc de porcelaine tinta contre la cuvette. Donatien en sueur se dépouilla de sa soutane jusqu'à la taille et se frictionna d'eau fraîche. Il se regarda dans le miroir et s'aperçut que sa barbe qui avait poussé lui couvrait la bouche. Il la peigna. Il revint vers le salon à pas pesants de ses lourds godillots de missionnaire. Il s'assit devant la théière fumante et les biscuits à l'orange, le dos au piano.

— Que devient l'enfant de Carita ? demanda-t-elle.

Il lui fut reconnaissant de sa question directe. Il avait toujours pensé que si quelqu'un pouvait percer son secret, c'était elle. Tout à l'heure, dans l'allée, il avait suffi qu'elle lève les yeux sous sa capeline, et l'appelle « mon ami », pour qu'il comprenne qu'elle avait deviné. Ils étaient habitués à ces échanges à demi-mot. Elle lui avait confié certains détails de sa vie de couple à confesse et, au sortir du confessionnal, ils avaient échangé des banalités comme s'ils ne s'étaient rien dit. Il lui répondit, les yeux dans les tortillons de son épaisse chevelure brune :

— Je venais précisément parler avec vous de Fortuné.

Elle leva des yeux brillants de reconnaissance.

— Où est-il ?

Il haussa les épaules.

— Les femmes dominiquaises ont l'habitude de ces situations tragiques : il passe de l'une à l'autre. Les sœurs de Carita le gardent. Il sera élevé par la tribu. Il sera aussi heureux que les autres.

Les yeux clairs de Margaret scintillèrent derrière la vapeur de son thé.

— Je me suis parfois posé la question au sujet de ce qui était le mieux pour mes propres enfants, dit-elle. Fallait-il les laisser vivre une sorte de vie sauvage proche de la nature généreuse à la Dominique, ou bien les engager dans notre monde de progrès avec toutes ses défaillances et ses imperfections ?

— Qu'avez-vous choisi ?

Elle haussa les épaules.

— Je n'avais pas le choix. La question pour mon mari ne se posait pas. Je dois avouer que pour moi non plus. J'avais beau constater que les Dominiquais ont une aptitude au bonheur plus grande que nous, il ne me semblait pas imaginable de priver mes enfants des connaissances parfois mortelles de notre civilisation.

— Je pense comme vous, dit Donatien, touché par leur communion de pensée. C'est pourquoi je venais vers vous. Est-il possible que je ne fasse rien pour Fortuné ? Carita me l'a confié, avant de mourir, en présence de sa mère.

La bouche rose de Margaret s'étira, elle sourit.

— Voulez-vous que nous prenions Fortuné à Morne-Rouge ? proposa-t-elle. Je trouverai des arguments pour convaincre John de prendre en charge votre... « petit protégé ». Il ne sera pas difficile de lui trouver une nourrice, si vous parvenez à décider sa grand-mère à nous confier son petit-fils.

Donatien hocha la tête.

— Merci. Je ne sais pas si j'aurais osé vous le demander. J'espère que le bon Dieu sera généreux avec vous.

Margaret souriait toujours. Il ajouta :

— Je suis certain que Létitia acceptera.

Il rentra à La Soie et parla de l'offre de Mme McCourt. Létitia renifla, de l'eau dans les yeux au rappel des jours passés. Elle s'éloigna dans sa cuisine, sécha ses pleurs avec son tablier. Comme Donatien suivait ses déplacements avec inquiétude, elle bougonna :

— Vous pouvez faire de Fortuné ce que vous voulez, puisque Carita vous l'a donné !

Donatien insista pour la rassurer.

— Il sera soigné comme l'enfant des McCourt. Il aura une nourrice rien que pour lui !

Létitia s'assit sur un tabouret dans une position familière, jambes écartées.

— Oui, mon pè, soupira-t-elle, il tétera le lait d'une négresse !

Et elle lança une réflexion qui devait la hanter depuis la mort de Carita :

— Po an fanm, sa lib védi ? (Pour une femme, qu'est-ce qu'être libre veut dire ?)

Puis elle prit dans ses fortes mains noires la main de Donatien.

— Tous les nègres de La Soie vont être jaloux de Létitia. Ils la trouveront bien fière d'avoir un petit-fils élevé comme un Blanc !

À partir de ce jour-là, on ne vit plus Donatien chevaucher Cécé, sauf pour un appel urgent, ou parce que la jument énervée en manifestait le désir. Alors, il la sellait et la lançait dans un galop débridé sur des traces dangereuses, au risque de se casser le cou.

Il descendit à la bambouseraie de Rivière-Ciric, choisit une canne qu'il tailla à sa mesure parmi les grands bambous bavards qui se heurtaient en se balançant. Il se passa un chapelet de noix de muscade autour du cou et il arpenta ainsi sa paroisse à longues enjambées de déhanché chaque jour que Dieu fit. Il laissa pousser ses cheveux bouclés et sa barbe noire. Cette apparence de prophète impressionnait. Il disait qu'il faisait pénitence. Personne ne s'expliquait cette décision soudaine. Cela semblait absurde d'aller à pied quand on possède un cheval. Il haussait les épaules.

— Vous n'avez pas de cheval, et vous vous en passez !

— Mais nous n'avons pas un service à assurer jusqu'à Sainte-Marie des Caraïbes !

Seule sa confidente anglaise y comprenait quelque chose, mais elle le gardait dans le secret de son cœur. On le voyait d'ailleurs plus souvent à Morne-Rouge depuis l'installation de Fortuné là-bas. Il y descendait dîner une fois par semaine. La nourrice aux seins comme des papayes lui apportait le nourrisson. Il se penchait sur le petit et l'effrayait avec sa barbe noire. John McCourt exigeait qu'on le reconduise à La Soie avec sa voiture après le dîner. Qu'il pleuve ou vente, il demandait au cocher de le laisser aux premières cases du village, et il finissait le chemin à pied. Margaret profita d'un moment dans le vestibule pour le réprimander.

— Je crains que vous en fassiez trop. Vous ne prenez pas soin de vous.

Il cita Job.

— Qu'il plaise à Dieu de m'écraser. Qu'Il étende Sa main et qu'Il me broie !

— Vous n'avez pas le droit !

— Ne craignez rien, je suis solide.

Car il n'avait pas réduit ses activités, au contraire. On le voyait boiter partout sur les mornes et dans la forêt, à longues enjambées pour ne pas perdre de temps, et il devenait plus proche encore de ses paroissiens.

Il fut sombre, les premiers jours, son regard brûlait. Mais à mesure que le temps passait, sa foi l'éclairait, elle le sauvait. Il portait dans sa besace des récompenses pour les enfants. Il s'asseyait sur les marches des cases au milieu des gens et mangeait avec eux. Un jour, pour ne pas faire offense, il accepta de manger dans quatre cases la même cuisine de racines bouillies et pilées, frites en galettes dans le saindoux. Doux et humble de cœur, il encourageait les femmes à se regrouper dans la confraternité des légionnaires de Marie. Il poussait les mères à envoyer leurs filles à l'école.

— C'est par l'instruction que vous vous libérerez. Une femme qui sait lire est une femme libre !

Elles souriaient en doutant de l'efficacité de sa recette, mais elles l'écoutaient, car elles l'aimaient. Elles le regardaient s'éloigner en boitant avec son bâton et disaient avec affection :

— Notre pè Ti Pilon !

Il ne manqua plus les réunions du tribunal qui avaient lieu une fois par mois à la Police Station. Le magistrat venait de Portsmouth pour juger les conflits banals : vols, querelles entre voisins, coups et insultes. Les plus fréquents étaient provoqués par des problèmes de propriété. Aucune terre n'était bornée, et il suffisait de la plantation douteuse d'un pied de bananier pour déclencher les hostilités. Le magistrat, ne disposant d'aucun papier, faisait appel aux témoignages des voisins et des vieux qui avaient la mémoire des partages et des traditions.

Les habitants de La Soie étaient friands de ces séances de tribunal du premier mardi de chaque mois. Ce jour-là, la vie cessait comme un dimanche. Hommes, femmes et enfants s'asseyaient en rond devant le tulipier où le fauteuil de velours rouge du juge était dressé sur une estrade. Le juge anglais, en costume bleu, yeux bleus, cravate, fendait la foule, escorté de gendarmes noirs en uniforme. Il ne mesurait pas un mètre soixante, mais son chapeau de feutre mou lui ajoutait de la taille et de l'importance. Il s'installait dans le fauteuil, se découvrait. Un gendarme lui remettait la liste des affaires. La tête inclinée, il tendait l'oreille vers ses interlocuteurs, gloussait aux bons mots des plaignants, et les répétait pour amuser la galerie :

— Tu dis : lui laid comme six fesses bourriques, si fesses lui laides, sa figure est pas beau !

Il tendait alors, en riant, la main vers le pichet de simos posé près de son fauteuil et s'en remplissait un grand verre. Il aimait, en effet, le jus de fruits de l'arbre de la mer, et n'exigeait de la population que cette contribution en nature. Donatien, devenu un témoin privilégié de ce tribunal, le petit juge se tournait souvent vers lui au moment de prononcer son verdict. Mais le pasteur était surtout présent pour retrouver ses ouailles. Il profitait de leur rassemblement pour s'adresser à ceux qu'il ne voyait pas à l'église, plus particulièrement les hommes.

— Vous étiez morts ? leur demandait-il en leur serrant la main.

— Non, mon pè, répondaient-ils, gênés, vous l'auriez su !

Le dimanche suivant, ils étaient à la messe.

La nouvelle église avait poussé. Ses murs d'enceinte et ses piliers s'élevaient à présent à hauteur d'homme. La mobilisation ne fléchissait pas. Donatien avait organisé un coup de main pour l'édification des premiers échafaudages. Chaque dimanche, et même en semaine, des mains anonymes apportaient des pierres et des boîtes de sable. Les bouteilles avaient commencé à être scellées entre les pierres autour de la grande porte, et déjà on imaginait ce mur de lumière. Doudou José, qui ne rechignait pas sur les mots, ne parlait plus que de cathédrale.

Mais, à la mi-juillet, les coraux arrachés à la mer pour le mortier manquèrent, la saison des pluies, clémente, n'ayant pas retardé les progrès du chantier. Et Rigobert se désola de perdre deux mois de travail jusqu'aux grandes marées de septembre.

— On économise, père, dit-il. Mais on ne peut

pas construire qu'avec du sable si on veut que notre église dure mille ans !

C'était une formule de Donatien, qui avait frappé les imaginations. Alors les jeunes gens vinrent le trouver, excités à l'avance par leur projet.

— On va plonger pour rapporter des coraux, père !

— Mais il y a la barre et au moins deux mètres de fond !

— On a l'habitude, père, on sait nager sous l'eau !

— Je ne veux pas qu'il vous arrive malheur.

Le chef de file des jeunes pêcheurs s'appelait Jean-Hilaire. Grand et beau, noir d'ébène, il adressait des clins d'œil aux filles en promettant de toutes les satisfaire. Il éclata de son gros rire à gorge déployée qui leur plaisait tant.

— Faites-nous confiance, père.

Et le matin du 15 juillet après la messe, ils descendirent en procession jusqu'à la mer en chantant l'*Ave Maris Stella.* Donatien bénit les canots et surprit tout le monde en se dépouillant de ses ornements sur la plage. Il les remit à un enfant de chœur et demanda une place dans une embarcation avec les jeunes qui n'étaient pas de cet avis.

— Père, la mer est rosse ! Vous serez malade !

— Vous plongez pour l'église. Ma place est avec vous !

Il sentit les premiers symptômes du mal de mer lorsque les rameurs commencèrent à tourner sur place tandis que les plongeurs disparaissaient et remontaient avec leur pierre. Alors il se décida. Il enleva sa soutane, sa chemise, garda son pantalon blanc. Il les voyait tous s'enfoncer en riant dans la mer et remonter comme des bouchons. Pourquoi, avec l'aide de Dieu, n'y arriverait-il pas ?

Il récita une petite prière avant de se jeter la tête la première. Il ouvrit les yeux. L'océan salé le brûlait. Le fond était loin encore. Le manque d'air lui serrait la poitrine. Il entrevit la silhouette noire d'un garçon qui remontait lesté de son corail. Cela lui donna la force et le courage. Il descendit, tâtonna au fond, trouva quelque chose qui ressemblait à une pierre. Il remonta, rejoignit la lumière et reprit sa respiration dans l'explosion d'un cri.

Les marins, qui surveillaient la surface avec inquiétude, applaudirent à sa réapparition. Il tendit sa pierre au canot. C'était bien un corail, de dimension estimable. Il était heureux comme il ne l'avait pas été depuis longtemps. Il ne sentait plus l'étau qui lui écrasait la gorge depuis la mort de Carita. Il se surprit à chantonner le cantique qu'aimaient les Dominiquais : *Que Tes œuvres sont belles, que Tes œuvres sont grandes...*

Il s'enfonça de nouveau dans la mer. Ses mouvements étaient plus coordonnés, la douleur dans la poitrine moins violente. Il ne sentait pas son déhanchement. « Est-ce, Seigneur, pensa-t-il, que Vous avez décidé d'épargner Votre pauvre Jacob ? » Il remonta à la surface et goûta au plaisir de l'irruption de l'air dans ses poumons. Les jeunes étaient heureux de sa présence au milieu d'eux. Leurs cris joyeux se répondaient sur la mer. Un cordon de femmes, d'enfants, de vieux attendait sur la grève. Les oiseaux de mer rasaient les canots, attendant une manne de poissons qui ne venait pas.

Quand ils regagnèrent la rive, les canots chargés de coraux, il envoya un enfant de chœur chercher le Kodak au presbytère, et il photographia les bateaux et leur étrange pêche.

Insensiblement, il s'était mis à écrire davantage en France. Chaque soir, même harassé, au retour de ses longues randonnées, il éprouvait le besoin de prendre une feuille de papier et de parler de ses activités. Ainsi il comblait le manque de Carita. Il écrivit à la paroisse de La Genétouze, au curé Gallot, à des amis prêtres pour les prier d'organiser une collecte pour financer les tôles de la couverture :

Si Dieu le veut, et si le temps le permet, nous devrions poser la charpente à Pâques, l'an prochain. Nous avons tout réalisé avec les moyens de l'île. Mais les tôles coûtent une fortune. Mes paroissiens, extrêmement pauvres, n'ont pas l'argent nécessaire. Monseigneur m'a promis une subvention qui couvre le quart du besoin. Allons-nous laisser notre « cathédrale » livrée aux averses tropicales ? Nous sommes sûrs qu'avec votre aide, et celle de la Providence, nous mènerons la construction de la nouvelle Notre-Dame de La Soie à son terme. Mes légionnaires de Marie prient avec une belle énergie pour vous.

Sa sœur Alexina était sa confidente privilégiée. Ils avaient été éloignés durant leur jeunesse. La distance et la franchise d'Alexina resserraient à chaque lettre leur dialogue, et ils s'épanchaient librement.

Maman n'a pas changé, lui écrivait-elle. *Elle refuse de ne porter que du noir et fait jaser les voisines. Elle dialogue avec papa et continue de vivre comme s'il était au milieu de nous.*

Elle lui décrivait Marcellin, son mari, à la tête de La Trézanne :

Nous ne sommes pas un couple sans orage. Je reconnais que mon mauvais caractère en est largement responsable. Mais le courage de Marcellin force l'admiration, la mienne en tout premier. Il faut dire qu'il a été à bonne école. Je me demande si, dans sa tête, il n'est pas encore le domestique de la maison...

Donatien lui détailla l'inventaire de sa ferme modèle.

Je suis l'exemple des bons frères de l'école d'agriculture de La Mothe : j'organise des après-midi de formation. Nous avons traduit en créole des pages entières du livre de zoothérapie que je t'avais demandé de m'envoyer. Voici l'inventaire de mon cheptel : vaches à bosse (4, dont deux pleines) ; cheval (1, Cécé attend un poulain) ; moutons (3) ; chèvres (6) ; cochons (2, truies) ; canards (3) ; poules (8) ; lapins (12) ; total : 39.

Ce chiffre est provisoire, des naissances étant attendues. Doudou ne suffit plus à soigner tout ce monde. Il s'est choisi un commis, et il montre des capacités d'organisation et d'initiative que je n'aurais pas soupçonnées. Il a décidé de prendre femme, et m'a présenté sa promise, Lilette, dimanche. Hugo, son père, nous a annoncé une fête mémorable. Tu remarqueras que je n'ai pas inclus Virgule dans le cheptel. La chienne m'est personnellement attachée.

Sur une autre lettre, il lui esquissa une partie de son emploi du temps :

J'ai quitté La Soie samedi après-midi, vers une heure, à pied. Je suis arrivé à Sainte-Marie des Caraïbes à six heures, et j'ai dirigé la prière du soir. Je me suis levé à cinq heures le lendemain matin, et j'ai confessé quelques personnes avant de chanter la messe et de célébrer cinq baptêmes. J'ai rendu visite à deux malades, et je suis parti de Sainte-Marie à deux heures et demie, en pleine chaleur. J'ai rejoint La Soie après la nuit à sept heures et demie. Le lendemain, je suis reparti à six heures pour une réunion des pères à Portsmouth, où je suis arrivé à midi. Demi-tour le lendemain, à la même heure. Dieu merci, Ti Pilon marche bien. J'ai quelquefois mal aux hanches, le soir. L'emploi du temps n'est pas toujours aussi chargé. Mais je remercie le bon Dieu de m'avoir donné une bonne santé. Et puis, je l'ai encore constaté à Portsmouth, l'air circule près de la côte sous le vent. La chaleur est supportable grâce aux alizés. À Portsmouth, on cuit.

Il terminait toujours ses lettres en lui demandant :

Prie bien pour que je sois à la hauteur de ma mission. Alexina lui répondit : *Je prie pour toi puisque tu le souhaites. Mais je ne sais pas qui, de nous deux, a le plus besoin de prières. Tu occupes une place de choix auprès de Celui qui tient le robinet des grâces.*

Elle était surtout désespérée de ne pas attendre d'enfant, et revenait chaque fois sur ce constat :

Je ne suis toujours pas enceinte. Je n'attends pas d'enfant. Je me suis mariée tard. J'ai épousé Marcellin pour en avoir. Trois ans ont passé, et je reste stérile. Marcellin n'en est pas responsable. Il accomplit aussi ce devoir avec la constance et la conscience que tu lui connais. Maman pense que c'est peut-être à cause de son mariage consanguin avec papa : tu boites, et moi je suis bréhaigne. J'ai consulté deux médecins spécialistes. Ils ont soupiré, haussé les épaules. J'ai l'impression que certaines complexités de notre mécanique leur échappent... Moi, j'ai besoin de tes prières.

Donatien hésita, et puis lui écrivit cette réponse brûlante par retour de courrier :

Tu te lamentes de ne pas avoir d'enfant ! Ici, ils sont innombrables. Les femmes, disent les Domi-

niquais, sont d'abord un ventre ! Il y en aurait certainement un pour toi. Quel dommage que nous soyons aussi éloignés. Tu pourrais venir le chercher !

Il cacheta sa lettre sans la relire.

18

La lettre d'Alexina lui arriva le jeudi de la troisième semaine de l'avent, jour où le facteur du Post Office distribuait le courrier. Ce matin-là, ils installaient la crèche dans l'église. Donatien sortit sur la place lire la lettre de sa sœur qui lui écrivait :

Nous avons déjà pensé à adopter un enfant. En Vendée aussi, tu le sais, les familles nombreuses sont la règle, et l'Assistance publique reçoit son contingent d'enfants abandonnés. Mais ton idée d'adopter un petit de ta mission m'a séduite. Ta suggestion est-elle sérieuse ? Un Dominiquais serait le bienvenu chez nous. Maman a d'abord ri de ta proposition. Et puis, tu connais son audace, elle a dit la première : « Pourquoi pas ? »

Le cœur de Donatien, qui marchait parmi les pierres de son chantier, battit violemment. Il rentra dans l'église, appela Margaret qui portait saint Joseph entre ses bras. Ils sortirent par la petite porte conduisant au presbytère. Et Donatien, affolé, lui traduisit précipitamment les propos de sa sœur. Ils étaient montés dans la galerie. Margaret s'appuyait, bras croisés, au balcon. Elle avait surpris Donatien en venant aider à la crèche et avait devancé ses questions en disant :

— Noël est à tout le monde !

Il se demandait maintenant si la Providence ne l'avait pas envoyée pour cet entretien. Elle lui dit, le regard sur la ligne de mer frottée par un furieux alizé :

— La proposition vient de vous...

Il s'éloigna sur la galerie.

— Ce n'était pas une proposition, tout juste une réflexion en l'air. Je n'ai pas pensé une seconde que...

Une ombre de sourire glissa sur la joue de Margaret.

— Vous l'avez écrit.

— Ce serait une folie... Vous voyez Alexina traverser l'Océan ?

— Je ne la vois pas. Je ne la connais pas.

Elle gardait les bras croisés. Elle sortit son collier d'or de son corsage et joua avec la croix.

— Si c'était une folie, père, m'auriez-vous lu la lettre de votre sœur ?

Donatien cilla et se tut. Le vent aiguisait l'éclat de toutes choses. Le bougainvillier du balcon s'agitait, la poussière volait. Donatien s'accouda près d'elle et lui demanda enfin, en proie à une tempête de sentiments contraires :

— Franchement, qu'en pensez-vous, Margaret ?

Une ride creusa le front blanc de l'Anglaise.

— Franchement : c'est une chose matériellement difficile, mais possible...

Il reprit la plume et écrivit fermement à Alexina pour lui enlever cette idée folle de la tête. Mais il n'avait pas le cœur aussi ferme qu'il le prétendait et il sentait bien qu'il était partagé. Il s'en voulait, lui disait-il, de lui avoir fait miroiter des chimères avec sa remarque irréfléchie. La Dominique était trop loin. Les Dominiquais étaient anglais. Il valait mieux, si elle voulait adopter un enfant, suivre sa première idée et s'adresser à l'Assistance publique.

Il attendit la réponse d'Alexina qui lui arriva en janvier 1949 avec les vœux de bonne année et un mandat d'Élise qui paierait quelques tôles pour la toiture de l'église. Elle ne désarmait pas, au contraire. L'idée avait fait son chemin, et Donatien connaissait assez sa sœur pour savoir qu'à présent il serait difficile de l'arrêter. Elle s'était renseignée sur les formalités du voyage :

La liaison France-Antilles n'est plus aussi compliquée qu'à l'époque de ton départ. Un paquebot effectue régulièrement la traversée à partir de Saint-Nazaire. On m'a arrêtée à la Libération parce que j'avais soigné un Allemand. Ce serait une belle revanche de ramener un enfant étranger et de l'adopter. C'est une folie, peut-être. Mettre au monde un enfant n'en est-il pas une ? Il ne te reste plus qu'à me le trouver, cet enfant que tu m'as promis.

Donatien lui répondit :

Je ne t'ai rien promis du tout ! Il ne s'agit pas de toi, Alexina. Crois-tu vraiment qu'un sauvage caraïbe puisse être heureux et bien accueilli en Vendée ? Imagines-tu qu'il deviendra un objet de curiosité et qu'on se retournera sur votre passage quand tu sortiras avec lui ? Interroge maman, elle en sait quelque chose. Un jour, à la foire, elle a cramponné une femme qui me regardait marcher alors qu'elle me tenait par la main. Songe au calvaire de cet enfant à l'école de La Genétouze. Les sauvages sont aussi chez nous, Alexina, je les connais, je les ai fréquentés...

Il écrivit encore à sa mère, au curé Gallot, et les pria de raisonner sa sœur : *Les enfants de La Soie n'ont pas besoin de parents étrangers. Ils grandissent chez eux, entre la mer et la forêt, dans la liberté des enfants de Dieu...* Il écrivait toutes ces lettres, mais se battait en reculant. Il tremblait en même temps d'espérer.

Fortuné avait maintenant dix mois. Donatien le retrouvait chaque semaine dans la nursery de Morne-Rouge en compagnie du fils de Margaret. L'enfant profitait de la présence de cet aîné et s'éveillait avec une rapidité surprenante. Il s'agrippait à la barrière de son parc à l'arrivée de Donatien et mouvait ses jambes comme un ressort. Il s'épanouissait d'un délicieux rire à fossettes, en vrai portrait vivant de Carita, au même regard en amande, même visage ovale. Il tendait sa menotte pour la plonger dans la barbe de Donatien.

— Il joue les anges avec vous, mon pè, se plaignit sa nourrice, jalouse des effusions du petit. C'est un dyab ! Je ne lui donnerai plus à téter : il me mord quand le lait ne vient pas !

Et, pour montrer sa détermination, elle lui enfourna dans le bec avec ses doigts une bouillie de christophines à la crème que Fortuné sembla trouver à son goût.

— Vous le faites téter tout de même ? s'inquiéta Donatien.

Elle haussa les épaules, et ses seins remuèrent sous la toile fine de sa blouse.

— Bien sûr, pè !

Donatien posa la main sur la petite tête tiède et frissonna au contact de sa peau soyeuse.

— Petit de Carita, murmura-t-il.

Il avait son Kodak. Il pria la nourrice de le prendre dans ses bras. Il approcha son œil du viseur.

Margaret lui dit un soir :

— Vous avez remarqué comme ses cheveux sont bouclés ?

— Vous ne trouvez pas cela joli ?

— Si, mais ce n'est ni la couleur ni la coiffure caraïbes.

Elle tourna la tête et regarda avec insistance la coiffure de Donatien. Il lui demanda à brûle-pourpoint :

— Croyez-vous qu'il soit possible de lui obtenir des autorisations pour son départ en France ?

— Je ne crois pas que ce soit facile, dit-elle, si vous parlez d'un départ définitif. Il est sujet de Sa

Majesté. À moins qu'on lui découvre un père français.

Ils étaient assis sous l'avant-toit de Morne-Rouge. La porte de la salle à manger était ouverte. Le lustre éclairait la vaisselle de porcelaine et les couverts d'argent sur la table. La machine à vapeur de la distillerie haletait dans le contrebas, couvrant leur murmure. La longue cheminée de pierre charbonnait le ciel scintillant d'étoiles.

— J'ai tout fait pour empêcher que cela arrive, chuchota Donatien dans l'air immobile de la soirée, en même temps je ne peux me retenir de souhaiter que cela arrive.

— Je l'avais compris.

La scie des grenouilles emplissait le morne. Pas une palme ne bougeait. Donatien ajouta :

— Je fais le mal que je ne voudrais pas, je ne fais pas le bien que je voudrais faire.

Le mari de Margaret qui remontait de la distillerie demanda :

— Alors dans quel état avez-vous trouvé votre petit protégé, aujourd'hui, mon père ?

Alexina arriva à Roseau le jeudi 3 mai 1949. Un ciel lourd de saison des pluies pesait sur la capitale. Hugo l'attendait avec sa voiture au bout de la jetée flottante mise en place par les Américains. Il souleva son chapeau.

— Il y a trois ans et demi, c'est moi qui ai amené le père à La Soie.

Il s'efforçait de parler le plus distinctement possible. Alexina l'avait compris : elle lui sourit en hochant la tête. Il réajusta son chapeau et s'empressa de charger la malle et les valises dans sa voiture. Il était sept heures et demie du matin. Hugo s'arrêta devant le bureau du Post Office sur le port et téléphona au presbytère de La Soie pour annoncer la réception de la voyageuse et promettre leur arrivée à La Soie en fin de journée.

Il la promena d'abord dans la capitale et lui montra la cathédrale, l'évêché, la résidence du gouverneur. Il était fier de parader avec cette grande bétjé au port de reine coiffée d'un chapeau-cloche en paille qui était comme un trait de feu dans l'endormissement de l'île. Il interpellait les passants :

— Sa sa yé ? Comment vas-tu ? C'est la sœur du père !

Il éclatait de rire comme un enfant à qui l'on a remis un cadeau. Sa figure ridée de mulâtre rosissait. Alexina, qui n'était pas dupe, souriait à demi, les lèvres pincées, sous son chapeau-cloche. Enfin ils franchirent la rivière à la sortie de la ville, et entrèrent dans la forêt.

Donatien, parti avec son bâton à leur rencontre, les rejoignit dans la pénombre du jour finissant sous les grands arbres, et il hésita à reconnaître sa sœur assise sur le banc. Elle se leva dans son éclatante robe jaune, elle avait l'air aussi surprise que lui. Elle ne pouvait pas croire que son frère était devenu ainsi, et pourtant elle le reconnaissait à sa démarche.

Ils ne se dirent rien. Le cheval de Hugo renâclait. Ils se souriaient. Elle enleva son chapeau, libérant sa longue chevelure renvoyée vers l'arrière. Ses yeux mobiles examinaient cet étrange pèlerin en sueur dans son ample soutane, le chapelet au cou, la barbe longue et le bakwa sur la tête. Elle murmura enfin :

— Donatien !

Il se découvrit à son tour. Elle avança le pied vers le marchepied et il tendit les bras. Elle s'y laissa tomber. Il rit de plus belle, ses dents blanches et saines de jeune homme éclataient dans sa barbe noire.

— Dieu est bon, dit-il.

Et ce fut plus fort que lui, dans la chaleur lourde et l'odeur des moisissures de la forêt, il resta un moment écrasé par l'émotion, le front, les yeux, le nez, la bouche, contre l'épaule de sa sœur. Son sang lui battait aux oreilles. Il s'écarta enfin :

— Excuse-moi, c'est la joie de te revoir.

Elle passa la main dans ses cheveux et sa barbe hirsutes.

— Pourquoi ne t'es-tu pas coupé les cheveux ?

— Je les couperai, maintenant que tu es là. Tu me les couperas ?

Il sourit et se recula pour contempler sa sœur. Il la trouva belle comme il ne l'avait jamais vue, impressionné par la lumière de ses yeux. Il la connaissait trop auparavant pour bien la voir.

— Tu n'as pas l'air d'une paysanne, lui dit-il.

— Et toi, quel missionnaire es-tu ? lui répondit-elle.

Hugo tournait la tête, gêné, il se plongeait dans la contemplation de ses ongles. Alexina, la main dans le dos de son frère, sentit que sa soutane était collante de sueur. Ils revinrent vers la voiture et se serrèrent à trois sur le banc. Donatien lui parla de son île.

— Christophe Colomb a appelé cette île Dominique, parce qu'il l'a découverte un dimanche, dit-il. Mais elle ne connaît pas de jour de repos. Tout vit, ici, tout croît sans cesse avec exubérance grâce au soleil et à la pluie.

Alexina lui raconta sa traversée. Elle avait souffert du mal de mer au départ de Saint-Nazaire. Puis le beau temps était venu. Ils étaient passés au large des Açores et avaient été soudain précipités dans l'été. Les marins avaient déployé les stores sur les ponts. Le paquebot *Aratro* était rempli de fonctionnaires et d'officiers qui s'en allaient prendre leur poste en famille aux Antilles...

Alexina parlait avec volubilité. Elle tenait son frère par la manche comme pour le convaincre de l'importance de ses propos. Il y avait tant de jours qu'elle naviguait, seule, sans interlocuteur, elle se rattrapait. La nuit tomba brutalement, comme à l'accoutumée. Donatien lui montra l'Océan dans l'échancrure de la montagne. La lumière de la lune plombait ses vagues. Ils entrèrent dans l'allée des manguiers de Morne-Rouge. Les McCourt avaient offert de prendre Alexina pour pensionnaire, et ils les attendaient.

Donatien déposa sa sœur chez eux et regagna aussitôt son presbytère. Il avait convenu avec Margaret qu'elle lui présenterait Fortuné en son absence.

Il revint, le lendemain après sa messe et trouva Fortuné dans les bras de sa sœur. Il fut jaloux de découvrir la tête du petit sur sa poitrine, et les bras autour de son cou.

— Tu ne m'avais pas dit qu'il était si beau, ni si câlin, fit-elle, les yeux brillants. Si je l'avais su, je n'aurais pas hésité si longtemps !

— Ici, ils sont tous comme ça, grogna-t-il, ils sont toujours prêts à tomber dans les bras du premier venu !

Il crut entendre la voix du père Bachelier et s'en voulut de cette réponse. Alexina s'était assombrie. Margaret le regardait. Il corrigea en souriant :

— C'est vrai, Fortuné est mignon, et il sait ce qu'il veut.

Il lui tendit les bras. Alexina l'avait posé sur le plancher de la galerie. À treize mois, Fortuné, déjà bien charpenté, avait des muscles ronds aux jambes et aux bras. Ses prunelles riaient au fond de l'amande des paupières. Il hésita un peu en balançant le derrière, la tête inclinée, et puis démarra, un pas, deux, sur les lattes inégales, et accéléra. Donatien recula pour garder la distance, et puis le laissa se jeter, tête la première, dans le pan de sa robe. Il le souleva.

— Bravo, tu trottes comme un lapin !

Il traça sur son front le signe de la croix. C'était sa manière de signifier sa tendresse. Alexina lui vola l'enfant et, comme il appuyait encore sa joue contre sa poitrine.

— Je crois vraiment qu'il m'a adoptée..., chuchota-t-elle.

Et puis :

— Tu m'avais écrit qu'il était noir. Il est tout juste cuivré, et bouclé comme toi.

Margaret souriait.

Donatien emmena sa sœur se promener sur ses terres. Les McCourt avaient mis leur boghei et un cocher à leur disposition. John rêvait d'une automobile, mais les chemins de la côte sous le vent étaient impraticables, même pour une jeep. Il assaillait le gouverneur de demandes d'aménagement des routes. Il conduisait une motocyclette qui passait partout et l'avait promise à Donatien lorsqu'il la changerait. Donatien rêvait du jour où il circulerait dans sa paroisse en tournant la manette des gaz.

Donatien s'était trompé. À Pâques, les travaux de couverture de l'église n'étaient pas commencés. Les maçons, juchés au sommet des derniers échafaudages, achevaient d'araser les hauts murs de basalte dressés face à l'Océan. Les piliers attendaient à bonne hauteur, la tour carrée du clocher les dominait, la lumière entrait par le vitrail de bouteilles de bière dessiné en cœur par Honoré. Les scies s'activaient au sol sur les lourdes poutres de la charpente : des machettes dégauchissaient des troncs entiers. Une chèvre s'installait au milieu du chœur pour élever les premiers éléments. Les hommes de La Soie, tous habitués à vivre et à travailler avec le bois dont ils faisaient leurs cases, leurs canots, leurs charrues, leurs lits, étaient venus en nombre offrir leurs services à Rigobert débordé. Ils travaillaient en chantant, torse nu. Le chantier n'avait jamais connu une telle affluence, hors les jours de coups de main. Alexina serra la main du chef des travaux poudré de poussière grise.

— J'apporte le mandat, lui dit-elle, qui devrait permettre de couvrir l'église.

On lui avait remis la collecte organisée en Vendée pour Notre-Dame de La Soie. Un sourire aimable craquela la figure tannée de Rigobert.

— Byèn mési ! Le père nous avait promis que vous penseriez à nous.

Alexina ne comprenait pas tout, mais elle devinait, et Donatien lui traduisait. Il la présenta aux ouvriers du chantier. Ils levèrent vers elle des regards brûlants. Elle sentait leur gêne et leur désir, non pas d'elle puisqu'elle était la sœur du père, mais du monde qu'elle représentait.

Létitia avait sacrifié une poule de la basse-cour et l'avait bouillie avec des dachines et des patates douces. Alexina assit Donatien sur le tabouret de sa chambre, après le déjeuner, et lui déplia une serviette sur les épaules. Les lames de ses ciseaux cliquetèrent, et les trop longues boucles s'amoncelèrent sur le plancher comme les copeaux de la charpente dans l'église.

— J'avais besoin d'être équarri, plaisanta-t-il.

La séance dura longtemps car, en même temps

que les ciseaux claquaient, ils dialoguaient, à voix sourde pour ne pas être entendus de la cook. Alexina s'arrêtait et oubliait son ouvrage. Puis le cliquetis reprenait.

Elle attaqua ensuite la barbe frisée. Il se mit à pleuvoir. Il y eut des éclairs et du tonnerre, et l'averse tomba avec violence. Ils parlaient toujours, à cœur ouvert, comme un frère et une sœur qui s'abandonnent, se disent tout, ne dissimulent rien.

Lorsqu'ils sortirent, après la pluie, La Soie était noyée dans les fumées bleues de l'orage, l'horizon sur la mer était complètement bouché. Donatien était transfiguré. Il avait retrouvé son visage d'avant et, avec ses cheveux courts, sa barbe rase, il ressemblait à sa sœur. L'un et l'autre avaient les joues enflammées par leurs confidences, et leurs prunelles brûlaient.

Ils marchèrent côte à côte à travers les nuées déjà percées de flèches de soleil, et descendirent vers le cimetière. Il lui montra le calvaire et la tombe du père Bachelier.

— Chaque fois que je passe devant sa tombe, je pense à papa. Nous restons ses enfants comme si nous avions toujours besoin de nos parents.

Ils s'arrêtèrent, épaule contre épaule, devant celle de Carita. Ils y restèrent longtemps. Donatien souffla à sa sœur :

— Viendrais-tu prier à l'église avec moi, maintenant ?

Ils entrèrent dans la vieille église de bois et montèrent jusqu'à la sainte table où ils s'agenouillèrent. Donatien s'adressa à la petite flamme qui vacillait près du tabernacle.

— Mon Dieu, nous voici devant Vous. Nous venons de passer un moment près de la tombe de Carita qui Vous a rejoint. Elle m'a donné son enfant. Vous connaissez notre faiblesse et notre péché. Vous ne nous avez pas épargnés. Vous nous avez éprouvés dans notre cœur et dans notre chair. J'avais promis de me consacrer à Votre mission et de ne pas me soucier des choses qui passent. Je ne pourrai pas aider Fortuné à grandir comme il le faudrait. Alors permettez-moi de le remettre à Alexina, ma sœur, puisque Vous avez bien voulu nous réunir. Gardez-les l'un et l'autre, ils sont Vos enfants. Quant à moi, aidez-moi à être privé de la chair de ma chair. Étendez Votre main, et faites ce qu'il Vous plaît. J'aurai la joie de ne pas avoir transgressé Vos préceptes...

Il prononça ces derniers mots dans un souffle. Alexina tenait son frère par le bras et le sentait trembler.

Ils sortirent dans les grandes orgues du soleil revenu, et Donatien accompagna sa sœur jusqu'au goyavier de la haie de son jardin. Le sol était jonché de fruits éclatés en tombant, révélant une chair rouge et des pépins blancs. Il cueillit une grosse goyave bien brillante et bien jaune, l'essuya à sa soutane et la tendit à Alexina.

19

Les cris de la nourrice réveillèrent brutalement Morne-Rouge le lendemain matin, à l'heure de la tétée : Fortuné n'était plus dans sa chambre, il avait disparu. Les McCourt se demandèrent s'il avait pu escalader les barreaux de son lit, et Margaret interrogea la nourrice qui se tordait les bras en pleurant.

— Mais oui, Madame, je l'ai couché comme d'habitude. Je suis passée le voir avant de m'endormir. J'avais laissé la porte ouverte pour l'entendre s'il m'appelait !

Le personnel de la plantation le rechercha sur les pelouses, parmi les massifs de bougainvilliers, entre les manguiers de l'allée. Alexina, gagnée par le vertige, se demandait si le destin la dépossédait de son enfant avant qu'on le lui ait vraiment donné. Elle monta dans le boghei, et accourut chez son frère, haletante, pâle, folle d'inquiétude :

— Donatien ! Fortuné a disparu !

Il était dix heures. Donatien s'efforça de l'apaiser et lui rappela que lui aussi avait disparu, un jour, à La Trézanne, et qu'on l'avait retrouvé endormi entre les sabots du cheval. Il rapprocha la disparition de Fortuné de celle de Létitia : pour la seconde fois depuis son arrivée à La Soie, sa servante n'avait pas pris son service au presbytère ; il l'avait supposée souffrante et se préparait à lui rendre visite.

Ils descendirent à la case de la cuisinière et trouvèrent ses filles surprises de l'absence de leur mère. Elles s'étaient réveillées après son départ, comme à l'habitude, et l'avaient crue à son travail. Il devenait probable que Létitia avait marché vers Morne-Rouge et qu'elle avait enlevé son petit-fils.

Donatien sella Cécé. Les ouvriers de l'église se répandirent à travers La Soie pour retrouver la trace de Létitia et de son petit-enfant. Qu'est-ce qui lui avait pris ? Elle était une femme raisonnable. Autrefois, au temps de sa jeunesse, elle avait été comme toutes les autres, volage. Elle avait connu des amours remuantes avec son Caraïbe et s'était donnée en spectacle devant tout La Soie. Elle avait récolté ce qu'elle avait semé : elle était tombée en situation, avait mis au monde Carita, son Caraïbe l'avait abandonnée. Mais elle n'avait pas manqué de courage pour élever seule ses enfants.

La population de La Soie gravit le morne à la recherche de Létitia, la héla dans la forêt, battit le rivage. L'inquiétude grandit chez les McCourt à mesure que le temps passait. Mais Donatien s'inspira de ses paroissiens qui semblaient ne pas trop se soucier de la disparition de leur fantasque voisine et la prenaient même comme un jeu.

Le soleil disparut derrière le bourrelet de nuages noirs au sommet du morne. Le souffle d'air qui apportait la nuit agita les palmes des cocotiers. Donatien avait rejoint tous ceux de Morne-Rouge, rentrés bredouilles, lorsqu'une chanson s'éleva de l'allée de manguiers, modulée par une voix flûtée très douce :

Ka sanmb on pijon blanc (Qui ressemble à un pigeon blanc)

Ka sanmb on totewel... (Qui ressemble à une tourterelle...)

Ils se précipitèrent. Létitia s'en revenait de son pas pesant de femme lourde, son petit-fils au cou. Ils l'attendirent et firent cercle autour d'elle sur la pelouse. John McCourt voulut se fâcher, Donatien s'interposa et interrogea doucement :

— Nous vous avons cherchée toute la journée, où étiez-vous ?

Létitia s'épanouit d'un large sourire.

— Je montrais son île à mon tiyich.

— Nous avons fouillé partout. Nous ne vous avons pas trouvée.

Elle montra vaguement la forêt derrière elle.

— Quand un Caraïbe est élu roi, il s'isole dans le silence. Il s'habille d'une ceinture de feuilles de palmiste...

Elle souleva la robe de Fortuné et découvrit la ceinture de feuilles autour de sa taille.

— ... on verse sur lui le palinot contenu dans

un canari. La nation entière part à sa recherche, et lorsqu'elle l'a trouvé, elle jette à ses pieds ses arcs et ses flèches et se prosterne devant lui...

— Vous étiez sur le territoire caraïbe ? demanda Donatien.

Létitia soupira, et après avoir donné un baiser bruyant sur la joue de Fortuné :

— Vous pouvez le prendre maintenant, et en faire ce que vous voulez !

La nourrice l'apostropha :

— Tu lui as donné à manger ?

Létitia répliqua :

— Tu crois que je l'ai laissé mourir de faim ! Il n'a pas besoin de tes gros totots !

Donatien scruta à travers la pénombre le regard noir de la cuisinière.

— Vous ne voudriez pas qu'il s'en aille ?

Elle fit semblant de ne pas l'avoir entendu et, retrouvant son ton de cuisinière :

— Lui n'a peut-être pas faim. Mais, moi, j'aimerais m'asseoir et manger quelque chose. Il me semble que les jambes me rentrent dans le corps.

La nuit était venue. Des nuages poursuivaient la lune. Le bruissement des palmes annonçait une prochaine averse. Ils accompagnèrent en cortège le petit roi dans la maison de Morne-Rouge.

Létitia prit son service aux premières lueurs, le lendemain matin, comme si rien ne s'était passé. Donatien entendit son souffle sur les braises pour attiser le feu. Elle lui demanda, en lui servant son café :

— Père, préparez-moi le papier pour votre sœur. Je veux bien qu'elle devienne la mère de Fortuné.

— Vous n'avez pas changé d'avis ?

— Nous avons tous regardé l'Océan avec l'envie de le traverser depuis que les pères sont arrivés chez nous. Si je n'étais pas d'accord, vous verriez toutes les mères de La Soie venir vous proposer leur fils.

— Vous ne le verrez plus, Létitia.

Elle haussa les épaules.

— Vous ne le verrez plus, non plus, mon pè !

Elle le fixait intensément. Il lut dans l'eau noire de ses yeux qu'elle avait tout compris. Elle savait. Et il frissonna.

Elle détourna les yeux et soupira :

— Vous pouvez être tranquille, père... En vous confiant Fortuné, Carita souhaitait qu'il soit élevé comme un bétjé.

Donatien rédigea le papier qui attestait que Létitia abandonnait tous ses droits et prérogatives sur son petit-fils orphelin et le donnait à ses parents adoptifs Marcellin et Alexina. Il lui lut l'acte. Létitia savait signer son nom. Il contresigna. Il était à La Soie le seul officier d'état civil. Sans lui aucune naissance, aucun enterrement n'aurait été enregistré. Il prépara l'acte de baptême de Fortuné pour Alexina.

Elle arriva dans le boghei des McCourt, gaie, souriante, belle dans sa robe jaune. Elle était venue à la Dominique en doutant encore du bien-fondé de son voyage. Mais quand, la veille au soir, sur la pelouse de Morne-Rouge, Létitia lui avait mis Fortuné dans les bras, elle avait senti qu'elle le lui donnait comme à sa fille. Elle avait mal dormi, s'était levée, avait marché deux fois jusqu'à la nursery pour regarder dormir son enfant. La nourrice, qui ne dormait que d'un œil, était accourue craignant qu'on veuille encore le lui enlever. Alexina s'était promis de dissimuler sa joie devant son frère, mais c'était plus fort qu'elle : elle la transpirait. Les ouvriers sur le chantier la saluèrent de la main en souriant. Létitia sortit sur la galerie, les poings sur les hanches.

— Tu vas manger avec le père, dit-elle. Les pêcheurs ont apporté la daurade.

Alexina aima ce tutoiement. Elle eut envie d'embrasser Létitia. Donatien sortait à son tour, un livre dans les mains.

— Vous mangerez aussi avec nous, Létitia, dit-elle.

Létitia s'en retournait vers sa bassine de friture et la morue de ses acras qui parfumaient l'air du presbytère, elle bougonna :

— Ne vous occupez pas de Létitia. Létitia a l'habitude de manger toute seule. Elle ne se met pas à table.

Donatien et Alexina se sourirent.

— Monte ! lui dit-il.

Virgule, sorti de dessous l'escalier, monta avec elle. Ils s'accoudèrent à la balustrade.

— À quoi penses-tu ? lui demanda-t-il.

— À rien, à un bonheur de carte postale.

Elle profitait du spectacle de ce morceau de l'île verte, ses palmiers, ses bananiers, les montagnes, le soleil, la mer. Elle ajouta :

— Je vais écrire à Marcellin. Même si la lettre arrive après moi, je veux qu'il partage ces moments avec moi.

— Pourrons-nous manger bientôt ? demanda Donatien. J'emmène Alexina à Sainte-Marie des Caraïbes.

— C'est prêt ! répondit Létitia.

Alexina avait apporté un jambon de La Trézanne, du cassis, du vin vieux, et les sablés au beurre de leur mère dans un bocal. Il se rappelait les étapes de leur confection en les mangeant des yeux à travers le verre : la farine, le lait, le beurre, le sucre et le sel, dans le grand saladier de terre, la pâte roulée sur la table, le verre découpant les palets bien ronds, la tôle où ils se serraient enfournée dans la cuisinière, et l'odeur chaude, délicieuse, répandue à travers la maison. Dans une lettre qui accompagnait les paquets, sa mère regrettait de ne plus être assez jeune pour accompagner Alexina. Elle s'inquiétait de la santé de Donatien, devinant qu'il était surmené : *N'oublie pas de te reposer. Prends soin de toi. Alexina me fera son rapport !* Elle évoquait la venue de Fortuné à La Trézanne :

À la question de savoir si cet enfant sera plus heureux chez nous que dans son pays d'origine, il n'y a pas de réponse. Tu es le mieux placé pour juger. Je peux, par contre, t'affirmer que peu d'enfants sont attendus avec autant de joie et d'impatience. Sa chambre est prête, bien sûr, mais surtout les cœurs. Son arrivée après la longue traversée de l'Océan lui donnera la même légitimité que neuf mois d'attente. À dire vrai, il est attendu depuis trois ans ! Je me suis demandé comment aurait réagi Augustin. Et je suis convaincue qu'il aurait aimé une telle aventure. Je le vois se promener fièrement en compagnie de son petit-fils antillais...

Donatien arrêta le boghei devant l'arbre du voyageur de Sainte-Marie des Caraïbes.

— On l'appelle ainsi, expliqua-t-il, parce qu'il renferme un litre et demi d'eau, pas toujours très potable, car elle est généralement polluée. Elle a un goût fade, mais on en a fait le symbole de l'hospitalité.

La cook de Sainte-Marie cuisinait des lambis. Retirés de leurs conques, ils dégorgeaient sous le sel et les feuilles de bois d'Inde. Elle les battit soigneusement à coups de maillet pour les attendrir et les porta sur le gril. Elle les offrit à Donatien et Alexina, moelleux et tendres comme de la rosée, avec une sauce aux piments.

Le matin du départ, la nourrice tira Fortuné de son lit, à trois heures et demie, et le petit, comme s'il pressentait quelque chose, se cramponna aux barreaux. Il cria. Il prit ce sein que depuis son retour de la forêt avec Létitia il refusait de téter.

Donatien descendit du dos de Cécé avec des perles d'eau sur la pèlerine. Une pluie raisonnable tombait, inhabituelle sous ces latitudes. Il avait proposé à Létitia de l'accompagner, la veille, mais elle avait secoué la tête.

— J'ai mon petit-fils dans mon cœur. Que Dieu le garde.

Ils se rassemblèrent tous dans la salle à manger des McCourt. Les aiguilles du cartel d'ébène avançaient sur les chiffres en émail. La malle et les valises d'Alexina attendaient dans le couloir. Elle avait, ce matin-là, un teint de cierge, et les orbites creuses. Elle avoua qu'elle n'avait pas dormi. Margaret McCourt, assise à côté d'elle, l'encourageait à manger.

— Nourrissez-vous, sinon vous serez malade. Il pleut, la mer est agitée.

Alexina repoussa son œuf et ses mouillettes de pain beurré.

— Donnez-moi plutôt du café.

Margaret remplit un grand bol et approcha la confiture d'oranges amères.

Elle avait toujours été présente, discrète, généreuse, depuis l'arrivée d'Alexina.

— On la croirait fragile, à cause de sa pâleur de poitrinaire. En vérité cette femme est très forte ! avait dit Alexina à Donatien. Elle tient Morne-Rouge. Elle comprend tout. Tu as de la chance de l'avoir sur ta paroisse.

— Je le sais.

Donatien accepta une tasse de café et ne refusa pas, non plus, la rasade de rhum proposée par John. Lorsque ses yeux rencontraient ceux de sa sœur, ils n'arrivaient pas à s'en déprendre. Tous deux se disaient avec une sorte de désespoir, dans la fièvre des lampes : « Nous allons nous quitter. Nous ne nous sommes pas tout dit. » Ils se voyaient comme deux nageurs qui appellent à l'aide. Les McCourt et leurs serviteurs détournaient des regards gênés. Fortuné s'agitait sur les genoux de sa nourrice, pleurnichait, faisait des caprices.

Les porteurs de valises entrèrent dans le couloir. John McCourt se leva. Fortuné s'agrippa à sa nourrice. Donatien s'approcha et lui détacha les mains et les doigts. Il le prit à son cou et réajusta son bonnet. L'enfant se tut, appuyant son front contre son épaule et promenant sa menotte contre la joue et la mâchoire barbue. Le cartel indiquait quatre heures et demie.

Ils sortirent. Il ne pleuvait plus. L'avant-jour laissait filtrer une lumière violette. Ils descendirent en silence vers la mer. Quelqu'un toussa. Alexina se retourna et regarda les traces de leurs pas sur le sable mouillé de l'allée. Quand ils débouchèrent par-delà les haies d'arrête-bœufs sur la côte, ils se heurtèrent au vent salé. La mer grondait en soulevant ses vagues glauques, et des embruns volaient. Le canot des bagages avait déjà rejoint le bateau de pêche dont le moteur toussotait de l'autre côté de la barre. La fumée noire s'élevait du long tuyau de poêle au-dessus de la cabine.

Donatien et les McCourt n'avaient pas trouvé d'autre solution que ce départ clandestin au petit jour. Une procédure d'adoption officielle aurait demandé de longs mois, probablement des années, avec peu de chances d'aboutir, les autorités anglaises n'étant guère disposées à céder un de leurs enfants, même dominiquais, aux Français. Les risques encourus, à part ceux de la navigation, étaient minimes. Les gardes-côtes anglais n'étaient pas confrontés à ces sortes d'affaires. Les eaux françaises de la Guadeloupe étaient toutes proches de la côte sous le vent.

Le canot revint, et les rameurs l'échouèrent sur le sable gris. Donatien donna Fortuné à Alexina. L'enfant gémit.

— Chut, murmura Donatien, tu vas être bien avec maman Alexina.

Il traça du pouce le signe de la croix sur le front du petit et dit :

— Je t'ai troqué pour Dieu.

Alexina leva des yeux mouillés. Il lui traça aussi le signe de la croix. Elle le remercia et dit dans un sanglot :

— À bientôt, dans trois ans.

Il hocha la tête. Dans trois ans, quand il rentrerait en France, Fortuné aurait presque cinq ans, il ne le reconnaîtrait pas.

Elle enjamba le bord du canot, s'assit sur le banc. Des nègres le poussèrent. Une vague le souleva, le précipita. Une autre vague le prit, l'emporta. Les rameurs accompagnaient le mouvement qui les éloignait du rivage, les aspirait, les avalait. Les ondulations du flot engloutissaient parfois jusqu'à leurs têtes. Ils rejoignirent le bateau de pêche, et Alexina fut tirée à bord, Fortuné serré contre sa poitrine.

Le moteur du bateau s'emballa, la fumée devint plus dense. La coquille de noix dansa sur la mer enragée, orienta sa proue vers le large. Alexina agita un mouchoir, à l'arrière. Ils ne s'aperçurent qu'au bout d'un moment que le bateau s'éloignait. Imperceptiblement, il était à son tour avalé par les flots. Bientôt ils ne distinguèrent plus que le nuage noir de fumée. Puis il se dilua dans le gris du ciel.

Donatien resta le dernier planté sur le sable, immobile, la soutane battue par le vent.

— Mon Dieu, priait-il, protégez leur traversée, faites que je revoie mon fils. Je ne l'ai pas abandonné. C'était ce qu'il y avait de mieux pour lui, n'est-ce pas ?

Il se retourna. Margaret et John avaient disparu derrière les arrête-bœufs. Il s'abandonna et tomba à genoux.

— Voilà, Tu as dépouillé le « vieil homme ». Je vais pouvoir travailler pour Ta plus grande gloire.

Alexina lui écrivit de Pointe-à-Pitre pour lui annoncer qu'ils étaient arrivés sans encombre sur le territoire français.

Et puis elle lui tint le compte rendu quotidien de leur traversée. Fortuné la supportait bien. Il mangeait bien. Leur communion sur la mer était comme une seconde naissance. Les passagers la complimentaient sur la beauté de son fils. Ils avaient eu la chance de voir une baleine. Fortuné n'aimait rien autant que le spectacle des poissons volants. Il battait des menottes à l'apparition de ces petites bêtes, et il amusait la galerie en applaudissant jusqu'à leur plongeon dans les flots cent mètres plus loin.

Elle n'insista pas sur leur arrivée à Saint-Nazaire, l'accueil ému et bouleversant de Marcellin et d'Élise sur le quai, l'installation et la facile adaptation de Fortuné à La Trézanne.

20

Donatien eut de nouveau le pied infesté de chiques au mois de juillet, à cause de la chaleur, de la pluie, du manque de soins. Il dut recommencer de circuler sans chaussures, de célébrer la messe nu-pieds. Sa jambe, gonflée d'œdème jusqu'au genou, donnait de l'eau comme une source certaines nuits, et il se réveillait les draps trempés. Le Dr Smith l'avait prévenu :

— Économisez-vous, l'abbé. À solliciter la bête comme vous le faites, vous courez vers de graves ennuis.

— Vous êtes bien placé pour me conseiller, docteur. Votre hygiène de vie est exemplaire !

— Moi, je n'ai pas charge d'âmes !

Il refusa le repos recommandé par le médecin. Il boita bas, traînant la jambe, mais ne réduisit aucune activité. Heureusement la jolie pouliche de Cécé était désormais tirée d'affaire et Donatien, ayant abandonné son bâton de pénitent et son chapelet depuis le départ d'Alexina, avait recommencé de circuler avec elle.

Les charpentiers clouaient la chanlatte sur le toit de l'église, et les plus agiles circulaient joyeusement là-haut d'une panne sur un lien et s'installaient à califourchon sur la ferme. Ils chantaient en clouant latte après latte sur les chevrons. De partout, dans La Soie, on levait le nez vers ces équilibristes à l'ouvrage, et on en était fier. On les admirait de se tenir là-haut, plus près du ciel. On les enviait. On craignait pour eux, car ils travaillaient sans filet. Comment allaient-ils s'y prendre pour le clocher ? Lequel enfoncerait les derniers clous à son sommet ?

Donatien s'emporta lorsque les travaux durent s'arrêter en août par manque de clous. Les tôles, pourtant livrées et payées, attendaient d'être posées, mais les trois quincailliers de Roseau sollicités par Hugo étaient à sec. La pénurie paralysa le chantier pendant deux semaines. Donatien, impatient, traîna sa patte folle sur les échafaudages. Il suppléait les manques de Rigobert, collé à terre par l'âge, et lui expliquait l'état des travaux. Il escaladait les échelles jusqu'à la hauteur à donner le vertige de l'arête du mur, comme un vrai chef des travaux. Il recommandait la prudence aux jeunes charpentiers intrépides et leur passait des planches.

— Si vous continuez à ce rythme, et malgré le retard de quinze jours, nous devrions inaugurer l'église comme prévu à Noël !

On le voyait davantage sur le chantier depuis le commencement de la couverture. L'infection de sa jambe n'y était pas étrangère, et puis il voulait participer aux dernières besognes. Le matin de la pose de la première tôle, il rentra au presbytère, bouillant d'impatience, enleva sa soutane et dit à Létitia :

— J'y vais.

— Où allez-vous ?

— Là-haut.

Il lui tendit un rouleau de coton pour qu'elle bande les chairs tuméfiées de son pied en voie de guérison. Il sortit en pantalon blanc et chemise, monta échelles et échafaudages, enjamba le rebord du mur pour rejoindre les couvreurs qui déployaient les premières tôles neuves étincelantes comme de l'argent. Il travailla avec eux tout le jour, s'écorchant les genoux, insensible à la douleur, exalté de ne pas être sujet au vertige. Il partagea la fraternité des couvreurs en short, torse nu, le cuir noir insensible au soleil, se déplaçant avec une agilité de chats. Il rit de plaisir dans sa barbe : « Ti Pilon est toujours avec vous, mes gaillards ! jubila-t-il. Il ne sera pas dit que je n'ai pas participé à la couverture de Votre maison, Seigneur ! »

La mer brasillait. La cuvette de La Soie étouffait dans la chaleur moite. Depuis quelques jours, la côte sous le vent ne méritait pas son nom. Aucune feuille ne frémissait. La nature était dans l'attente, d'eau, de vent, dans un silence oppressant, sous un soleil qui mettait des lucioles dans l'ombre du bakwa.

Un coup de tonnerre craqua au milieu de la nuit et réveilla Donatien qui, d'un bond, sauta de son lit. Un éclair aveuglant stria le noir. Il s'approcha de la jalousie, et il éprouva une peur confuse.

Un véritable feu d'artifice embrasait la nuit. La carcasse de bois du presbytère vibrait aux explosions du tonnerre. Les éclairs se croisaient et se mélangeaient sur les mornes et sur la mer, tout autour de La Soie. L'air électrique sentait la poudre. Donatien, parfois aveuglé, s'obligeait à regarder.

— Je n'ai jamais rien vu d'aussi beau et d'aussi terrifiant !

Il ne pleuvait pas. Il n'y avait pas d'air. C'était un orage sec.

— On dirait la guerre.

Il pensa à son père. Il contempla longtemps, la peur au ventre, cette fantasmagorie gigantesque qui se calma soudain, se déplaça, s'éloigna. Il se recoucha, se rendormit.

Il fut réveillé, plus tard, par un choc violent contre la cloison qui fit craquer la structure du presbytère. Il redressa la tête, pensa : « Le vent ! »

Il entendit en effet aussitôt son feulement de fauve et retrouva sa peur qui ne l'avait pas quitté. Il bondit à nouveau de son lit, tandis que sa chambre lui semblait ballottée comme un bateau sur la mer. Le jour arrivait. Il se précipita pour fermer les volets et resta derrière la porte vitrée de l'entrée. Les troupeaux de nuages couraient à toute allure à ras de terre et se cognaient contre la montagne. Il pensa : « Il faudrait qu'il pleuve. »

Et quelques gouttes, grasses, lourdes, tombèrent sur les marches. Une odeur forte de poussière mouillée monta du sol. Et la pluie déferla, brutale, avec un grondement sourd, comme un piétinement de bœufs à bosse. Le cœur de Donatien sauta : l'église ! Et il imagina les chanlattes neuves trempées, l'eau gouttant dans la nef. Virgule aboya.

— Je ne peux pas le laisser sous l'escalier. Si le presbytère s'effondrait...

Il ouvrit la porte qui lui échappa des mains et fut plaquée contre la cloison. Il dégringola l'escalier, détacha le chien, le souffle coupé, remonta avec l'animal, s'arc-bouta contre la porte pour la refermer. Ces quelques pas dehors avaient suffi pour le tremper. Déjà un ruisseau couleur de sang courait dans la cour et dévalait la pente. Des rameaux brisés passaient en volant. Donatien pensait : « Pourvu que la toiture de l'église résiste ! » Et puis il songea à toutes les cases fragiles sur leurs pilotis disséminées dans la mer verte de la forêt en furie.

— Pourvu qu'il n'y ait pas de victimes ! Mon Dieu, protégez-les !

Car la pression du vent avait augmenté, le ruisseau dans la cour avait grossi et raviné un lit. Donatien avait l'impression que le presbytère écrasé se déformait aux encoignures et se refermait comme un livre. Il y voyait mal, car les nuages empêchaient le jour. Virgule, tremblant, s'était lové contre ses pieds. Et puis il vit voler une planche à travers la cour.

— Une planche du chantier, elle pourrait tuer quelqu'un !

Il en passa une autre, et une troisième. Il

compris : le vent avait commencé de découvrir l'église, il décollait la chanlatte qui s'envolait planche après planche, comme des allumettes. La pluie tambourinait toujours, et son déluge noyait tout, le vent assénait ses coups de bélier, et la terre tremblait, secouée par des craquements sinistres. Donatien sursautait.

Il pensait à Cécé, aux animaux de la ferme écrasés sous les branches. Il s'inquiétait pour ses paroissiens, ses amis McCourt. Il craignait que la mer sorte de la mer. Il imaginait les basses terres inondées. Virgule sursautait. Les nuages parfois lançaient en grondant des jambes d'éclairs qu'ils écrasaient contre la terre.

Et tout à coup le couvercle de nuées noires s'éleva comme par enchantement, la lumière jaillit, le vent s'arrêta, et la pluie. Donatien, effaré, vit s'éloigner l'arrière de la tempête. Il se retourna sur sa maison : elle avait résisté. Il tarda à sortir, encore assommé par le vacarme. Virgule se leva. Donatien entrouvrit la porte, et le silence l'impressionna.

Le ruisseau boueux de la cour jonchée de branches et de feuilles déchiquetées se tarissait. Il ramassa une planche de chanlatte garnie de ses pointes échouée contre le pied d'un cocotier décapité. La vieille église ne semblait pas touchée. Son clocher consolidé depuis l'installation de la cloche avait résisté. La vallée de La Soie prenait des airs d'allégresse dans la lumière qui grandissait, et Donatien se demanda si par inexpérience il n'avait pas exagéré la violence de ce coup de vent tropical.

Il s'avança sur le terre-plein de l'église de pierre, et son cœur cessa de battre. Tout ce qui avait été patiemment acheminé, élevé, ajusté au sommet des murs pendant des semaines avait été arraché. Les échafaudages démantibulés, les tonnes de troncs d'arbres de la charpente, enlevées par une main de géant, gisaient en contrebas. L'église était redevenue un squelette de murs nus. Un morceau de croupe du clocher avec son poinçon, ses arbalétriers, ses chevrons avait roulé, deux cents mètres plus loin, comme un chapeau de paille. On suivait son parcours à travers le champ de bananiers dont il avait coupé les têtes.

Donatien se pencha vers une tôle posée la veille, froissée comme une feuille de papier chocolat. Doudou remontait avec Cécé par la bride, suivie de sa pouliche. Les animaux dérapaient sur l'herbe rougie de boue. Le rire secouait les épaules du grand nègre épaissi. Il prit un air grave en voyant la mine déconfite de Donatien.

— Tous les animaux sont vivants, mon pè ! déclara-t-il. Il n'y a que deux poules que je ne retrouve pas !

Le flamboyant était toujours debout. Son feuillage exposé au vent était en charpie, mais avec sa force et ce qu'il avait sauvegardé du côté protégé, il se remplumerait. Donatien caressa les chanfreins de Cécé et de sa pouliche côte à côte.

— Et dans La Soie ? demanda-t-il.

— Le dézod.

— Y a-t-il des victimes ?

Doudou haussa les épaules.

— L'arbre à pain est tombé sur la case des Bernabe. On les a tirés vivants des planches de leur case. Le père a le gros orteil cassé !

Il éclata de rire. Donatien secoua la tête, peu enclin à partager la gaieté de Doudou, et s'élança vers le village, rappelé à son devoir. La Soie sous le soleil était une fourmilière démolie par un coup de pied gigantesque. Beaucoup de cases étaient renversées, d'autres déplacées avec leurs occupants, leurs tôles arrachées. Et des tôles dans le vent deviennent des sabres redoutables.

Donatien passa d'une case à l'autre, enjambant des arbres abattus, des coulées de boue, traversant des lopins de bananiers, d'orangers, de caféiers, détruits, des petits jardins pillés, recherchant la trace d'un chemin disparu. Il trouvait partout des gens à l'ouvrage, ramassant ce qui avait été emporté, s'efforçant de recoller des morceaux. Il les interrogeait :

— Comment allez-vous ?

Il les obligeait à se compter pour être sûrs que personne ne manquait. Il fit le tour de toutes les habitations et, à sa grande surprise et satisfaction, ne releva aucun manquant. Si bien qu'à mesure qu'il avançait et que le soleil devenait plus ardent, il vit les visages s'épanouir, les sourires refleurir. Il entendit les voix s'élever plus clair et plus haut. Qu'importaient après tout les cases endommagées ou détruites, l'essentiel n'était-il pas d'être vivant ? Les cases seraient rafistolées. D'autres arbres croîtraient. La nature était généreuse. Il envia les visages souriants de ces hommes et de ces femmes levés vers le soleil. Il se rappela le rire de Doudou qui l'avait exaspéré et l'excusa.

Il s'enfonça dans la forêt où les blessures de la tornade étaient moins visibles. Une vapeur humide montait de la terre, ses souliers soulevaient une odeur de moisi. Et dans l'air redevenu brûlant, il lui semblait entendre chaque liane, chaque fougère, chaque arbre lutter pour s'emparer de la lumière. Une vieille femme le conduisit tout près des trois cases de son village, tenant son petit-fils tout nu par la main. Elle tendit le doigt vers un cercle d'arbres calcinés d'une quarantaine de mètres de diamètre.

— Les éclairs, père, on a eu peur !

L'orage avait pris cet endroit pour cible et l'avait pilonné. Certains arbres étaient ouverts comme une gousse depuis la cime jusqu'au pied. D'autres, foudroyés debout, avaient perdu toutes leurs feuilles, et n'en auraient plus.

— On a prié, père, et on a été sauvés.

— Vous avez bien fait.

Il poussa jusqu'à Morne-Rouge. L'allée de manguiers était bousculée comme un château de cartes. Certains arbres étaient tombés, d'autres se retenaient aux branches de leurs voisins. Les souches éventraient le chemin. John McCourt, à l'ouvrage dans l'allée, s'enquit des dégâts de La Soie :

— C'est un miracle, qu'il n'y ait pas eu de victimes !

Il accompagna Donatien jusqu'à la maison épargnée. La distillerie était décoiffée, des champs de canne saccagés.

— Ce ne sont que des dégâts matériels. L'important, c'est que nous soyons tous vivants !

— Nous avons eu peur, reconnut Margaret. J'ai pensé à vous, père, qui étiez tout seul sur le rocher de votre presbytère.

Donatien se sentit rougir. Il repartit à pied. Il ne serait plus question de cheval, encore moins de voiture, pendant de longues semaines. Lorsqu'il arriva à La Soie, il découvrit son église de pierre frappée par le soleil sur son éperon. C'était une ruine aux ouvertures et au toit béants.

— Pourquoi avez-Vous épargné l'église de bois, et Vous êtes-Vous acharné sur mon ouvrage ? Pourquoi ne m'écrasez-Vous pas, si je le mérite ? J'ai sacrifié pour Vous ceux que j'aimais. Je travaille pour Votre plus grande gloire. Je Vous en prie, rétablissez le pacte qui nous liait ! Ne repoussez pas l'œuvre de mes mains. Je vais recommencer à recouvrir Votre maison. Seigneur ! Prenez pitié de moi ! Donnez-moi le courage et la foi !

Tombé à genoux dans les hautes herbes, il vit scintiller un fond de bouteille du mur de verre. Il y lut une réponse du Ciel qui lui donna la force de se relever.

Les travaux ne reprirent qu'à la mi-novembre, plusieurs semaines plus tard. Tout le monde s'affairait à la réparation des cases, au dégagement des traces et à la remise en état des plantations. Il n'était plus question pour Donatien d'une inauguration pour Noël.

— Ce sera à Pâques ou à la Trinité ! ruminait-il amèrement.

Il se traîna d'ailleurs pendant ces semaines comme un convalescent. Il vit des mouches voleter devant ses yeux, certains matins, en célébrant sa messe. Il aida Doudou et son acolyte à réparer les clôtures de la ferme et à reconstruire le poulailler. Ils ramenèrent à pied d'œuvre les morceaux de toiture éparpillés.

Mais lorsque les échafaudages escaladèrent à nouveau les murs, lorsque les marteaux se remirent à frapper, le courage lui revint. Il rejoignit les charpentiers sur le toit de l'église, un matin de ciel sans nuages. Le soleil posait des diamants sur chaque vague de l'Océan, à l'extrémité de chaque feuille, et Donatien se reprocha ces longues semaines de désespoir.

— De qui me vient cette inclination à sombrer ? se demanda-t-il. Pas de maman. Papa peut-être était plus fragile. Mais il avait connu les horreurs de la guerre.

Il pria Dieu de pardonner son peu de foi et il le remercia pour ses bienfaits et la beauté du monde.

Il avait dit à Pâques. Le dernier clou de la dernière tôle fut enfoncé au sommet du clocher la veille des Rameaux. Il ne restait plus qu'à déplacer l'autel de la vieille église pour l'installer dans la nouvelle, transporter les bancs et les statues. La cloche serait installée après. Il célébrerait la veillée pascale dans sa nouvelle église. Il le téléphona au père Lardière à Saint-Sauveur, et au père Dixneuf à Soufrière ; la ligne du téléphone détruite par l'ouragan venait d'être raccordée. Il l'écrivit à La Trézanne :

Si Dieu le veut, j'arrive enfin au bout de mes peines. La construction de Notre-Dame de La Soie aura été pour moi une lourde charge. Mais je suis récompensé de tous mes efforts. J'ai dans l'esprit un autre projet. Je vous l'écrirai dans une prochaine lettre. Priez pour moi comme je prie pour vous. Je vous embrasse tous affectueusement.

Il invita ses fidèles de Sainte-Marie des Caraïbes à entreprendre le voyage à Notre-Dame de La Soie pour la célébration solennelle de la messe pascale dans l'église nouvelle. Il était fatigué, amaigri. Létitia et Margaret le lui reprochaient et l'encourageaient à mieux se nourrir.

— Je n'ai pas très faim !

Il avait ressorti son bâton de pèlerin depuis une semaine. Cécé avait enfoncé son sabot à travers un pont de bois aux planches pourries, et Donatien avait piqué une tête avec elle. Il s'était râpé le front et la joue sur les cailloux, et avait relevé la jument avec une mauvaise entorse. Elle restait à l'écurie, et il marchait, en cette saison la plus chaude de l'année. Il ne sentait pas sa fatigue, exalté par la perspective de la fête. Il supportait sans compter la surcharge de travail, allait porter le bon Dieu aux malades dans la montagne.

Il partit le lundi saint, 12 avril 1950, à six heures, après le petit déjeuner, promettant à Létitia son retour à l'heure du déjeuner. Il voulait être là pour aider au transport de l'autel dans l'après-midi, et il avait, le soir, une répétition de chant avec la chorale de Pâques. Il marchait à grands pas sur le chemin du retour, chantonnant comme il en avait l'habitude et fauchant hardiment les crotons du bas-côté avec son bâton. Le chien Virgule qui le précédait furetait dans la forêt. L'alizé avait soufflé toute la nuit et était tombé dans la matinée. Donatien respirait l'air chaud, ses parfums de mer et de fruits sucrés. Il était onze heures et demie, il arriverait à temps à La Soie. La vieille comptine de son enfance le lancinait depuis le matin comme un mal de dent :

Une négresse qui buvait du lait.
Ah ! se dit-elle.
Ah ! si je pouvais,
Avoir la peau blanche
Comme les petits Français !

Il se revit à La Trézanne dix ans plus tôt. Il ralentit soudain le pas et tangua sur ses hanches de boiteux. Tout d'un coup, au détour de la trace, à travers une échancrure de la forêt, il venait d'apercevoir son église, au loin, sur la corniche. Il s'arrêta, surpris, car elle n'aurait pas dû se trouver là. Elle se dressait, superbe, dans le soleil. Les tôles de son clocher éblouissaient comme de l'argent pur. Elle était loin, par-delà les mornes, et elle lui paraissait toute proche. Il avait acquis une capacité de vision extraordinaire. Il voyait tout comme un tableau aux pans multiples et le dernier était aussi net que le premier. Il avait l'impression qu'en tendant la main il aurait pu toucher son église.

La réverbération aveuglante rendait son image mouvante. Son apparition réchauffait son cœur. Elle dansait devant ses yeux comme une Jérusalem céleste. Le vertige le fit chanceler. Il y était habitué depuis quelques semaines. Il entendit Virgule l'appeler au loin et accourir vers lui en aboyant plus fort.

Lettre du père Lardière à la famille Vernageau de La Trézanne :

La Soie, mercredi 14 avril 1950.

Bien chers amis,

Comme pour Moïse à son retour d'Égypte, Dieu n'a pas permis à son serviteur, notre ami Donatien Vernageau, de poser le pied sur sa Terre promise. Nous avons célébré, tout à l'heure, dans la tristesse, la messe solennelle pour le repos de son âme dans cette église Notre-Dame qu'il avait édifiée de ses mains. Par une sorte d'incompréhensible volonté du destin, il n'aura pas achevé l'œuvre à laquelle il tenait tant. Et la première messe célébrée dans son église aura été celle de sa sépulture, à deux jours du vendredi saint. Les voies du Seigneur sont impénétrables !

Il était parti confesser et communier des malades, à pied, lundi matin dans la montagne. Il s'en revenait à midi, à l'aplomb du soleil, lorsque trois hommes qui sciaient un arbre l'ont entendu parler tout seul à haute voix. Ils ont compris qu'il n'était pas bien, se sont approchés, l'ont vu chanceler. Ils sont arrivés juste à temps pour le recevoir dans leurs bras. Ils l'ont porté sur le hamac d'une case voisine, et il est mort aussitôt, sans avoir recouvré ses esprits, pendant que ces gens priaient pour lui et récitaient l'acte de contrition. Le médecin de La Soie, le Dr Smith, pense qu'il a été victime d'une insolation. Les bûcherons ont confirmé que son chapeau de paille à cordelette autour du cou était renvoyé sur ses épaules, ainsi qu'il en avait souvent l'habitude. D'autres affirment l'avoir vu sucer du citron vert en plein soleil. Il aurait été empoisonné par l'acide citrique. Aucun Dominiquais ne mange du citron ou de l'ananas lorsqu'il doit aller au soleil. En tout cas, notre petit missionnaire est mort.

Peut-être vous avait-il dit combien j'étais attaché à lui. Il était la vie. Il bouillait de jeunesse au service de l'œuvre missionnaire. Il était un homme de passion. J'enviais la fougue et l'enthousiasme qui le rendaient imperméable à la fatigue. Il a vécu ces quatre années en ne s'accordant aucun repos. Il présumait sans doute trop de ses forces.

Je vous le répète, j'aimais sa belle âme. J'ai été le premier père à La Soie, lundi, auprès de sa dépouille mortelle. Je l'avais entendu au téléphone, huit jours plus tôt, et il s'était réjoui de célébrer Pâques dans son église : « Je touche au but ! » disait-il. J'ai été surpris par la tranquillité de son visage sur son lit funèbre. Je me suis demandé s'il était vraiment mort : « Il dort. Il va ouvrir les yeux, s'asseoir au bord du lit et me parler de ses projets, de sa chère Trézanne, du petit Fortuné qui s'habitue, avec sa fièvre coutumière... » Mais non, lorsque nous l'avons revêtu en pleurant, Létitia et moi, des ornements sacerdotaux dans lesquels nous l'avons enterré, la mort avait commencé son œuvre. Il était raide et froid comme tous les cadavres.

Nous l'avons couché dans le cimetière de La Soie auprès du père Bachelier, son prédécesseur. Du pied du calvaire où il repose la vue embrasse toute la vallée. L'église domine, un peu plus haut, et le matin le soleil couche l'ombre du clocher sur sa tombe. Tous les Pères de Chavagnes de l'île ont assisté à l'enterrement, malgré la quantité de travail en ce début de semaine sainte. Mgr Moris a chanté la messe de Requiem. *La côte sous le vent n'a sans doute jamais connu un tel rassemblement. La grande et belle église du cher Donatien était trop petite, mais même la colline, noire de monde, ne suffisait pas à contenir la foule anéantie dans un profond recueillement. Je crois qu'il ne manquait pas un homme, pas une femme, pas un enfant valides de La Soie et de Notre-Dame des Caraïbes. Même des petites gens de Portsmouth, de Saint-Sauveur, de Vieille-Case se sont mis en route à leur tour. Ils ont marché jour et nuit, et ce soir, alors que je vous écris, il en arrive encore pour se recueillir sur sa tombe et se lamenter de sa disparition. On n'imaginait pas un tel rayonnement de Donatien. Il n'est allé dans ces paroisses éloignées que pour quelques jours de remplacement. Les gens répètent qu'il leur a fait du bien, parce qu'il était proche, qu'il écoutait et parlait comme un ami. Je vous laisse imaginer l'émotion lorsque la cloche, rapportée de France par lui, a sonné son glas. Tout le monde s'est mis à pleurer.*

Je suis convaincu, quant à moi, que Donatien s'est endormi apaisé. Ce n'était pas sa nature. Il avait mené de vigoureux combats avec l'ange. Je l'appelais en plaisantant « mon petit Jacob ». Mais il avait mené à bien son entreprise. Il recevait de bonnes nouvelles de vous et de Fortuné en France. Il est mort en marchant pour porter le bon Dieu, n'est-ce pas la plus belle fin pour un missionnaire ? C'est peut-être la plus enviable grâce que le Seigneur a accordée à Son intrépide travailleur de le rappeler à Lui au moment où son œuvre était accomplie et où toutes ses affaires étaient en ordre...

Si Dieu le veut, je viendrai en France cet été et vous apporterai son christ, son chapelet, sa montre et quelques petites affaires récupérées sur sa table de travail, des photographies et son précieux Kodak. Les autres pères sont repartis vers leur paroisse tout à l'heure. Le bateau devait me ramener dans la mienne ce soir. Mais je ne repartirai que demain. Je vais essayer de dormir au presbytère. Laisser vide la maison de Donatien ce soir me donnait l'impression d'une désertion. Je vais aller rejoindre ceux qui défilent encore devant sa tombe et prier un moment avec eux. Je reviendrai ensuite entre ces murs encore si pleins de sa présence.

Si cela peut vous être une mince consolation, soyez sûrs que tous les pères de la congrégation souffrent cruellement de la disparition de leur petit compagnon. Quant à moi, mon petit Jacob, mon frère, me manque, et n'a pas fini de me manquer. Croyez en mon affection et mon dévouement en Notre-Seigneur.

VII

LE CANNIBALE

21

C'est un dimanche d'automne à La Trézanne. On dirait la lumière blonde filtrée par les grappes de raisin de la treille où bourdonnent les guêpes. La porte est ouverte. Les albums photos sont empilés sur la table, pour la plupart de simples cahiers au papier quadrillé. Alexina, ma mère, les a remplis. Elle a rassemblé page à page les archives familiales et les a légendées de son écriture appliquée. Elle a passé les quatre-vingts ans. Son allure suscite l'admiration quand elle sort dans son kimono de mousse de soie bleue, le foulard autour du cou, un velours au chignon.

Elle m'a accompagné dans la découverte de la légende familiale. Son œil scintillait lorsque je lui montrais telle petite photo au bord crénelé, et son esprit dérivait dans un long commentaire passionné. Elle effleurait du doigt la veine bleue battant au coin de sa paupière.

Nous sommes arrivés au bout du voyage que moi, Fortuné Barbillon, j'ai entrepris avec ma mère. Malgré mes cinquante ans, on me demande encore quelquefois d'où me viennent ces yeux en amande et ces cheveux frisés noir de jais. Je réponds :

— Je suis un Vendéen des îles !

Les ignorants pensent à Yeu ou Noirmoutier. Personne n'a oublié à La Genétouze que ma mère m'a ramené de la mission de son frère à la Dominique. À l'époque, l'irruption d'un petit sauvage dans la commune a fait beaucoup parler. Je suis resté longtemps une curiosité. Les histoires d'anthropophages et de nègres avec un os dans le nez ont hanté mon enfance, et des petits copains m'ont souvent demandé si mes ancêtres mangeaient de la chair humaine. Je leur répondais que j'étais encore prêt à en manger, et c'était le signal d'une bagarre générale. J'avais mes supporters. On m'avait affublé du surnom de cannibale, ce qui n'était pas pour me déplaire. Comme j'étais pourvu d'une force et d'une agilité tout à fait respectables, je me chargeais de régler mes comptes avec mes agresseurs. Je suis rentré souvent à La Trézanne marqué de bleus et d'écorchures aux jambes et à la figure. Ceux qui me les avaient donnés en avaient récolté pour leur part une abondante provision.

Après les classes primaires, je suis entré à l'école d'agriculture de La Mothe-Achard où Donatien avait été élève autrefois. J'avais déjà rencontré depuis longtemps Marie, la fille de Providence, la nièce de Marcellin, mon père. Nous avions partagé les jeux de l'enfance et nous nous étions promis de nous épouser. La cérémonie a eu lieu en septembre 1968. Alexina a déclaré que les mariages entre cousins germains étaient une tradition dans la famille. Elle rappelait celui de mes grands-parents, Augustin et Élise. Mais nous ne sommes pas cousins de sang, Marie et moi. Marie est la fille de la Providence qui courut se blottir dans les bras de son infirmier à vélo, sous les yeux de Donatien, en 1940. L'ironie du destin a voulu que ce que les parents n'ont pas su, ou osé, les enfants l'ont réussi. Je suis heureux avec Marie.

Grand-mère Élise est morte en 1958, lucide et courageuse jusqu'au bout. Elle souffrait de diabète depuis quelque temps. Elle m'a toujours appelé l'« enfant de l'amour », et j'avais chaud au cœur en l'entendant : elle m'a expliqué que, enfant adopté, j'étais encore plus aimé. Maman m'a amené auprès de son lit, la veille de sa mort. Grand-mère savait qu'il lui restait très peu de temps. Elle s'est soulevée sur son grand oreiller lorsque je me suis approché. Elle a tendu la main. Maman a mis mes deux mains dans celle de grand-mère, et elle a dit :

— Il faut que je vous apprenne quelque chose, à tous les deux...

Elle est allée fermer la porte de la chambre.

— ... Pardonnez-moi de ne pas vous l'avoir dit plus tôt... Fortuné, tu es bien le fils de ta maman caraïbe, Carita, décédée en te mettant au monde, mais ton papa s'appelait... Donatien.

La nouvelle ne m'a pas choqué. J'avais onze ans. Le passé ne m'intéressait pas encore. Mon père et ma mère étaient pour moi Marcellin et

Alexina, qui m'avaient élevé et m'aimaient. J'étais plutôt content que mon père biologique soit de la famille. Grand-mère Élise aux yeux fermés, au bout de sa vie, a entrouvert les paupières. Ses joues se sont éclairées d'un sourire, et elle a soufflé :

— Qu'est-ce que tu crois ? Je le savais...

Elle a bougé la tête sur l'oreiller, elle a pétri nerveusement mes doigts.

— Je l'avais deviné... Mais je te remercie de me l'avoir dit... Je pars heureuse...

Elle a ouvert plus grands les yeux et m'a regardé. Elle a serré mes doigts bien fort.

— Je lui dirai que son petit Fortuné grandit bien... Il y a longtemps que le bon Dieu a pardonné...

Elle est enterrée au cimetière des Moutiers, près d'Augustin, et de leur grande croix hosannière. Une plaque ancienne, au-dessus de leurs deux noms, indique que reposent ici aussi les restes de l'ancêtre de la famille, l'héroïne des guerres de Vendée, grand-mère Athanaïse.

Nous avons effectué notre premier voyage à la Dominique, Marie et moi, pour notre voyage de noces. Des Pères de Chavagnes nous ont accueillis à Roseau. Nous avons fait le tour de l'île et traversé la forêt tropicale. Quand nous avons aperçu le clocher de Notre-Dame de La Soie, j'ai demandé au chauffeur de notre Peugeot de s'arrêter, et nous nous sommes approchés à pied. Des ouvriers posaient un carrelage à l'intérieur de l'église. Le père, absent, était parti visiter des malades dans la montagne. Un grand Noir, qui comprenait notre anglais approximatif, a bien voulu nous servir de guide. Nous lui avons parlé du père Vernageau. Il a paru ne pas comprendre. Il y avait heureusement un sous-verre dans l'église, avec tous les noms des curés de La Soie, et quelques photos pour les derniers. J'ai montré la photo d'identité de Donatien. Il a hoché la tête et nous a conduits au grand calvaire dans le cimetière. Nous avons trouvé la tombe de Carita et de Létitia, enterrée près d'elle. Nous sommes restés longtemps, bras croisés, dans ce cimetière, en silence.

Le grand Noir, qui s'impatientait, nous a accompagnés à la sacristie. Il a sorti d'un tiroir poussiéreux le batik où l'artiste, Honoré, avait peint le projet de l'église nouvelle. Le coton était dévoré d'insectes. J'ai suggéré qu'il fallait prendre soin de cette relique et peut-être la mettre en lieu sûr. Le Noir a haussé les épaules et déclaré, méfiant :

— Elle appartient aux gens de La Soie.

L'église de planches a disparu. Un presbytère neuf a été construit à sa place. Mais la case-presbytère de Donatien se dresse encore aujourd'hui sur ses pilotis, car nous y sommes retournés l'année dernière à Pâques. Nous en avons gravi les marches. On y entrepose des chaises, des tables bancales, des objets inutiles. Mes demi-tantes ne vivent plus là-bas. L'une a émigré à Saint-Sauveur, l'autre à Roseau, l'autre en Amérique. Nous avons loué un car Nissan. Peu de chose avait changé depuis notre dernière visite. Comme la première fois, nous avons décroché la corde et nous avons écouté la voix de la cloche lancer son appel à travers la vallée de La Soie.

Nous avons été reçus par les pères au presbytère de Saint-Sauveur. La croix de Lorraine est toujours fixée au fronton de l'église. Les pères vendéens sont peu à peu remplacés par un clergé autochtone et, dans un avenir proche, ils auront passé le relais aux pères dominiquais. La plantation de Morne-Rouge n'existe plus. On ne cultive plus la canne à la Dominique. La maison des McCourt, pillée après leur départ, a complètement disparu. La machine à vapeur de la distillerie et toute la ferraille alentour sont lentement recouvertes et absorbées par la végétation vorace.

J'ai retrouvé Margaret à Boston, où elle vit auprès de son fils, Andrew. La vieille dame au visage parcheminé sortait d'un salon de coiffure. J'ai passé l'après-midi et la journée du lendemain en sa compagnie. Il pleuvait sur Boston. Elle s'est efforcée de trouver le mot anglais juste, alors que j'enregistrais sa voix au magnétophone. Elle m'a dit :

— Vous savez, Fortuné, j'ai toujours été fidèle à mon mari, mais j'ai aimé le père Donatien. Quand nous avons appris sa mort, ce fut pour nous comme si un des piliers du ciel s'effondrait. J'ai été convaincue à partir de ce jour que nous vivions la fin de notre monde à la Dominique. Et c'était vrai...

Marie et moi avons eu trois enfants : Jacques, Lucile et Alexis. Jacques circule à travers le monde pour effectuer des calculs savants dans les cerveaux des centrales nucléaires. C'est un surdoué des mathématiques. « Il a hérité de son arrière-grand-père, capable de multiplications de tête à six chiffres ! » dit Alexina. Lucile a interrompu des études de médecine bien engagées, l'an dernier, pour rejoindre avec une amie un dispensaire des sœurs de Mère Teresa en Inde. « C'est encore l'héritage, a constaté Alexina. Vous seriez mal venus de l'empêcher de partir... »

Alexis nous a causé le plus de soucis. Il a d'abord essayé de suivre les traces de ses aînés. Il a échoué en première année de classe préparatoire de mathématiques, puis en première année de médecine. Il a soudain décidé de revenir à La Trézanne avec nous, et il n'est plus le même : il a trouvé sa voie. Nous avons participé, Marie et moi, à la révolution agricole, et à ce qu'on a appelé le « miracle économique vendéen ». Nous avons fréquenté les championnats d'éleveurs, et nous avons remporté des concours à Vichy et à la Foire de Paris. Les choses sont devenues plus compliquées, ces derniers temps. Alexis m'a accompagné aux réunions du syndicat, et c'est sous son impulsion, et celle de son amie Élodie, que nous avons lancé des transformations récentes à La Trézanne. Nous avons aménagé l'ancienne boulangerie et le sellier en magasin, construit un laboratoire et une chambre froide. Au printemps dernier a eu lieu l'inauguration de la ferme de La Trézanne. Le pré destiné aux voitures, le jour de l'ouverture, n'a pas été assez grand. Les véhicules ont débordé le long de l'allée jusqu'à la route de La Genétouze. Les visiteurs sont repartis avec pâtés, saucisses, jambons, poulets, canards de la ferme, à l'ancienne. Élodie conduisait le tracteur et la remorque où les gens s'asseyaient sur les bottes de paille pour une promenade à travers champs jusqu'à l'élevage de porcs et de volailles en liberté. Après six mois les résultats dépassent nos espérances. Le magasin ne désemplit pas, et nous avons embauché deux employés. Alexis et Élodie projettent de s'installer dans la maison de ferme autrefois habitée par les Espagnols. « La vie continue ! » s'exclame Alexina, ravie de l'animation dans la cour.

Nous accomplissons parfois le pèlerinage à Mortevieille, le berceau de la famille Vernageau. De la petite maison sur le coteau en pente vers la rivière, il ne reste plus rien qu'un immense champ de maïs. Une charrue à huit socs y remue les vestiges des dernières pierres à chaque automne. Mais de l'autre côté, sur la lande préservée des cultures, se tient debout, encore vivant, l'arbre de la famille, le noyer d'Athanaïse.

Il a déjà été immortalisé au temps des plaques photographiques. Il serait faux de dire qu'il n'a pas changé. La moitié de sa ramure est morte, comme frappée d'hémiplégie. Mais son unique branche, comme un bras de manchot, est à elle seule tout un arbre. Elle est énorme, s'allonge, se multiplie. Nous nous plaisons à imaginer que c'est sur elle, en 1793, qu'Athanaïse et son frère Damien se sont réfugiés pour échapper aux soldats bleus. Sa vieille écorce est couverte de lichen jaune citron. Nous la flattons de la main en disant :

— Un noyer, c'est cent ans petit, cent ans moyen, cent ans gros et cent ans vieux...

Nous devrions nous décider à acheter cette lande. Un jour, un imbécile pourrait venir avec une tronçonneuse.

Toute la famille était réunie à La Trézanne aux dernières Pâques, et nous avons fait le pèlerinage en voiture après le déjeuner. Jacques nous a alignés sous l'arbre. Il était fier de son appareil numérique à panoramique, ultrasophistiqué. Il a réglé le déclencheur à retardement et est venu tranquillement prendre sa place au milieu de nous. Tandis que nous attendions sous la branche heurtée par des bourrasques de vent salé, j'ai pensé que ce vent avait parcouru mille cinq cents lieues d'Océan. Et j'ai cru surprendre dans son murmure une voix qui disait :

— Pour chaque photo, une grâce !

La lumière est blonde. La photographie du noyer est sur la table. On y voit le vent. Alexina dévisse le couvercle du bocal de sablés et pioche un troisième biscuit qu'elle grignote, gourmande. Marcellin, ridé, chauve, noueux, discret comme un vieux gardien du temple, lui reproche :

— Tu manges trop de sucre, Alexina !

Il lui vole la moitié de son sablé et le trempe dans son petit verre de cassis.

— Quand je suis arrivée à la Dominique pour te chercher, Fortuné, raconte Alexina, songeuse, j'ai donné à Donatien les sablés et le cassis de maman que j'avais apportés dans ma valise. Mon frère a sorti les verres et trempé son biscuit, comme nous le faisons cet après-midi. Il m'a dit : « Tu vois, c'est ma communion familiale... »

Un trio de guêpes s'échappe de la treille qui pend sous la fenêtre et tourne autour de nos verres. Un ange passe. Nous voilà partis à la Dominique. Je suis assis sur le tabouret et je trempe mon sablé sous la galerie du presbytère de Notre-Dame de La Soie.

Remerciements aux pères de Chavagnes, rencontrés à la maison mère de Chavagnes-en-Paillers.

Toute ma gratitude aux pères de la Dominique qui m'ont accompagné dans la découverte de l'île et de leurs paroisses.

TABLE

Achevé d'imprimer sur les presses de

BUSSIÈRE
GROUPE CPI

à Saint-Amand-Montrond (Cher)
en septembre 2003

POCKET - 12, avenue d'Italie - 75627 Paris Cedex 13
Tél. : 01-44-16-05-00

— N° d'imp. : 34569. —
Dépôt légal : septembre 2003.

Imprimé en France